LA MORT EN ÉCHO

Du même auteur
aux éditions du Masque :

L'Instinct maternel, Prix Cognac 2002
Un bel âge pour mourir
Duelle
Illustre inconnu

lemasque.com

BARBARA ABEL

LA MORT EN ÉCHO

Couverture et conception graphique : Louise Cand.

ISBN : 978-2-7024-5245-5

Barbara Abel vit à Bruxelles, où elle se consacre à l'écriture. *L'Instinct maternel*, son premier roman, a reçu le prix Cognac 2002, et *Un bel âge pour mourir* a été sélectionné par le prix du Roman d'Aventures 2003, puis adapté à la télévision en 2008 par Serge Meynard avec Émilie Dequenne et Marie-France Pisier. Ses romans sont traduits en plusieurs langues.

Pour mes frères, Pierre et Antoine, tendrement.

Trois époques,
Trois femmes,
Trois crimes.
Et si l'histoire ne cessait jamais de se répéter ?

— Garde tes distances ! Si jamais il revenait cette nuit, ne le laisse surtout pas entrer, ça le fera peut-être réfléchir. Je ne peux rien faire maintenant, ma Praline, il est trop tard. Le mieux, ce serait que tu ailles passer la nuit chez Lola, pour ne pas rester seule. J'essaierai de venir te rejoindre demain, dans la matinée. Garde ton portable sur toi, que je puisse te joindre à tout moment. Quoi qu'il en soit, évite tout contact avec lui et, surtout, n'écoute pas ce qu'il dit. Tu m'entends ? N'accorde aucun crédit à tout ce qu'il pourrait te dire ! Parfois les hommes ressemblent étrangement aux bêtes : lorsqu'ils sont blessés, ils mordent.

Marie réitéra ses recommandations d'une voix ferme. Puis, après avoir échangé plus tendrement quelques formules d'adieux et de réconfort, elle raccrocha le combiné du téléphone. Dehors, il se remit à neiger. L'inquiétude lui sangla la poitrine, intensifiée par cette impuissance à agir, cette obligation de devoir attendre le matin avant de pouvoir intervenir. Elle trottina vers la cuisine à petits pas feutrés puis, serrant une tasse de café entre ses mains afin de réchauffer ses doigts engourdis, elle s'installa dans le fauteuil à côté du poêle à charbon, persuadée qu'il était inutile de regagner son lit et que la nuit la garderait éveillée. Pourtant, une heure plus tard, elle somnolait déjà.

Ce n'est que vers minuit que le carillon de la porte d'entrée la sortit de sa torpeur. Marie se redressa vivement et, surgissant des brumes du sommeil, s'étonna d'être encore dans sa cuisine à une heure qui, d'ordinaire, la trouvait dans ses draps. Cette visite inattendue la surprit également, elle n'avait plus l'habitude d'être saluée à d'autres heures que celle du thé.

Au deuxième coup de sonnette, son cœur s'emballa dans sa poitrine. À coup sûr, l'intrus ne pouvait être porteur de bonnes nouvelles. Pas à cette heure.

Hébétée, Marie ne sut que faire. Ouvrir en plein milieu de la nuit n'aurait assurément pas été prudent. À cinquante-sept ans, elle n'était qu'une femme usée, incapable de se défendre en cas d'agression. Et la maison étant isolée, aucun voisin ne pourrait venir la secourir si elle appelait à l'aide.

Bientôt, « on » délaissa la sonnette pour des coups violemment frappés contre le battant. Elle s'extirpa de son siège en gémissant avant de se diriger d'un pas peu assuré vers le hall d'entrée.

— Qui… Qui est là ? demanda-t-elle d'une voix trop effrayée à son goût.

« Ouvre ! », lui répondit-on avec force. « Ouvre ou je défonce la porte ! »

Cette voix !

Cette voix, Marie l'aurait reconnue entre toutes. Elle se mit à trembler sous son châle, de froid autant que d'émotion, sachant déjà que le moment qu'elle redoutait depuis tant d'années était arrivé. Oui, il était là, derrière la porte, à quelques mètres à peine, et elle ne pouvait désormais plus rien faire pour l'éviter.

Lorsqu'elle ouvrit enfin, elle se figea, effarée.

— Que… Que fais-tu ici ? balbutia-t-elle.

— J'ai à te parler !

L'homme pénétra dans la maison, sans attendre que la femme l'y invite. À regret, Marie ferma la porte tandis qu'il se dirigeait déjà vers le salon.

— Viens plutôt dans la cuisine, il y a du chauffage.

Elle avait dit ça gentiment, presque tendrement, et regretta aussitôt de se montrer si faible. Comme pour se reprendre, elle ne lui proposa pas de café. L'homme prit place sur une chaise, nerveux, l'œil aux aguets. Ils restèrent quelques minutes sans mot dire, s'épiant avec méfiance. Et tandis qu'elle reprenait place dans son fauteuil, il la toisa d'un regard inquisiteur.

— Je veux que tu lui dises toute la vérité.

— Jamais !

Marie avait presque crié, conférant à sa réponse un point de non-retour qu'elle espéra définitif et indiscutable. La mâchoire de l'homme se crispa en un rictus qui devint haineux puis, d'un geste agacé, il croisa résolument les bras sur sa poitrine sans cesser de la défier.

— Si tu ne le fais pas, c'est moi qui le ferai.

— Je t'interdis !

Elle venait de se redresser d'un bloc, toute droite tendue de menaces aussi vaines que dérisoires. L'homme ne put d'ailleurs s'empêcher d'esquisser un sourire moqueur.

— Tu ne m'interdis rien du tout ! Je suis venu te chercher. On va chez elle tous les deux et tu lui racontes tout depuis le début. Devant moi.

Marie s'affaissa lentement sur elle-même.

— Laisse-moi un peu de temps, murmura-t-elle.

— Rien du tout. Du temps, tu n'en as déjà eu que trop !

Elle courba la tête.

— À quoi cela te servira de remuer tout ça ? marmonna-t-elle d'un ton faussement indifférent. Laisse-la tranquille avec nos histoires…

— C'est pas mes oignons. Tout ce que je veux, c'est qu'elle sache. Et c'est toi qui vas le lui dire.

Marie ne broncha pas. Elle se tint immobile, voûtée dans son fauteuil comme si elle n'allait plus en bouger.

— Maintenant ! précisa-t-il.

Alors elle se leva sans plus faire d'histoire.

— Je suis prête, soupira-t-elle en levant les yeux vers lui.

Ils se dévisagèrent un court moment. Et de voir le vert de ses yeux si clairs le fit tressaillir. Il eut un mouvement d'hésitation avant de se reprendre bien vite, comme si un imperceptible danger le menaçait.

— Marie…, chuchota-t-il.

Elle haussa les épaules en détournant le regard.

— Allons…, grommela-t-elle, agacée. Ça devait arriver un jour ou l'autre.

Et sans plus le regarder, elle prit le chemin du hall d'entrée dans lequel elle se vêtit de son manteau et s'empara de son sac à main. Elle s'effaça ensuite pour laisser l'homme la précéder.

Juste avant de sortir à son tour, elle ouvrit son sac duquel elle extirpa une épaisse enveloppe, qu'elle tint quelques instants entre ses mains fébriles. Marie ferma les yeux. Portant la missive à ses lèvres, elle la respira longuement avant d'y déposer un baiser. Puis elle la posa sur le buffet, bien en évidence.

Alors seulement, elle sortit de la maison et referma la porte derrière elle.

Route nationale.

La voiture file, marquant la neige de ses sillons, et le bruit du moteur ronronne tandis que, balayés par la lumière des phares dans un faisceau circulaire, les arbres défilent de part et d'autre de la route. Dans l'habitacle, personne ne dit mot.

Un peu plus loin, la voiture atteint le sommet de la colline qui mène à l'autoroute. Elle s'engage sans précipitation dans la descente, freine légèrement jusqu'au premier virage, puis reprend un peu de vitesse. Au deuxième tournant, plus abrupt, les freins crissent un peu, mais très légèrement, comme le bruit d'un insecte qui chante un soir d'été. Le prochain coude approche, inévitable, tandis que le véhicule reprend son équilibre, bien stable, sans rien brusquer. Marie inspire une grande bouffée d'air, profondément. L'homme accélère à peine, s'apprête à virer…

Elle s'est jetée sur lui en silence, saisissant le volant d'une main pendant que l'autre s'agrippe frénétiquement au cou de l'homme avant de le repousser avec violence contre le dossier du siège. Surpris, il lâche les commandes sans même comprendre ce qui se passe, à l'instant précis où elle braque le volant vers la droite. Cela ne dure qu'un temps infime, l'espace d'une seconde durant laquelle la voiture quitte la route avant de s'envoler par-dessus la colline et les plaines vallonnées, longtemps, longtemps, et vient s'écraser avec fracas dans un champ en friche. Après, il y a ce silence figé, glacial, pas même un écho, même pas un cri. Juste la carcasse fumante du véhicule, débris de vitres, sièges défoncés, membres brisés, et quelques gouttes de sang qui, déjà, maculent la neige.

Le moteur n'a explosé qu'un peu plus tard, et la voiture s'est rapidement embrasée, mais presque sans bruit. On percevait seulement le crépitement des flammes. Et cela faisait penser, si l'on fermait les yeux, au ronron d'un feu douillet dans une cheminée, si ce n'est l'odeur de chair brûlée qui s'élevait dans les airs.

MANON

Bonjour.

Je m'appelle Manon. Aujourd'hui j'ai trente ans, mais l'histoire que je vais vous raconter date d'il y a presque quatre ans. Quatre années au cours desquelles je n'ai pas eu le temps de regarder derrière moi, pas le temps ou pas le désir, je n'ai jamais eu très envie de répondre à cette question. Trop de regrets, de remords aussi, et des deux je ne sais lesquels sont les plus lourds à porter.

Que vous dire sur moi ? En deux mots, et pour que vous puissiez vous faire une petite idée, disons que je suis jolie sans être belle, pas de quoi se retourner dans la rue, mais devant un miroir et avec un peu de talent, je me défends pas trop mal. Mes cheveux sont châtain foncé, ma peau est blanche, je suis grande et mince, et mes yeux sont noirs, en forme d'amande, ce que je considère comme mon plus bel atout.

C'est un portrait robot succinct, je vous laisse imaginer le reste.

Je suis une vraie pipelette. Adolescente, lorsque je regardais des séries policières à la télévision, je ne comprenais jamais pourquoi, au moment où le flic arrête le méchant et lui récite ses droits, il prend la peine de stipuler d'une voix claire et cadencée, telle une promesse de charité légale : « Vous avez le droit de garder le silence. » Le droit au silence ne m'a jamais parlé. Bien au contraire. J'ai un avis sur tout et j'aime le partager.

Je suis passionnée par les os. Ça peut paraître étrange, ça n'a pourtant rien de morbide. Le corps humain me fascine, d'un point de vue strictement fonctionnel. Depuis l'enfance, le squelette exerce sur moi un attrait particulier, qui pourtant s'arrête à la simple théorie. Les muscles, les viscères, les organes, les cellules et l'épiderme ne m'intéressent pas. J'aime feuilleter des précis d'ostéologie, comprendre la place et la fonction des deux cent six os qui composent notre structure, saisir le mécanisme interne permettant le moindre de nos mouvements, par exemple les articulations charnières, sphériques ou cylindriques ou encore l'agencement des vingt-sept os de la main. Parallèlement, j'aime les puzzles, ce qui n'est pas incompatible, loin de là. Le squelette n'est finalement qu'un puzzle d'os dont chaque pièce tient une place immuable et d'importance égale, qui va de l'étrier (le plus petit) au fémur (le plus long).

Les choses sont si simples lorsqu'on les regarde de loin. Théo disait souvent que la vie ressemble à une toile impressionniste : de tout près, ça ne ressemble à rien. C'est tout juste un foutoir de matières et de couleurs. Mais si l'on prend la peine de s'en éloigner, tout se remet dans l'ordre, comme par enchantement.

Je vais donc tenter de prendre un peu de recul.

Je suis née et j'ai grandi dans la Drôme. Mes parents y ont acheté une maison, entre Valence et Montélimar, à proximité d'un petit village qui s'appelle Cliousclat. C'est une vieille bicoque baptisée « Le Cheminot », qu'ils ont retapée petit à petit, il y a de cela trente-huit ans.

Mes parents…

Elle, c'est Marie. Lui, c'est Thomas. Thomas Lizieux, instituteur à l'école municipale de Loriol, homme franc et loyal, élevant des préceptes moraux comme d'autres élèvent des poules, ou des enfants… Le faux pas accidentel, la petite lâcheté passagère, l'indicible mensonge de politesse, il ne les a jamais commis. Droit comme un « i », fidèle à ses principes comme à sa femme, aussi constant qu'un baromètre, intègre et dévoué, tel était mon père. C'est dire comme nous avions intérêt à marcher droit, ma sœur et moi. Et maman. Mais maman…

Elle, c'est la douceur, le rire et la légèreté. Le silence aussi. Jamais un mot plus haut que l'autre, elle a toujours tenté de ménager la chèvre et le chou. Je ne vois pas trop mon père dans le rôle de la chèvre, mais ma sœur et moi, nous étions parfaites dans celui du chou, deux crucifèracées que maman protégeait dans un panier de tendresse. Elle possédait d'ailleurs un lexique plutôt fourni de noms doux qui nous étaient destinés, mais la plupart du temps, j'étais sa « praline », délectable souvenir d'un séjour en Belgique qu'elle avait fait avec mon père, bien avant ma naissance, et au cours duquel elle découvrit les « Manons », célèbres bouchées au chocolat blanc, fourrées de café et d'amandes caramélisées.

Ce qui donne un aperçu de la saveur que je lui inspirais.

Maman avait des secrets, elle disait qu'elle en était riche. Je les imaginais comme de petites boîtes en or, fermées à clé, qu'elle seule avait la possibilité d'ouvrir quand elle en ressentait le besoin. Elle aimait le jaune qu'elle trouvait romantique. Elle détestait les films de guerre et les débats à la télévision. Elle aimait le porto mais exécrait le rosé. Elle disait souvent : « Le rosé, c'est comme un pet sans odeur : c'est faux cul. » En décembre, elle tricotait des pulls et des bonnets de laine qu'elle achevait invariablement au début du printemps suivant. Cela ne veut pas dire que nous avions froid en hiver et chaud en été, mais tout simplement qu'avec maman, il fallait prendre les choses comme elles venaient. Papa était plus rigoureux. Il avait une montre à gousset qu'il tenait de son père et qui était la précision même. Maman n'a jamais eu de montre : elle avait le temps. Le temps de nous aimer, de nous regarder grandir, de nous écouter.

Maman ne travaillait pas. Du moins pas à l'extérieur.

Ma sœur, c'est Émilie. De deux ans ma cadette, nous avons partagé une enfance plutôt sereine, dont il n'y a pas grand-chose à dire : rivalité raisonnable et complicité fraternelle. Émilie possède le statut privilégié d'être issue de mon enfance. Elle connaissait la petite fille que j'étais, celle qui a façonné la jeune femme que je suis devenue. Nous sommes toujours de grandes amies. Aujourd'hui, elle vit dans une charmante petite maison en bordure d'un champ, pas loin de Montélimar. Comme j'habite Valence, nous n'avons pas l'occasion de nous voir autant que nous le souhaitons. Son mari est psy, il gagne remarquablement bien sa vie. Elle, elle a fait des études d'assistante sociale et s'occupe de femmes battues avec une énergie peu commune. Elle est heureuse. Son bonheur se traduit le plus souvent par la mutation mensuelle de son look et de sa coiffure. Blonde, rousse ou prune, sa chevelure varie de ton comme de longueur. Ma sœur est multi-femme, passant de la bimbo platine à la sombre intellectuelle, et de la punkie polychrome à la baba cool chatoyante sans aucun complexe. Fred, son mari, décèle là une sorte de schizophrénie organique dont il n'est pas le dernier à profiter. En tout cas, il ne s'en plaint pas.

Enfin, il y a Simone. Simone est arrivée chez nous juste avant la naissance de ma sœur. Papa venait d'obtenir une augmentation, ce qui permit à mes parents d'engager une femme de ménage pour aider maman lors de sa seconde maternité. Je n'avais alors que deux ans et je n'allais pas à la crèche. Du plus loin que je me souvienne, Simone a toujours porté le même tablier rose orné de grosses fleurs jaunes qui faisait d'elle un bouquet printanier courant d'un bout à l'autre de la maison. Elle avait de l'énergie à revendre et s'entendait à merveille avec maman. Ce qui ne devait être qu'un petit coup de main occasionnel se mua bien vite en un coup de cœur réciproque. Aujourd'hui, Simone est toujours là : elle a soixante ans, le double de kilos, et trois ou quatre mentons qui reposent en paix sur sa poitrine.

Voilà pour le recul.

Aujourd'hui j'ai un enfant. Il a quatre ans et s'appelle Théo junior en souvenir de celui qui lui donna sa vie. Il me demande beaucoup d'attention, malgré sa grande taille et son apparente maturité. Nonobstant sa totale dépendance à autrui et le temps que je dois lui consacrer, je l'aime de tout mon cœur. Je l'ai ardemment désiré, et même si je n'avais pas vraiment vu les choses sous cet angle, sa présence rythme ma vie et fait battre mon cœur.

Vous ne connaissez pas ma voix. C'est normal, vous parcourez ces pages dans le silence de votre imagination. Sachez seulement qu'elle est claire et distincte, mon débit est plutôt calme, je parle posément, ayant depuis de longues années maîtrisé l'art de la parole.

N'oubliez pas.

C'est moi qui parle.

Ce que vous allez lire à présent est mon histoire.

MADELEINE

Extrait de son journal intime :

Le 8 juin 1930.

Le ver est dans le fruit, pourrissant la marchandise de l'intérieur, et mon père s'en mord les doigts. Depuis le temps qu'on lui en faisait la remarque : « Tu gâtes trop ta fille ! »... La voilà gâtée.

J'étouffe. Le corset dont on m'a ceinturé le corps me comprime les entrailles ; il faut taire et cacher, dissimuler les rondeurs, camoufler le passager clandestin qui se nourrit de moi. Ils l'appellent « le ténia », c'est dire comme ils l'aiment déjà !

Par-dessus le corset, une robe. D'une blancheur immaculée, vierge et pure, qui accoutre cette fille souillée d'un linceul de mensonges ; on me dit belle, on me demande de sourire. Je voudrais mourir. Je cherche les larmes pour pleurer, mais tout en moi s'est tari. Un fruit sec... Je suis seule enfin, quelques instants de paix rongée par la haine, je hurle en silence. Je hante mon corps pour ne pas perdre l'esprit.

Je voudrais dire non.

Je dirai oui.

Bientôt on viendra me chercher pour m'emmener vers l'autel, là où l'on m'attend en ce jour maudit, le jour le plus sombre de mon existence… Le jour de mes noces.

Simon, mon amour, j'entame ce journal en le signant de ton nom. Celui que l'on me donne aujourd'hui empeste l'outrage, je le porterai comme on porte le deuil. Hier, je me suis rendue à Loriol, sur la voie ferrée, me rappelant ces instants si doux où nous étions ensemble. Tu me parlais de ton travail, comparant souvent les deux rails que tu as constamment sous les yeux à nos destinées : faisant route côte à côte, éternellement parallèles et se perdant à l'horizon. Alors je me suis postée sur la voie ferrée et j'ai compris. Là-bas, tout au bout, on a l'impression que les deux rails se touchent, qu'ils ont fini par se rejoindre.

Mais nous, nous savons qu'ils ne se rejoignent jamais.

MANON

Au moment où commence mon histoire, je vis avec Théo depuis trois ans. Cela fait un peu plus de cinq ans que nous sommes amoureux l'un de l'autre, et notre passion partagée nous donne l'espoir de faire un petit bout de chemin ensemble. Mieux encore, c'est à cette époque que nous envisageons de faire un bébé. J'ai vingt-six ans et mon désir de maternité sonne le glas de notre insouciance. Nous en parlons avec des étoiles dans les yeux, persuadés qu'en mélangeant nos gènes, nous donnerons naissance à la plus parfaite des créatures. Comme je l'ai déjà dit, nous habitons un petit appartement à Valence, trois pièces en enfilade plus un bureau, celui de Théo, qui ferait une adorable chambre d'enfant. Reste à convaincre Théo de lui céder son territoire, ce qui ne devrait pas poser de problème.

L'appartement est agréable et lumineux. Il se situe au premier niveau d'une vieille maison, non loin de la place Saint-Jean. À l'arrière, une vieille véranda protège une terrasse qui donne sur une petite cour. C'est un lieu que nous affectionnons tout particulièrement car, même si la terrasse n'est pas bien grande, elle nous permet d'y installer une chaise longue sur laquelle nous prenons des poses de propriétaires terriens ; à condition de ne pas lever les yeux au ciel, car l'état de la véranda est tel qu'il briserait en éclats tous nos rêves de confort. Qu'importe : nous sommes heureux et ce genre de détail n'atteint pas la quintessence de notre bonheur.

La maison qui nous abrite n'est pas très haute : elle compte trois appartements distincts. Nous vivons au bel étage qui, sans être le rez-de-chaussée, est légèrement surélevé par rapport au niveau de la rue. Au deuxième et dernier étage vit une vieille dame, discrète et antipathique, avec laquelle nous n'avons pas de contact, et c'est très bien ainsi. Entre les deux appartements, celui du premier est libre depuis quelques semaines. M. Burneau, notre propriétaire, ne semble pas pressé de le louer, ce qui nous arrange plutôt.

C'est pourquoi, en rentrant chez moi un soir, quelle n'est pas ma surprise de découvrir un étrange personnage dans le hall d'entrée.

Un vieux bonhomme se tient devant moi, dont la carrure large et imposante force le respect au premier coup d'œil. Il est vêtu de sombre, un costume trois pièces, râpé en plusieurs endroits, et son visage en lame de couteau lui donne l'allure d'un oiseau de mauvais augure. Avec sa longue chevelure blanche et ses traits tombants, il semble tout droit sorti d'un film de vampires.

La première minute d'étonnement passée, je lui demande ce qu'il fait là. Il me regarde attentivement, comme si ma question ne se posait pas, et je vois une lueur de… De quoi d'ailleurs ? Quelque chose s'allume dans son regard, indéfinissable, un mélange d'intérêt et d'étonnement, de sollicitude et d'interrogation, son visage s'éclaire imperceptiblement, il semble vouloir me répondre mais reste muet, me détaillant sans retenue.

— Vous cherchez quelqu'un ? dis-je pour briser le silence qui me met mal à l'aise.

Il secoue la tête calmement, sans cesser de me dévisager. Ses yeux sont d'un bleu perçant, scrutateurs, indécents. Je déteste cela.

En fait, je crois que je le déteste déjà.

— J'ai emménagé ce matin au premier étage, finit-il par expliquer.

La nouvelle ne me réjouit pas, mais qu'importe. Le mystère de sa présence s'élucide : ce n'est qu'un voisin.

— Je m'appelle Darmont. Monsieur Darmont, ajoute-t-il comme si le « monsieur » lui servait de prénom. Et vous, vous êtes ?

— Manon. J'habite le bel étage.

— Enchanté.

Il me tend la main et attend que je réponde à son geste, ce que je fais à contrecœur. Sa poigne est moite, désagréable mais ferme. Au moment où je veux reprendre ma main, il accroît sa pression et l'agrippe plus fermement. Ses yeux ne me quittent pas.

— Je suis vraiment heureux de vous connaître. Vous vivez seule ?

Sa question me déconcerte mais je tente de cacher mon trouble.

— Non… Je vis avec mon ami.

Il semble très intéressé, attendant que je lui en dise plus. Ma main est toujours prisonnière de la sienne. Je tente une nouvelle fois de la retirer, il la maintient quelques secondes encore avant de la lâcher enfin.

— Votre ami… Vous n'êtes pas mariée ?

— Non…

— Vous avez des enfants ?

Cette fois, je laisse échapper un bref éclat de rire aussi faux que crispé.

— Pas d'enfants, non.

Ce petit jeu de questions-réponses commence à m'agacer, mais il m'est impossible de rejoindre l'escalier pour accéder à la porte de mon appartement : M. Darmont se tient devant moi et me barre le passage. On le croirait sans domicile fixe, attendant la pièce de monnaie pour s'éloigner. Bizarrement, ses souliers sont en bon état et, encore plus étrange, sur le revers de sa veste est épinglée une petite broche finement ciselée, qui représente un elfe en train de voler. C'est un petit bijou de femme, dont la présence sur ce vieux bonhomme à la dégaine massive et plutôt sinistre semble tout à fait incongrue. Il remarque mon étonnement et, brusquement, se tourne de côté comme pour me cacher l'objet, me libérant ainsi le passage. Soulagée, je file sans demander mon reste et rejoins aussitôt l'escalier.

— À bientôt ? me demande-t-il avec espoir.

— Forcément, oui.

C'est sorti tout seul, je ne voulais pas être désobligeante. Du reste, il n'a pas relevé l'insolence. Il m'a suivie des yeux et, tout en gravissant les quelques marches, je percevais la brûlure de son regard dans ma nuque.

En rentrant chez moi, je me sentais oppressée. Cette rencontre m'avait laissé une sensation de sale, quelque chose de malsain. Instinctivement, j'ai essuyé ma main sur mon pantalon, comme pour effacer toute trace de ce curieux contact. La vision de la broche m'est revenue à l'esprit, on aurait dit un petit être gracile et sans défense, prisonnier de la toile obscure d'un prédateur sans pitié.

Nous avions donc un nouveau voisin. Les locataires précédents, une femme et son fils, ou plutôt devrais-je dire un petit monstre de cinq ans qui semblait ne pas pouvoir se déplacer autrement qu'en tapant des pieds, nous laissaient rarement en paix. M. Darmont n'avait pas l'air bien marrant, mais je me consolai en songeant qu'avec lui, au moins, le calme règnerait dans la maison.

MADELEINE

Le 10 juin 1930.

« Vie commune »… Je souris en songeant que le collectif et l'ordinaire se définissent par le même terme. Je sais déjà que notre existence n'aura rien de collective. C'est donc qu'elle sera quelconque.

La noce est terminée. Ils ont tous profité du spectacle autant que du banquet. Il faut dire que mes parents n'ont pas regardé à la dépense et la fête fut, selon les convives, des plus réussies. Chacun a tenu son rôle avec talent et je fus sans doute la plus médiocre. Papa feignit remarquablement l'émoi, maman sut retenir ses larmes sans ostentation et même Gilbert parut croire en cette infâme comédie. De mon côté, n'ayant pas la niaiserie des jeunes mariées qui n'ont d'yeux que pour leur époux, je pus à loisir observer les réactions de l'assemblée. « S'il est vrai que ce choix peut paraître surprenant, c'est sans doute qu'il est sage… » Voilà le genre de réflexion qu'il m'a été donné d'entendre tandis que je rejoignais l'autel au bras de mon père. Et force fut de constater que, pour une fois, peu de jeunes filles m'ont enviée.

Gilbert n'a rien pour lui, à part du ventre et une coquetterie dans l'œil. C'est dire comme je suis servie ! Les centimètres qu'il perd en hauteur sont largement compensés en épaisseur. Il ventripote d'un air béat, encore tout ahuri de se trouver dans un costume auquel rien ne le prédestinait. Je ne sais où mon père l'a déniché, ni la raison pour laquelle il l'a choisi. Après tout, cela m'est bien égal, lui ou un autre…

Nous voilà dans notre nouvelle demeure, une dot de deux étages bâtie, pour l'occasion, à l'orée du bois du Grand Chêne. Il paraît qu'elle est belle, je la trouve sinistre. Je sens déjà que je n'y serai pas heureuse. Je sais qu'entre ces murs, ma vie sera terne et triste. Elle porte en elle la marque du malheur et il me semble, à la voir se dresser devant moi, qu'elle me domine de sa puissance dévastatrice. Ce ne sont pourtant que des pierres, du bois et du ciment. Mais au moment de passer la porte, un frisson glacé m'a parcouru l'échine. Il faisait nuit noire, j'étais épuisée, et bien loin de retrouver la chaleur d'un foyer accueillant, je m'y sentis aussitôt mal à l'aise. J'ai porté alentour un regard méfiant et, alors que Gilbert allumait les lampes, j'eus l'indéfinissable sensation que les murs me toisaient, s'érigeant devant moi tels les obstacles obstinés à mon bonheur. J'ai l'impression que cette maison est maudite et…

Mon Dieu, comment puis-je écrire de telles inepties ?

Gilbert, quant à lui, paraît la trouver à son goût. L'espace y est si vaste que nous pourrons y vivre sans nous rencontrer. Il est clair que si j'accepte de partager la vie de cet homme, il n'en va pas de même de sa couche. Nous venons de signer un contrat dont je compte bien modifier les clauses à ma guise. Ne suis-je pas ainsi devenue la « maîtresse de maison » ? Pour le reste, le titre de maîtresse à ses limites et Gilbert devra s'en contenter.

La plupart de nos cadeaux de mariage garnissent déjà la maison. Je ne peux pas dire que je raffole de la décoration mais quelques meubles me ravissent, comme ce bahut offert par ma cousine et son mari, entouré de miroirs et dont le piètement est en palissandre. J'ai également hérité du magnifique miroir ovale biseauté et garni de fleurs en bronze de ma tante Amélie. Depuis le temps que je le lui envie ! Je le ferai monter et suspendre dans ma chambre.

À propos de chambre, la nuit de noces donna le ton. Sitôt rentrés de la fête, je me suis enfermée dans la pièce baptisée par mon père « chambre conjugale ». Lorsque Gilbert voulut m'y rejoindre, il trouva porte close et dut redescendre au salon. Hier, notre première journée entre époux fut des plus sombres. Gilbert tenta quelques diversions sur le mode de la futilité, sans doute pour détendre l'atmosphère, enfantillages idiots auxquels je ne prêtai aucune attention. Nous avons donc passé le reste de la journée chacun de notre côté. Pour les repas également, je ne me soucie pas de lui. Lorsqu'il est rentré d'on ne sait où, hier soir, il m'a trouvée à table, sur laquelle un seul couvert avait été dressé.

... Je n'ai plus aucune nouvelle de Simon. Voilà dix jours qu'il a disparu, ne laissant derrière lui ni mot ni trace. Seulement un enfant. Le vide de mon cœur est ainsi comblé par le plein de mon ventre. Simon n'avait pas de nom, pas de titre, aucune chance de trouver grâce aux yeux de ma famille.

Mon père lui refusa ma main, je lui offris mon corps.

Cette absence insoutenable, ce silence forcé ne lui ressemblent pas. J'ai appris qu'il avait changé de ligne et qu'il parcourt aujourd'hui une région voisine, ce qui me fait croire qu'il fut l'objet de pressions : mon père, faisant jouer son autorité et ses relations, n'eut sans doute aucun mal à convaincre son employeur de le muter. Sans quoi il ne m'aurait jamais abandonnée.

Le choix que l'on m'imposa était cruel : entre mon ventre et mon amour, il me fallait trancher. Tant que ma passion n'impliquait que moi, aucune folie n'était assez insensée pour me séparer de celui qui, le premier, troubla mes sens. Mais un enfant ! On arrête de rire et on se pose. Avec la peur survient le doute, je dois à présent compter avec la destinée d'un petit être dont j'ai l'entière responsabilité.

Je suis donc restée.

Et voilà que le lien indéfectible qui devait nous unir à jamais devient irrémédiablement ce qui nous sépare pour toujours.

... J'ai quelques nausées qui n'arrangent rien à mon humeur. Ma poitrine a doublé de volume et me fait horriblement souffrir. Mon père a pris à notre service une jeune personne pour venir m'aider dans les tâches ménagères. Elle arrivera la semaine prochaine. Elle se nomme Cathy et, en vérité, je me réjouis fort de sa venue. J'espère qu'elle sera drôle et de bonne composition. Peut-être qu'en sa compagnie, je me sentirai un peu moins seule...

MANON

Il y a tout de même une chose dont je n'ai pas encore parlé et qui a son importance dans mon récit : « Le Cheminot », la maison de mon enfance, celle que mes parents ont achetée et remise à neuf au fil des ans… Cette maison possède sa propre histoire, et bien qu'elle soit parfaitement authentique, elle renferme ce genre de mystère qui baigne les légendes et fait frissonner les femmes. Du moins, l'enfant et la jeune fille que j'étais à l'époque l'a sublimée de ses phantasmes et de ses illusions.

Au début des années 30, Victor Simonet, un homme riche et puissant qui faisait figure d'autorité dans la région, notaire de son état, fit bâtir la maison pour l'offrir en dot à sa fille, la douce Madeleine. Celle-ci était le plus beau parti de la contrée et, belle autant que riche, elle provoquait la jalousie des femmes et la ferveur des hommes. Mais alors qu'elle était destinée à épouser un individu de sa condition sociale, la jeune fille eut le très mauvais goût d'aimer passionnément un simple cheminot. Victor Simonet contesta fermement cette union, mais son opposition n'eut d'égale que son impuissance à raisonner sa fille. Les deux amants passèrent outre l'autorité paternelle et le drame survint : Madeleine se retrouva enceinte.

En apprenant la nouvelle, Victor Simonet laissa éclater sa fureur. Il usa de son pouvoir pour éloigner l'arrogant et trouva à sa fille un mari décent. Le gendre se nommait Gilbert Leleux et accepta de reconnaître l'enfant de Madeleine comme étant le sien. La noce fut célébrée en grande pompe, tout le village participa à la fête. Et bien que la raison de cette union ne fût très vite plus un secret pour personne, l'enfant de Madeleine échappa ainsi au terme de bâtard.

Bernard naquit par une froide nuit d'hiver et porta le nom de Leleux.

À cette époque, les mariages arrangés étaient monnaie courante, et personne ne songea à plaindre la pauvre Madeleine.

Mais le drame couvait.

Quelques années plus tard, Gilbert Leleux tomba gravement malade. Le docteur Léonard, appelé d'urgence à son chevet, n'eut pas le temps d'endiguer le mal qui l'accablait et le pauvre homme mourut en quelques heures, libérant ainsi Madeleine d'une union qu'elle n'avait pas choisie. Mais ce décès brutal en troubla plus d'un qui, d'hypothèses en conjectures, en vinrent à penser que, décidément, le hasard fait parfois bien les choses.

On raconte qu'à l'enterrement de Gilbert, Madeleine exhiba de manière éhontée un chagrin pour le moins suspect, ce qui ne fit qu'accroître la suspicion. La rumeur s'amplifia et, avec elle, le doute et la controverse. Bientôt, le bruit courut que la jeune veuve avait elle-même empoisonné son époux afin de se débarrasser d'un homme dont la présence l'insupportait chaque jour davantage. Et pour achever de donner raison aux potins, la présence du cheminot fut remarquée dans la région quelques semaines seulement après le décès du mari, marquant là un retour des plus douteux.

Le scandale prit de l'ampleur.

On murmurait dans les chaumières qu'un tel crime ne pouvait rester impuni. Les petites gens accusaient la fortune et le rang social de Madeleine de la protéger des conséquences judiciaires auxquelles un tel acte n'aurait pas manqué de la soumettre. Le village tout entier prit bientôt fait et cause pour le défunt, et le scandale se mua en esclandre.

Quelques jours plus tard, on retrouva les corps de Madeleine et de son amant poignardés dans la chambre conjugale, à l'endroit même où, quelques jours à peine plus tôt, Gilbert avait rendu son dernier souffle. Quant à Bernard, qui allait sur ses six ans, il fut découvert au petit matin, blotti contre un arbre du bois du Grand Chêne et muré dans un mutisme traumatique. Personne ne put rien en tirer.

Nul ne sut jamais ce qui s'était réellement passé. Mais justice avait été faite et le calme revint au village. On avança la thèse du suicide passionnel et l'affaire en resta là. Orphelin, le petit Bernard fut pris en charge par ses grands-parents maternels qui veillèrent sur son éducation.

Durant les années qui suivirent la mort de Madeleine, son père s'acharna à rétablir l'honneur de sa fille. Très vite, on s'accorda donc à dire que le véritable coupable n'était autre que le cheminot, qui avait déjà marqué de sa semence impure le destin de la belle Madeleine. Finalement, sans lui, rien de tout cela ne serait arrivé. Il semble donc que la fracture sociale avait repris ses droits : la faute en incombait désormais au plus misérable d'entre tous.

Quant à la maison, frappée du sceau de la malédiction, elle fut baptisée « Le Cheminot ».

Elle revenait légalement à Bernard et, pendant presque trente ans, resta inhabitée. Puis il la mit en vente, à la fin des années soixante. C'est à cette époque que mes parents, jeunes citadins et fraîchement mariés, l'achetèrent pour une bouchée de pain. Ils y firent les travaux nécessaires et s'y installèrent.

Au fil du temps, les langues se délièrent et l'histoire de Madeleine gagna en indulgence et en séduction. Les mœurs évoluant, on fit d'elle une sorte de victime rebelle qui s'était révoltée contre l'autorité paternelle afin de pouvoir reprendre son existence en main. Moi-même, je n'ai pas échappé à la fascination de Madeleine. Elle était pour moi l'incarnation de la femme dont la vie ressemble à un roman. Petite fille, je m'en suis fait une confidente, l'amie secrète et invisible qui me comprenait. Adolescente, avec la révolte due à cet âge tourmenté, elle devint mon modèle. La maison tout entière baladait son parfum de légende entre ses vieux murs de pierres. N'y avait-elle pas vécu avant d'y mourir de la façon la plus romanesque qui soit ? Dès mes premiers émois d'enfant, mon existence se mit à tourner autour d'une sphère imaginaire dont j'aimais ressentir l'écho, celui d'un destin bouleversé par l'absurdité des hommes et glorifié par le désespoir d'une femme.

Dans cette maison, tout avait une place et même un propriétaire, les pièces comme les objets : durant toute mon enfance, le salon appartenait à mon père, la cuisine à Simone, et le jardin à maman. Mais le soir venu, lorsque ma sœur et moi étions couchées, maman était admise dans le salon de papa. Ce qui prouve qu'après 20 heures, maman se transformait : elle devenait la femme de papa. À l'étage, Émilie et moi avions chacune notre chambre. Le grenier, lui, revenait à Madeleine et j'aimais à penser que son esprit revenait de temps à autre hanter ce lieu mythique.

De même, il y avait des mots qui étaient intimement liés, et jamais personne n'aurait songé à les séparer. On disait : les livres de papa, les hortensias de maman, le tablier de Simone, les bêtises de Manon, les poupées d'Émilie, le fantôme de Madeleine. Ou encore l'horloge de papa, les secrets de maman, les blagues de Simone. On disait aussi : la mort de papa. C'était un système de rangement comme un autre. Maman ne faisait pas de bêtises, Simone n'avait pas de secrets, et quand papa est mort, l'horloge du salon s'est arrêtée.

Ce qui prouve que tout cela faisait partie d'une logique interne qui n'appartenait qu'au « Cheminot » et que cette maison, au travers des destins qui s'y étaient édifiés, avait une existence propre.

MADELEINE

Le 14 juin 1930.

J'ai des envies de meurtre.

Voilà à peine six jours que nous vivons sous le même toit, et je ne le supporte déjà plus. Il ne dit jamais rien, part tôt le matin et rentre tard le soir. Il marche sur la pointe des pieds. Parfois, il est là et je ne le sais même pas. Il se montre aussi indifférent à mon sort que je le suis au sien. Il semble avoir abandonné tout espoir d'approche et paraît s'en satisfaire.

La nuit dernière, en descendant à la cuisine afin d'étancher ma soif, je l'ai surpris dans son sommeil. Il dort la bouche ouverte et ronfle comme un cochon. À le voir ainsi sans conscience, j'ai ressenti le désir impérieux de le faire taire à tout jamais. Il était à ma merci, il me suffisait de m'emparer du tisonnier et de le frapper de toutes mes forces. Un coup bien placé, sec et puissant, entre les deux yeux, ou alors de biais, juste sur la tempe.

Je suis restée un long moment debout, devant lui, me repaissant de cet ignoble spectacle. J'y puisais le regain nécessaire à ma haine, la jouissance du phantasme, allant même jusqu'à percevoir au loin les plaintes moribondes de son agonie… Gilbert me suppliait du regard et tendait vers moi une main tremblante qui implorait mon pardon, juste avant de rendre son dernier souffle, enfin conscient de sa terrible faute : celle d'avoir accepté le marché de mon père.

La vie est absurde. On me reproche d'aimer un homme qui n'est pas de ma condition sociale. Et pour réparer une faute qui, implicitement, fait de lui mon égal, on me marie de force à un simple fonctionnaire, me rabaissant ainsi à une condition moyenne plutôt que de permettre à Simon, tout en bas de l'échelle sociale, de se hisser jusqu'à moi.

J'en perds mon latin.

Maman vient parfois me rendre visite. Elle pleure beaucoup, s'accuse de mille maux, me demande pardon. Je l'écoute patiemment s'émouvoir sur mon sort, puis je lui propose une tasse de café. Elle me demande comment se passe ma vie avec Gilbert. Je hausse les épaules, signifiant par là que je n'en sais pas plus qu'elle. Alors elle se remet à pleurer.

Moi, je ne pleure plus. Je n'ai plus de larmes. Je suis totalement vide. Enfin... façon de parler.

Mon ventre reste plat. J'ai parfois la sensation que le bébé est mort, comme tout ce qui est en moi. Même les nausées s'estompent. Mon cœur bat par habitude, je respire par inadvertance, je bouge par mégarde. Seul mon enfant me donne le courage de poursuivre une vie qui ne m'intéresse déjà plus. Si ce n'était lui, je me donnerais sans doute la mort... Pensée absurde puisque, si ce n'était lui, je serais partie avec Simon.

Ce petit bout d'homme qui grandit en moi, ce cœur qui bat au fond de mon ventre, cette boule d'amour qui croît au sein de mes entrailles reste malgré tout la chose la plus extraordinaire qui me soit jamais arrivée. Est-ce un garçon, est-ce une fille ? Qu'importe... Ce sera un bout de Simon, un bout de moi, l'image et le souvenir de notre amour. Chaque soir en m'endormant, je rêve de son visage, sa bouche, ses yeux, ses mains, ses pieds... Quel enfant sera-t-il ? Je le vois espiègle, vivant, rieur et malin. Je ne sais pourquoi, je ne parviens pas à imaginer une petite fille. Sans doute parce qu'à travers lui, je recherche l'image de Simon, remplaçant l'homme que j'aime par l'être qui comptera le plus pour moi à l'avenir. Qui compte déjà le plus pour moi !

Ce sera un petit garçon attentif, dont les grands yeux bleus porteront sur le monde un regard aiguisé, mordant et intelligent. Plus tard, il sera homme de parole, forcera le respect, dirigera sa destinée avec clairvoyance et sagacité. Il trouvera l'amour d'une femme qui, tout au long de sa vie, le comblera de bonheur. Ensemble ils auront des enfants qui leur ressembleront et auxquels il donnera ce que son propre père n'aura eu le privilège de lui apporter. Il rattrapera la chance et corrigera les erreurs du destin. Plus tard encore, lorsqu'il atteindra la fin de sa vie, ce sera un splendide vieillard, fier et droit, entouré des siens qui jamais ne l'abandonneront. Il restera un exemple pour tous, ses enfants comme ses petits-enfants. Il sera à la tête d'une grande tribu, tous soudés comme les doigts de la main, réunis autour du patriarche dont ils seront les dignes descendants. Sa vie aura été remplie de joies, d'amour, de délices et de rires, mais aussi d'embûches, de larmes et d'obstacles dont il aura su vaincre les pièges et guérir les blessures.

Oui, c'est ainsi que les choses se passeront.

MANON

M. Darmont était un être tout à fait particulier. Je dirais qu'il était un curieux mélange entre Jack Palance et Michel Serrault. De Jack Palance, il avait la carrure massive dénotant un squelette de toute beauté, le nez droit, l'os maxillaire inférieur volontaire, la bosse frontale proéminente, les pommettes saillantes, magnifiques spécimens d'os malaires qui donnaient à ses yeux une forme de quartier de lune décroissante posé sur ses pointes, et plutôt éloignés de la suture métopique. De Michel Serrault, il avait l'attitude nonchalante, la force des géants pris dans la tourmente et l'ironie de ceux qui n'ont plus rien à perdre. Ni beau ni laid, il se dégageait de sa personne un charme envoûtant, insolite, dont il avait dû user et abuser dans sa jeunesse, sans doute même jusqu'à la force de l'âge, lui conférant l'assurance des hommes qui se savent remarquables. Force de la nature sur le déclin, singulière fusion entre puissance et vulnérabilité, rudesse et courtoisie, Jack Serrault se mouvait comme un ogre timoré, conscient de sa vigueur tout en la craignant, comme si l'enveloppe corporelle dont il devait faire usage sur cette terre était en totale contradiction avec l'âme qui luisait derrière son regard d'acier.

Il semblait inaccessible, et pourtant terriblement désireux d'être accepté. Il n'avait ni femme ni enfants, et paraissait avoir fait un pacte avec la solitude de son existence.

Au début, ce n'est pas tant sa présence qui m'a intriguée, mais plutôt son absence obscurément palpable. Le soir même de notre première rencontre, sitôt Théo rentré à la maison, je lui ai raconté la singulière dégaine et les manières affables, limite pesantes, de notre nouveau voisin. La nouvelle ne l'enchanta pas, ça nous plaisait bien de pouvoir faire du boucan sans importuner personne, mais d'un autre côté nous nous sommes consolés en nous disant que nous aurions pu tomber sur pire, un couple avec quatre gosses par exemple, ou même deux ou trois étudiants dont les horaires n'auraient, à coup sûr, pas été synchrones avec les nôtres.

Pendant une semaine, nous n'eûmes pas l'occasion de croiser M. Darmont. Il était d'une discrétion sans limite, j'en vins même à penser que j'avais rêvé et que l'appartement du dessus était encore vide. Le nom de « Darmont » est pourtant bien venu s'ajouter sur la boîte aux lettres.

Quelques jours plus tard, en rentrant le soir à la maison, nous avons trouvé notre courrier méticuleusement empilé sur notre palier. Il faut dire que, dans cette vieille maison, la porte d'entrée ne comportait qu'une seule et unique boîte aux lettres qui recevait le courrier de tous les locataires de la maison. D'un accord tacite, nous prélevions notre correspondance propre sans toucher à celle des voisins.

Perplexes devant ce petit tas de missives intactes, nous avons échangé, Théo et moi, un regard interrogatif.

— Il se prend pour le concierge ?

Puis nous ramassâmes nos lettres sans chercher à comprendre.

Le lendemain et les jours suivants, le même service nous fut accordé. La chose ne nous gênait pas, c'était même plutôt pratique. Le facteur passait aux environs de 9 h 30, heure à laquelle nous étions habituellement déjà partis au boulot, sauf le jeudi matin où ni Théo ni moi ne travaillions.

Au fait, je n'ai pas encore parlé de nos activités professionnelles... Théo était vétérinaire et travaillait à l'époque comme assistant chez un canin, ce qui signifie dans leur jargon de spécialistes que leurs patients étaient principalement des chats, des chiens et des animaux de compagnie. Il comptait s'y faire la main pendant un an ou deux avant d'ouvrir son propre cabinet.

Et moi... Pour tout dire, je suis intérimaire, situation temporaire qui a fâcheusement tendance à avoir les propriétés du définitif, et mon secteur d'activité est la petite enfance.

Je suis puéricultrice.

Je travaille dans les crèches, remplaçant une collègue malade, ou en congé de maternité, ou encore en dépression, bien que dans ce milieu, les dépressives ne soient pas monnaie courante, si ce n'est celles qui désirent un enfant qui se fait attendre. Et de voir ces bébés gazouiller toute la journée, ça leur mine le moral, surtout que certains parents se plaignent tout le temps, déposent leur mouflet dès 7 h 30 pour ne venir le chercher qu'à 18 heures, genre je n'ai pas le temps, allez ouste ! bon débarras. Ça arrive, c'est terrible, surtout que nous, on s'y attache à ces bébés roses et joyeux posant sur nous un petit minois intrigué de nous voir si présentes.

Passé vingt-cinq ans, j'ai fait comme la plupart des femmes, j'ai voulu mon bébé à moi, celui que j'allais porter et allaiter, celui qui aurait un peu de moi et un peu de Théo, un savant mélange de tout ce que nous avions de mieux. Théo n'était pas contre, même si pour lui il n'y avait pas d'urgence. Après quelques semaines de négociations, j'achevais, victorieuse, ma dernière plaquette de pilules.

À partir de ce moment-là, tout a changé autour de moi. Dans la rue, je me suis mise à croiser un nombre hallucinant de femmes enceintes, pointant fièrement leur ventre rond vers l'avant. Ou alors des couples poussant un landau, le regard cerné mais béat. Dès que j'allumais la télé, je tombais invariablement sur des pubs pour des couches culottes, pour des collations bourrées de vitamines ou pour des pommades anti-inflammatoires protégeant les fesses potelées de nourrissons hilares. À croire que le monde entier ne tournait plus qu'autour de la maternité. J'attendais mon heure, je savais qu'elle était proche et je souriais avec confiance.

Ma gynéco m'avait prévenue : l'arrivée d'un enfant est un miracle et ce miracle peut parfois se faire attendre plus longtemps que prévu. Quand on prend la pilule pendant tant d'années, il faut laisser au cycle le temps de se refaire une santé. Lorsque M. Darmont s'est installé au-dessus de chez nous, cela faisait exactement dix mois que nous espérions toucher au but, mais la lumière de nos jours n'avait pas encore donné signe de vie. Nous ne désespérions pourtant pas. Théo le prenait avec philosophie, et lorsque je sortais des toilettes l'air grave et déçu, il s'exclamait d'un ton faussement consterné :

— Quoi ? Encore ! Mais c'est tous les mois, alors !

Puis il me prenait gentiment dans ses bras pour me consoler, arguant que dans ce genre d'entreprise, les répétitions étaient tout aussi intéressantes que l'opening night. Il avait raison, bien sûr, il ne fallait surtout pas en faire une fixation, ne pas tomber dans le travers de ces amants qui ne s'accouplent plus que pour se reproduire, à dates fixes et lorsque la température de madame indique une ovulation imminente. N'empêche, c'était difficile de ne pas y penser, mais je me faisais violence : je savais que Théo n'appréciait que modérément d'être transformé en étalon reproducteur. Mais il est également vrai que, pour moi, le temps se divisait désormais en cycles mensuels, et qu'à mon goût, l'attente du fruit de mes entrailles commençait à se faire un peu longue.

Voilà donc l'état d'esprit dans lequel j'étais lorsque M. Darmont est entré dans nos vies. Les échecs successifs de nos ébats amoureux me fragilisaient malgré tout et, pour ne rien arranger, je sentais bien que mon empressement agaçait un peu Théo.

Le problème avec Théo, c'est que nous n'avions pas le même passif question famille. Alors que mon enfance s'était déroulée de manière paisible et linéaire – à part la mort brutale et accidentelle de mon père lorsque j'avais quinze ans – la sienne fut marquée par un drame qui bouleversa sa vie.

Il avait trois ans et demi lorsque, le soir du réveillon de Noël, ses parents furent sauvagement assassinés par deux junkies en plein trip. Pharmaciens, ils avaient fermé boutique une heure avant l'horaire habituel. Le couple avait couché leur petit garçon assez tôt dans la soirée, lui promettant de venir le réveiller peu avant minuit afin qu'il puisse découvrir toutes les merveilles que papa Noël avait apportées. Quelques années plus tard, Théo apprit que, alors que ses parents avaient disposé les cadeaux au pied du sapin, soignant particulièrement la mise en scène pour que le spectacle soit féerique, deux jeunes toxicomanes avaient fait irruption dans la pharmacie attenante à la partie privée de leur domicile. Son père s'était férocement opposé à eux, tentant de les faire sortir, mais les délinquants avaient depuis longtemps dépassé le seuil de toute raison. L'altercation fut violente, les junkies survoltés et le drame inévitable. L'un des deux était armé d'un cutter qu'il planta dans la gorge du père de Théo, tandis que l'autre maintenait sa mère de force, la bâillonnant de ses mains et entravant ainsi toute possibilité de cris et de fuite. Lorsqu'ils virent le père de Théo agoniser à leurs pieds, ils furent pris de panique. Leurs visages étaient à découvert, ils venaient de commettre l'irréparable et, par-delà les effluves de la drogue, ils se virent perdus. La mère n'était plus, à leurs yeux, qu'un témoin gênant. Ils lui réservèrent le même sort avant de prendre la fuite.

Ils furent arrêtés deux jours plus tard et sont actuellement toujours derrière les barreaux.

Mais cette nuit-là, à l'étage, Théo dormait du sommeil du juste. L'enfant s'éveilla à l'aube et descendit au salon. Papa Noël était bien passé, le sapin scintillait de mille feux et, à ses pieds, une multitude de paquets colorés attendaient qu'on les ouvre.

Un peu plus loin, les corps égorgés de ses parents le fixaient d'un regard sans vie.

Pendant une longue partie de son enfance, Théo crut que c'était le père Noël qui avait assassiné ses parents. Puis il grandit et comprit ce qui s'était passé. Mais la blessure est restée omniprésente et, pour lui, Noël n'a plus rien de festif. C'est une période chaque fois très difficile car, chez moi, le réveillon est sacré et maman ne peut imaginer le passer sans ses filles. La première année de notre vie commune, Théo n'est pas venu réveillonner avec nous. Il lui était inconcevable de boire et de manger ce soir-là, a fortiori pour faire la fête. L'année suivante, je n'envisageais plus de passer Noël sans lui mais ne voulais pas faire de peine à maman. Elle comprenait sa douleur mais refusait d'admettre que nous puissions passer cette soirée-là chez nous, comme s'il s'agissait d'un soir normal. À force d'arguments et de persuasion, Théo est tout de même venu réveillonner au « Cheminot », mais la fête fut gâchée. Sa présence silencieuse autour de la table pesait comme un reproche et, finalement, personne n'en profita.

Les deux années qui suivirent, je voyais arriver le réveillon avec appréhension. Cette période si gaie, ce moment que, petite, j'attendais avec tant d'impatience était devenu une source de tension et de disputes. J'essayais de faire admettre à Théo qu'il vient un moment où il faut enterrer ses vieilles blessures, et envisager de voir simplement en Noël une fête familiale et conviviale pourrait l'aider à chasser ses vieux démons.

Mais il n'en a jamais démordu : pour lui, le père Noël est à jamais un ignoble personnage dont il ne veut surtout plus entendre parler.

MADELEINE

Le 18 juin 1930.

Cathy vient d'arriver. J'ai trouvé en elle l'amie et la complice que j'espérais. Elle est très jeune, dix-sept ans à peine, mais ne manque ni de caractère ni de bon sens. Elle me tient compagnie plus qu'elle ne tient la maison, mais avec elle, les journées semblent moins longues. La vie reprend un peu de saveur, nous parlons beaucoup, elle me raconte sa vie, ses frères qui lui manquent, son père mort de maladie, sa mère devenue alcoolique depuis.

Ensemble, nous faisons mille et une choses, des choses de filles qui me rappellent la douce époque de l'insouciance, lorsque je rêvais d'un avenir lumineux, bien loin de l'existence cloîtrée à laquelle je dois aujourd'hui me résoudre. Nous passons des heures à feuilleter les publications qui nous viennent de Paris, admirant à l'envi les tenues des dames, robes en crêpe de soie perlées de jais, en satin de soie et strass ou en taffetas, tellement élégantes et distinguées. La gaine haute réapparaît, ceinturant la taille et l'estomac. C'est d'un chic ! Mais que ferions-nous de pareilles tenues ici ? Et pour plaire à qui ?

Il semble que la mode des cheveux soit à la coupe courte et carrée. C'est audacieux, surtout si l'on considère que le style « garçonne » est aujourd'hui tombé en désuétude et que les vieilles normes reprennent le dessus. Dans le beau monde, les différentes toilettes pour le matin, celles de la visite de l'après-midi, du cocktail, du petit dîner, du grand dîner et du bal ont repris du service, au grand désespoir de maman qui déteste se changer. Elle a parfois des attitudes de rebelle qui lui échappent et je me dis qu'il m'en faudrait peu pour la mettre de mon côté. Je n'en ai pourtant ni l'envie ni le courage.

… Hier matin, j'ai fait don à Cathy du collier de perles que Gilbert m'a offert le jour de nos noces. Le soir, elle nous a servi le repas parée de son collier, ce qui ne fut pas du goût de mon mari. Il ne broncha pourtant pas, mais je vis dans son regard une contrariété des plus jouissives. À la fin du repas, juste avant de quitter la table, il me tint ces propos :

— La générosité est une qualité qui me plaît. Et je suis heureux de constater qu'elle fait partie de ta personnalité, Madeleine.

Son ton était pourtant chargé de reproches, ce qui me laissa froide.

— Il y a beaucoup de choses que tu ne connais pas de moi, lui répondis-je d'un ton indifférent.

— Tant mieux. Cela augure quelques surprises… J'espère seulement qu'elles seront bonnes.

Je haussai les épaules.

— Tant qu'il y a de la vie, il y a de l'espoir…

— L'espoir de vivre, en tout cas. Comment te sens-tu ?

Surprise par cette soudaine sollicitude, je mis quelques instants avant de répondre.

— Qu'est-ce que ça peut bien te faire ?

— Tu portes mon enfant, Madeleine. Il est normal que je m'inquiète de ton état.

Ce fut comme une gifle qui claqua dans l'air. Une bouffée de haine m'oppressa la gorge, et je me redressai d'un bond avant de le toiser de toute ma colère.

— Cet enfant ne sera jamais à toi, Gilbert. Mets-toi bien ça dans le crâne. Je te défends d'y toucher.

— Il portera pourtant mon nom…

Il était impassible et levait vers moi un regard débonnaire, presque flegmatique. Je ressentis le désir abrupt de me jeter sur lui pour le battre, le griffer, le mordre. Nous nous défiâmes un court moment, et je perçus en lui une force jusque-là méconnue, qui me déstabilisa quelque peu. Le sens de ses dernières paroles résonna dans ma tête, me terrassant enfin, telle une lame de fond qui emporte avec elle les vestiges encore debouts et, l'espace d'un instant, j'entrevis l'horreur de ma situation. Comment ne l'avais-je pas encore compris ? Jusque-là, je m'étais raccrochée à l'idée d'une coexistence relativement courtoise, le paravent d'une vie dont la communauté d'intérêts cacherait l'absence de relations. Mais jamais je n'avais imaginé que Gilbert puisse avoir la moindre autorité sur mon enfant, ni même qu'il en exprime le souhait.

Cette idée m'épouvanta.

J'eus la sensation qu'il était en train de me violer l'âme et le corps, que ce regard pourtant si placide incendiait de son arrogance l'ultime espoir que je conservais encore de trouver quelques joies en cette vie.

Je sentis les larmes inonder mes yeux, que je dus précipitamment fermer pour ne pas m'effondrer devant lui. Puis, anéantie, trop blessée pour parvenir à lui faire face sans me couvrir de ridicule, je quittai la table et courus m'enfermer dans ma chambre.

Je regrette amèrement d'avoir laissé paraître tant de faiblesse. Mais si les choses ont tourné à mon désavantage, elles ont du moins le mérite d'être claires. J'ai compris qu'il n'y a pas de place pour les perdants, et qu'un enfant ne peut avoir qu'un seul père. En aucun cas, ce ne pourra être Gilbert.

Il faut donc qu'il disparaisse.

MANON

Nous avons fini par croiser M. Darmont un après-midi, environ trois semaines après son installation dans la maison. C'était le premier dimanche de novembre, au marché aux puces de la place Saint-Jean, nous profitions des derniers beaux jours avant l'entrée de l'hiver, et je me rappelle que ce jour-là, il faisait particulièrement doux pour la saison. Théo et moi marchions main dans la main, tentant de repérer deux sièges libres parmi les terrasses prises d'assaut.

Je l'ai tout de suite reconnu.

Il était installé à une table, seul, raide et droit sur sa chaise, comme si on l'avait posé là pour venir le reprendre un peu plus tard. Parmi la jovialité collective, il faisait tache dans le décor.

— C'est lui, soufflai-je à Théo en lui pressant la main.

— Qui ça, lui ?

— Jack Serrault.

Théo lorgna dans la direction que je lui indiquais et le repéra sans peine.

— Il n'a pas l'air si terrible…

— Je n'ai jamais dit qu'il était terrible, j'ai dit qu'il était bizarre.

— Viens…

Et sans me laisser le temps de protester, Théo m'entraîna parmi les chaises occupées avant de se planter devant M. Darmont. Il le salua d'un petit signe de la tête puis se présenta selon les convenances.

— Je suis Théo, votre voisin du dessous. Et voici Manon, mon amie, que vous connaissez déjà, je pense. Pouvons-nous nous joindre à vous ?

Surpris par notre apparition soudaine, Darmont nous considéra quelques instants sans mot dire, le visage imperturbable si ce n'est son arcade sourcilière droite légèrement surélevée par rapport à la gauche.

— Mais bien entendu ! déclara-t-il enfin en affichant un sourire tordu qui n'avait rien de franc.

Théo me pria courtoisement de prendre place sur l'unique siège libre et partit en quête d'une autre chaise qu'il pourrait intercaler dans la rangée. Pendant un petit moment, je restai seule en compagnie de notre voisin. Le silence qui s'installa entre nous joua avec le temps comme un élastique que l'on étire à l'extrême. Darmont semblait plus que jamais vissé à son siège, ne cessant de me dévisager sans discrétion, ce qui me mettait mal à l'aise.

— Vous êtes éblouissante…

Hein ?

Qu'est-ce qu'il me fait là, le papy ?

Je n'étais pas complètement idiote. On pouvait dire que j'étais mignonne, que j'étais sympa, que j'étais serviable ou encore sensible, mais certainement pas que j'étais éblouissante.

— Merci.

Mon dieu, quelle pitié !

Je me suis dévissée la tête pour voir ce que faisait Théo : il cherchait toujours un siège libre et je le maudis en silence.

— Quel âge avez-vous, maintenant ?

— Pardon ?

Darmont ne m'avait pas encore quittée du regard. Il semblait même que plus rien d'autre n'existait, juste ma présence et mon « éblouissante » beauté. C'était pathétique.

— J'ai vingt-six ans.

Il hocha la tête comme s'il confirmait ma réponse. Puis, enfin, Théo revint.

Le temps de trouver la place pour s'installer, nous commandâmes enfin les consommations.

— Vous vous plaisez bien ici ?

Théo était particulièrement liant, ce jour-là.

— Beaucoup, répondit Darmont. C'est un quartier très agréable. Et vous ? Depuis combien de temps vivez-vous ici ?

— Ça va bientôt faire trois ans.

La discussion se poursuivit sur le même ton, passant d'une banalité à une autre, comment trouvez-vous la maison, des deux boulangeries du quartier laquelle fait le meilleur pain, pour le café je vous conseille la brûlerie du coin, je ne bois jamais de café, merci, mais par contre savez-vous s'il y a une piscine dans le coin ?

C'est ainsi qu'on apprit que Darmont avait une santé de fer qu'il cultivait avec grand soin, passant ses journées à faire de grandes balades dans les rues et que, deux fois par semaine, il se rendait à la piscine pour faire ses quarante longueurs hebdomadaires. Ses prouesses physiques épatèrent Théo qui le complimenta sur sa grande forme. Les traits de Darmont s'épanouirent sous l'assaut d'une fierté presque enfantine et, devant tant d'ingénuité, je commençai moi aussi à me détendre.

— Et vous, Manon, que faites-vous dans la vie ?

Jusque-là, je n'avais pas dit grand-chose, un tour de force pour une pipelette comme moi. Mais au cours de cette petite conversation anodine, notre voisin s'était montré charmant, se découvrant sous un jour plutôt aimable.

— Je suis puéricultrice, dis-je en esquissant un premier sourire.

— Quel merveilleux métier !

Son ton sentencieux m'irrita une nouvelle fois. J'en ignore la raison, mais chaque fois qu'il me parlait, il adoptait un phrasé emphatique, comme s'il s'adressait à un jeune enfant. Le timbre de sa voix me crispait, j'avais envie de lui répondre sur le même mode, comme une gamine. Ce que la politesse m'interdisait évidemment, je n'étais plus une enfant.

J'ai résumé en bref ma situation professionnelle, mon amour des enfants, mon désir de trouver un poste fixe, la pénurie d'emplois, le système de fonctionnement des boîtes intérimaires. Darmont semblait venir d'une autre planète, ou bien était-ce son âge qui le rendait étranger au fonctionnement de notre société actuelle ? Quoi qu'il en soit, il paraissait découvrir un monde qui lui était inconnu. Mon récit fut donc ponctué d'exclamations censées traduire l'ébahissement, l'encensement ou la compréhension. Un vrai supplice.

— Et vous, que faisiez-vous de vos journées avant vos balades et vos longueurs ?

Subitement, Darmont se tut. On eût dit que je venais de lui poser une question piège dont il ne savait comment se dépêtrer.

— J'étais employé, finit-il par répondre après un long temps de réflexion.

— Dans quel secteur ? s'informa Théo.

— L'immobilier.

— Ah ! Et vous n'avez jamais investi ?

— Non… J'aurais dû, sans doute, mais je n'avais pas les fonds nécessaires et, vous savez, les maisons, c'est surtout un puits sans fond, avec tous les travaux qu'il faut y faire chaque année, il faut avoir les reins solides, ce qui n'était pas mon cas, mais il est vrai qu'aujourd'hui je regrette un peu, ça m'aurait évité de devoir louer un petit appartement et…

Il ne s'arrêtait plus, se justifiant sans raison, faisant lui-même questions et réponses dans le désordre. Tandis qu'il parlait, je dévisageais Théo d'un regard fixe, tentant de lui faire comprendre que cette prise de contact avec notre nouveau voisin commençait à me lasser. Je trouvais que Darmont ressemblait à ces personnes que l'on invite sur un plateau de télévision pour parler d'une maladie rare, un truc psychologique dont on ignorait tout il y a vingt ans encore, le syndrome machin ou la pathologie truc-muche…

J'adore les émissions à débat, les magazines de société dans lesquels on découvre le quotidien singulier d'individus en proie à des troubles du comportement, ou victimes d'un destin peu ordinaire. Comment vivre avec un enfant hyperactif, la rumeur et ses préjudices, boulimie et anorexie : les maladies du siècle, vivre sa sexualité sans complexe… Théo, lui, ça l'énerve un peu. Il ne comprend pas comment je peux ressentir de la compassion pour ces inconnus qui viennent étaler leur misère devant des millions de téléspectateurs. Mais Théo n'aime pas assez les gens. C'est sans doute ce que je lui reproche le plus. Je sais qu'il a des circonstances atténuantes, ayant lui-même vécu un drame saisissant. Il me rétorque que, justement, il ne voit pas l'intérêt de le crier sur tous les toits, que sa vie ne regarde personne et que savoir que d'autres sont également malheureux ne peut pas l'aider. À mon sens, il a tort. Parler, c'est déjà un premier pas vers l'apaisement, la consolation ou même la guérison.

C'est d'ailleurs un peu ce que je fais ici.

Théo m'assure alors que je ne peux pas comprendre, ce qui a le don de m'exaspérer.

Théo et moi menions à cette époque l'existence simple et confortable d'un couple, je pense, ordinaire. Nous n'étions pas toujours d'accord l'un avec l'autre et défendions chacun nos opinions avec ferveur. On se taquinait, on se chamaillait, on se querellait, parfois même on s'engueulait, je pleurais, il râlait, mais ce n'était jamais réellement grave. Nous nous réconciliions assez vite jusqu'à la prochaine dispute.

La seule fois où nous avons connu une crise plus profonde fut l'année précédente, juste après Noël. Théo m'en a réellement voulu de lui avoir « imposé » le réveillon.

— Je ne t'ai rien imposé du tout, j'ai juste émis le souhait d'être auprès de toi et de ma famille. Avoir envie de passer Noël avec l'homme qu'on aime, je ne vois pas ce qu'il y a de tellement inconcevable. En plus, il ne me semble pas t'avoir traîné de force jusqu'au « Cheminot » !

— Arrête ! Tu m'as fait un baratin pas possible sur les traditions, l'importance de cette soirée pour ta mère et toutes ces conneries dont, franchement, je n'avais rien à cirer.

— Moi, j'en avais à cirer !

— D'accord ! Seulement tu vois, Manon, dans ce cas précis, je trouve que tu es particulièrement égoïste. Je n'ai pas envie de fêter Noël. Ni avec toi ni sans toi. Point barre. Je suis désolé, c'est peut-être injuste, mais c'est comme ça.

— Et que moi, j'aie envie de passer cette soirée-là en compagnie de tous ceux que j'aime, ça n'a aucune valeur ?

— Ça en a pour toi. Pas pour moi.

— C'est facile, ça ! T'as pas envie, du coup je peux aller me faire foutre !

— T'as tout compris !

Il était tellement implacable que j'eus envie de le gifler. Il n'y avait pas de discussion possible, il était devenu inaccessible, ne me laissant aucune porte de sortie.

— Et c'est moi qui suis égoïste ? ai-je ricané d'une voix chevrotante et les larmes aux yeux. Théo, je conçois que Noël soit un mauvais souvenir pour toi mais…

— Stop ! m'intima-t-il en élevant le ton. Tu ne conçois rien du tout, Manon. Je ne veux même pas aborder le sujet.

Son attitude m'a réellement énervée. Il se drapait dans sa souffrance, martyr impénétrable du désespoir humain.

— Parce que tu crois que tes parents seraient heureux de te voir passer Noël tout seul chez toi, à te morfondre chaque année en souvenir de deux cons ?

En disant « deux cons », je pensais évidemment aux junkies. Mais Théo crut que je parlais de ses parents. Je vis son regard se troubler de rage, une lueur assassine déjà prête à m'équarrir. Il resta un bref moment sans rien dire, soufflant comme un buffle, puis il tourna les talons avant de partir en claquant la porte.

Il n'a pas réapparu pendant trois jours.

Je crois que ce furent les trois jours les plus éprouvants de notre histoire. Je ne comprenais pas ce qui avait motivé cette réaction excessive et j'ai cru que tout était fini. Durant trois jours, je n'ai cessé de tourner en rond dans l'appartement, sans oser sortir au cas où il reviendrait (il était parti sans son portable) me nourrissant à peine, pleurant toutes les larmes de mon cœur, fumant comme une cheminée et ne dormant qu'épisodiquement, lorsque l'émotion et la fatigue se faisaient trop lourdes. La douleur harcelait chaque parcelle de mon corps, électrisant mes nerfs, écartelant mes boyaux, oppressant ma poitrine et comprimant mes entrailles. Je n'étais plus qu'une boule de chair martyrisée par la peine et le chagrin.

Puis il revint, dans la nuit du quatrième jour.

Je l'ai entendu ramper dans la cage d'escalier, il s'agrippait aux barreaux comme s'il escaladait l'Everest, riait tout seul et marmonnait d'incompréhensibles paroles. Lorsque je suis apparue sur le palier, me considérant d'un regard surpris, il m'a demandé d'une voix pâteuse ce que je faisais chez lui. Puis subitement, le visage éclairé par une illumination soudaine, il m'appela Cathou, ensuite Lila, enfin Doudou.

J'en fus très malheureuse.

Je l'ai sèchement aidé à réintégrer notre appartement, lui ai maintenu la tête sous le robinet d'eau froide pendant de longues minutes avant de le mettre au lit sans ménagement. Ensuite, j'ai continué à pleurer pendant… Oh, encore plus que ça !

Le lendemain vers midi, il y eut l'acte un : réveil brumeux de Casanova, casquette de plomb, bouche pâteuse, œil trouble et teint vitreux.

L'acte deux fut plus calme mais tout aussi banal : le tirage de gueule. On ne se dit rien mais on n'en pense pas moins. Il fallut attendre le troisième acte pour retrouver un peu d'action.

Dans un crescendo subtil et adroitement mené, le ton monte. Tout d'abord, les reproches : insidieusement jetés sur le plateau, ils entament la scène de ménage qui, dès les premières répliques, s'annonce grandiose. Nous campons tous les deux sur nos positions en nous rejetant mutuellement la faute. Puis ce sont les reproches phase deux, ceux qui datent d'il y a longtemps et que l'on garde bien au chaud pour l'occasion. Avec le temps, ils ont mûri, imbibés de rancœur mal digérée, le tout accompagné de mauvaise foi et d'accusations démesurées. La scène s'achève sur un coup de théâtre, roulement de tambours, le suspens est à son comble : j'éclate en sanglots. À travers un rideau de larmes, j'aperçois mon Théo qui s'étiole lentement et, peu à peu, l'atmosphère se détend. Le ton est plus faible, plus hésitant, un raclement de gorge, les bras dont on ne sait que faire, le dodelinement d'un pied sur l'autre… Tout le dispositif est en place : l'acte quatre peut commencer.

Sur le son doux et timide d'une flûte, Théo s'approche de moi, incertain et maladroit, tandis que, la tête cachée dans mes mains, je sanglote toujours. Lorsque la clarinette emboîte le pas à la flûte, ténue mais néanmoins plus assurée, il me tend un mouchoir dans lequel je me mouche bruyamment. Les trompettes en profitent pour s'avancer, pianissimo dans un premier temps, puis de plus en plus sonores. Au moment précis où le cor fait son entrée, il m'enlace tendrement les épaules et, sur un bref coup de cymbales, claires et vibrantes, il m'attire vers lui. Nous nous regardons un long moment, les yeux dans les yeux pendant le solo de piano. Enfin, quand tout l'orchestre reprend la mélodie pour le final, Théo me serre contre lui avec passion pour m'embrasser ensuite fiévreusement au son des violons, solennels et olympiens, avant d'achever majestueusement la mesure dans un roulement grandiose de percussions.

Nos visages se séparent lentement l'un de l'autre.

Théo me sourit.

Rideau.

MADELEINE

Le 11 mai 1931.

Je n'ai plus écrit. Bien sûr, je n'étais pas assez sotte pour confesser sur papier les pensées les plus violentes qui me dévoraient l'âme. J'ignore la raison pour laquelle je reprends la plume aujourd'hui, peut-être parce que le souvenir de ma haine passée me ronge de culpabilité et qu'il me faut l'extraire, l'arracher au secret qui hante encore mes nuits, et parfois même ces moments de solitude, lorsque la maison est vide, silencieuse, et que Bernard dort dans son couffin… J'ai mal de cette trahison forcenée, tellement ancrée dans une fidélité d'adolescente, intégrale et sans concession, gonflée d'assurance, là où le doute ne signifie plus que perfidie et inconstance.

Les choses ont tant changé ! Bien sûr, Bernard est né, bouleversant tout sur son passage, un petit corps de chair dont on se demande d'où lui vient ce pouvoir insensé de transformer les choses et les êtres autour de lui. Il est arrivé dans ma vie, dans notre vie, a ouvert les yeux sur un monde qui n'attendait plus que lui, comme une évidence, il a scellé à jamais le bonheur qui nous assaillait de son aveuglante lumière. Bien sûr, le soleil a toujours brillé dans le ciel. Mais aujourd'hui, enfin, il nous réchauffe.

Par où commencer ?

Je tourne la page de ce cahier pour en lire la dernière phrase écrite il y a maintenant onze mois : « Il faut qu'il disparaisse. »

J'ai écrit « il faut qu'il disparaisse », je n'ai pas écrit « il faut qu'il meure ». Je me souviens de ce soir-là, je me souviens de l'aversion qui me fit éructer mon dégoût, le désespoir d'être prise au piège, la certitude que rien ne pourrait m'en libérer si ce n'est la disparition définitive de l'ennemi. J'ai pourtant bel et bien souhaité sa mort, peut-être même plus que de vouloir rejoindre Simon. J'étais perdue, blottie au fond d'un trou sans air et sans lumière, les idées tournoyaient dans ma tête, la manière, le lieu, le jour, les conséquences… J'ai tout envisagé.

L'empoisonnement me parut le plus sûr. Il me fallait tuer, mais sans prendre le risque d'être punie. Je voulais voir grandir mon enfant. L'empoisonnement donc. Sans trace ni danger. Et même s'il venait aux autorités judiciaires le doute d'une mort naturelle, même si la vérité surgissait au détour d'une quelconque analyse, la faute en incomberait à Cathy.

Oui, j'ai été jusque-là.

Elle paierait pour moi, pour son impudente liberté, pour cette indépendance effrontée qu'elle affichait chaque jour sous mes projets. Je ne remettais nullement en cause notre amitié, Cathy me servait de ses mains et de ses joies, mais dans une guerre, il n'est rien de pire que la compassion. Seule compte la victoire. Je la voulais à moi, cette victoire, celle de ma vie sacrifiée, celle du destin de mon enfant auquel on avait enlevé le père.

J'ai tout bien ménagé. Le poison déversé dans la bouteille de lait, seule substance exclusivement consommée par Gilbert – il en boit un verre chaque matin – un jour où je serais absente. J'en avais même fixé la date, ce dimanche où maman m'avait proposé de l'accompagner chez ma tante Amélie et dont l'heure matinale du départ m'obligeait à retrouver ma chambre de jeune fille pour y passer la nuit.

Depuis le soir où Gilbert m'avait annoncé à mots couverts qu'il prétendait être le père de mon enfant, notre existence commune se mua en une sorte de maladie contagieuse. Lui parler me faisait vomir, le voir me rendait exsangue et l'idée même de respirer l'air qu'il inhalait et rejetait de ses poumons me devenait insoutenable. Il fit quelques tentatives pour retrouver la simple froideur de nos premiers rapports, mais le couperet était tombé. Les jours qui suivirent, il se réfugia à nouveau dans son mutisme, arborant une simple indifférence.

Puis, un soir, il me demanda une entrevue. Son ton était rude et son visage fermé, mais une certaine lassitude se lisait dans son regard. Il me tint alors ces propos :

— Madeleine. Je n'ai pas l'âme d'un guerrier, ni le courage d'un mercenaire. Je n'ai jamais conçu mon existence comme un combat singulier, surtout pas en face d'une femme que je ne hais pas. Je ne t'aime pas non plus, je ne te désire pas, le viol d'un corps tourmenté ne m'intéresse pas. J'ai cru qu'il nous serait possible de nous entendre à défaut de nous aimer. J'ai accepté de t'épouser parce que ton père m'a proposé une situation décente, et que ma précédente condition était sans issue. Tu ne connais rien de mon existence, et je ne veux pas te l'imposer. Mais celle que je mène aujourd'hui me paraît encore plus insupportable qu'auparavant. Il n'existe aucune raison valable pour vivre ce que nous vivons. J'ai bien réfléchi :

je ne peux pas me permettre de te quitter et, de plus, je ne suis pas homme à baisser les bras dès la première difficulté. Les relations que nous entretenions les premiers jours de notre mariage me conviennent, je n'en demande pas plus. Alors sache ceci : j'abandonne toute prétention d'être quoi que ce soit pour ton enfant. C'est ton bébé, tu l'as fait avec un autre, tu seras l'unique visage qui comptera dans son cœur, dans ses pensées et dans ses souvenirs. Cet enfant ne me sera rien et je ne lui serai rien. Je t'en fais la promesse.

Voilà. Ce fut tout. Il me fit un petit signe de la tête et tourna les talons.

Je suis restée immobile de longues minutes, ressassant les mots que je venais d'entendre. J'eus la sensation qu'une masse de souffrance se détachait de moi et s'étiolait lentement dans le silence de la pièce. Je crois même que j'ai souri. Sans le savoir, Gilbert venait de sauver sa peau.

J'ai donc abandonné mes projets d'assassinat, non sans un immense soulagement, je l'avoue.

La vie a repris son cours, avec résignation et détachement. Nous partagions le même toit, nous nous croisions au hasard des pièces, mais sans plus. Gilbert s'était aménagé une chambre à l'étage, initialement prévue pour être une bibliothèque. Au début, même les heures des repas ne coïncidaient pas. La journée, Gilbert mangeait sur son lieu de travail. Le soir, je dînais tôt, vers 18 heures, une demi-heure avant son retour. Cathy se plaignit. Deux services étaient pour elle un surcroît de travail, elle n'en voyait pas la nécessité et me demanda de faire un pas. Mes craintes s'étaient estompées et, avec elles, ma rancœur et mon animosité envers mon mari. Par amitié pour Cathy, j'acceptai de prendre mes repas du soir en même temps que Gilbert.

Lors de ce premier repas en commun, nous avons peu parlé, et les quelques paroles échangées le furent sur le mode de la froide courtoisie. Puis nous prîmes l'habitude de nous retrouver chaque soir à la même heure. Au fil du temps, nos rapports se métamorphosèrent en une camaraderie distante qui nous convint à l'un comme à l'autre. Parfois même, Gilbert me racontait sa journée, et moi je l'écoutais d'une oreille distraite mais polie. J'étais encore réticente à me raconter, et il eut le bon goût de ne jamais me poser de questions.

Nous avions peu d'amis et aucun de commun. Parfois, il sortait le soir, rejoindre l'un ou l'autre collègue pour une partie de cartes du côté de Mirmande. Quant à moi, j'avais mes connaissances et deux ou trois amies, que je voyais en journée, mais toutes étaient mariées et parfois mères de famille. Quelques-unes émirent le souhait de m'inviter à leur table, mais seulement en compagnie de Gilbert. L'idée de jouer la comédie du couple « normal » me révulsait encore, je déclinais donc l'invitation d'une moue dégoûtée. Mais force fut d'avouer que la vie en compagnie de Gilbert n'était pas aussi pénible que prévue.

Bien entendu, les choses ne se firent pas si simplement.

Mon ventre s'arrondissait. Mais jamais le sujet ne vint agrémenter nos discussions. Gilbert semblait tenir sa promesse, j'avais même parfois le sentiment qu'il ne voyait pas mon état, et cela me convenait. Je partageais avec Cathy les joies de la maternité, la découverte des sensations, les inquiétudes d'une future maman. Vers le cinquième mois de grossesse, l'enfant se mit à bouger. Du moins, je le sentis. Ce jour-là, je fus si émue que l'absence de Simon me jeta dans une grande tristesse. Un sentiment de rébellion s'empara une nouvelle fois de moi, je prenais seulement conscience de tout ce dont il était privé, de plus en plus convaincue qu'une telle aventure ne vaut la peine d'être vécue que si l'on est deux. À nouveau, la vue de Gilbert me soulevait le cœur, il n'était pas à sa place, il n'avait rien à faire là, il était coupable d'imposture.

Une fois encore, je me mis à chercher les solutions là où elles me semblaient les plus efficaces. Je repartis en chasse d'un résultat sinon immédiat, du moins définitif. Mais le cœur n'y était plus. Je portais la vie, une existence qui s'imposait à moi chaque jour davantage, et mes humeurs étaient désormais conduites par une dictature insolite dont je ne parvenais pas à saisir l'origine. Je passais du désespoir le plus sombre à des sortes de bouffées de bonheur sans que je réussisse à mettre bon ordre dans ce chaos d'émotions.

Noël arriva. Ce premier réveillon « en famille » se révéla moins contraignant que je ne l'avais craint. Gilbert sut tenir une place très inconfortable, jamais il ne prit position pour mes parents. J'en étais au huitième mois de grossesse, la naissance n'était plus qu'une question de jours. Papa fit pourtant preuve de prosaïsme, il ne put s'empêcher de parler du bébé comme s'il sortait de notre couche, faisant un trait sur mon passé aussi sûrement que s'il était soudain devenu amnésique. Il entretenait ouvertement Gilbert sur l'éducation de l'enfant, distribuant déjà conseils et recommandations. J'étais à l'agonie. Mais Gilbert parvint à ménager chaque partie en tenant compte de ma réserve, et jamais il ne révéla à mon père que je lui avais interdit de s'approcher du bébé, ce qui aurait immanquablement provoqué sa fureur. Maman fut égale à elle-même, servile et réservée devant mon père, dominatrice et autoritaire en cuisine, courant inutilement d'un bout à l'autre de la maison, houspillant sans ménagement la pauvre Marthe qui pourtant faisait de son mieux. Comme à son habitude, maman prenait tout en main sans aucune efficacité.

Ce soir-là, et pour la première fois, Gilbert m'apparut non plus comme l'ennemi à abattre, mais comme un compagnon de vie sur lequel je pouvais compter. En toute circonstance. Il m'avait prouvé sa loyauté et son dévouement, ainsi qu'un attachement qui, s'il n'était pas affectif, avait du moins l'avantage de créer entre nous une agréable complicité.

MANON

Notre prise de contact avec M. Darmont à la terrasse de la place Saint-Jean s'acheva comme elle avait commencé : péniblement. Lorsque nous avons pris congé, Théo et moi n'en avions pas appris beaucoup plus à son sujet ; il avait travaillé dans l'immobilier et n'avait pas d'enfants, du moins pas à sa connaissance précisa-t-il en me jetant un coup d'œil complice et malicieux, comme s'il faisait preuve d'un humour aussi drôle que subtil.

Quand je repense à cette première rencontre avec M. Darmont, j'y décèle aujourd'hui tous les signes précurseurs de ce qui allait suivre : des sautes d'humeur aussi soudaines que contradictoires, des attitudes déplacées qui déjà dévoilèrent un comportement instable, des propos désordonnés… Mais surtout il déclencha en moi une source de sentiments qui, jusqu'alors, m'étaient inconnus. Comme si la jeune femme que j'avais toujours été n'était pas celle qui allait se révéler. Sans doute mets-je dans mon récit un climat de malaise qui, pour être sincère, n'existait pas encore. En vérité, ce verre partagé avec notre nouveau voisin fut simplement soporifique.

Après nous être levés de table, Théo le salua tout en l'encourageant à se manifester auprès de nous s'il avait le moindre souci. M. Darmont le remercia aimablement. Puis il me fit face et posa sur moi son regard d'acier en forme de demi-lune. Il semblait ému.

— Votre présence m'enchante, chère Manon, déclara-t-il avec solennité.

— Merci, répondis-je un peu surprise.

— Je ne suis qu'un vieux monsieur et je vous prie déjà de pardonner mes petites excentricités. À mon âge, toutes relations avec mes semblables tiennent plus de la politesse que de la franche amitié. Mais je me sens bien avec vous. J'espère que c'est réciproque.

— Oui, bien sûr…

— Je vis seul depuis déjà pas mal de temps et… Disons que vous savoir juste en dessous de moi me tranquillise, ajouta-t-il autant à l'adresse de Théo qu'à la mienne. Me permettez-vous de venir vous saluer de temps à autre ?

J'eus, l'espace d'une infime seconde, une légère indécision que le vieil homme ne décela pas. Entre un rapport de bon voisinage et une fréquentation plus soutenue, il y avait un pas que je n'étais pas prête à franchir. Mais bon… La décence m'interdisait de répondre avec franchise et, d'ailleurs, ce genre de requêtes demeure le plus souvent à l'état de promesse.

— Naturellement, assurai-je avec entrain, heureuse de voir cette entrevue toucher à sa fin.

— Merci, me répondit-il d'un ton grave.

M. Darmont ne faisait pas de promesse en l'air. Dès la semaine suivante, il vint frapper à notre porte, s'excusant déjà de nous importuner. Il était presque 18 heures et nous venions de rentrer du boulot. C'était une période durant laquelle j'étais fort sollicitée par différentes crèches : les températures avaient brusquement chuté et les bébés, récepteurs privilégiés de virus et microbes en tous genres, partageaient généreusement leurs infections avec les puéricultrices. Le travail ne manquait pas.

La veille au soir, alors que je me déshabillais pour me mettre au lit, j'avais découvert que j'étais, une fois de plus, réglée. Ce nouvel échec me démoralisa, j'étais d'humeur maussade et l'arrivée de M. Darmont acheva de m'accabler : je n'avais aucune énergie pour les politesses de bon voisinage.

Théo lui proposa un verre. Après tout, c'était l'heure de l'apéritif. Darmont accepta deux doigts de porto sans se faire prier. Il assura qu'il ne resterait pas longtemps et s'installa à la table de la cuisine. Puis, il prit de nos nouvelles.

Nous discutâmes ainsi pendant quelques instants. La vie de quartier étant le sujet de conversation favori de tous voisins qui se respectent, nous ne fîmes pas exception à la règle : les enfants du 52 qui s'amusent à sonner aux portes avant de cavaler en éclatant de rire, la vieille du dessus qui râle sur tout, l'épicière du coin et ses yeux eye-linés en forme de sortilège, les crottes du chien d'en face, la difficulté de trouver une place de parking, problème que nous n'avions pas puisque nous ne possédions pas de voiture… Darmont s'écria qu'il en avait une dont il ne se servait plus, ou alors très rarement, et que nous pouvions l'utiliser à notre guise.

— Plutôt que de la laisser prendre la rouille ! C'est une Peugeot vert métallisé, elle est garée au coin de la rue. Vraiment, n'hésitez pas : si un jour vous en aviez besoin, je vous laisse les clés sans aucun problème.

— Pourquoi ne la vendez-vous pas ? demanda Théo qui ne savait s'il pouvait accepter la proposition du vieil homme.

— C'est ce que je vais devoir me résoudre à faire. Mais j'ai la déplaisante certitude que si je la vendais, j'en retrouverais aussitôt l'utilité. C'est pourquoi, en la prenant de temps à autre, vous me rendriez un grand service !

Nous nous récriâmes, il insista, nous le remerciâmes, il se défendit d'une quelconque générosité, blablablablabla... Tandis que la discussion s'enlisait dans les civilités d'usage, son regard fut attiré par les photos que j'avais punaisées au mur, représentant des moments de ma vie dont le souvenir m'était agréable.

— C'est votre maman ? me demanda-t-il en pointant du doigt une photo où, en effet, ma mère souriait à l'objectif.

J'acquiesçai d'un mouvement de tête.

Il se leva et inspecta plus attentivement les autres clichés.

— Qui donc est cette jeune fille à vos côtés ? s'informa-t-il alors en indiquant une photo sur laquelle Émilie, rousse et bouclée, posait en s'accoudant sur mon épaule.

— C'est ma sœur.

— Votre sœur ?

Il s'était exclamé comme si je venais de lui annoncer une nouvelle incroyable. Puis, se tournant vers moi, il me considéra d'un œil rond, presque incrédule.

— Mais quel âge a-t-elle ?

— Vingt-quatre ans... Elle a deux ans de moins que moi.

Il hocha lentement la tête, le regard perdu dans le vague.

— J'ignorais que vous aviez une sœur, murmura-t-il d'une voix sombre.

— Ça n'a rien d'extraordinaire, répliquai-je toujours agacée par ses manières.

Il resta sans voix, à croire que je l'avais insulté. Au bout d'un instant, il revint aux photos et reprit sa contemplation.

— Et celle-ci ? demanda-t-il encore en désignant un autre portrait d'Émilie, cette fois en tenue de jogging, blonde platine et cheveux courts à la garçonne.

— C'est aussi ma sœur.

Je le vis tressaillir.

— Mais combien de sœurs avez-vous donc ?

— Une seule. Mais elle change de look comme de chemise.

Il parut se détendre et je remarquai alors qu'il était pâle. Il passa rapidement en revue le reste des photos puis retourna s'asseoir. Mais son attitude avait changé. D'humeur joyeuse et avenante, il devint soudain taciturne et absent.

— Vous êtes tout à fait installé, maintenant ? s'enquit Théo.

Darmont ne répondit pas. Il fouilla dans ses poches et en extirpa une pipe qu'il bourra nerveusement. Puis il l'alluma. Durant tout ce temps, il semblait abîmé dans d'obscures pensées. Théo réitéra sa question et Darmont leva vers nous un regard surpris, comme s'il découvrait brutalement notre présence.

— Pardon ?

— Tout va bien ? demanda Théo en fronçant les sourcils.

Le vieil homme grommela une réponse qui semblait signifier que oui, tout allait bien. Puis il se leva et nous remercia pour le verre.

— Je ne vais pas vous déranger plus longtemps. À bientôt.

Et sans attendre, il se dirigea vers la porte d'entrée qu'il ouvrit d'un geste sec. En cinq secondes à peine, il avait disparu, laissant derrière lui l'odeur âcre et piquante de sa pipe. Restés seuls, nous échangeâmes un coup d'œil perplexe.

— Il est complètement barjo ! remarqua Théo en riant.

— Je t'avais dit qu'il était bizarre.

— Il me plaît bien…

— Arrête, c'est un malade !

— Non, je t'assure… Il a quelque chose de touchant.

— Ouais, ben… Qu'il touche qui il veut, mais pas chez moi.

— Manon ! C'est un vieux monsieur, il vit tout seul… On peut bien lui accorder quelques minutes de notre temps quand on en a l'occasion. Qu'est-ce que ça peut te faire…

— Je ne l'aime pas. Il me met mal à l'aise.

— Bah… Tu prends ça trop au sérieux.

— Qu'est-ce que tu lui trouves, franchement ?

Et, sur un ton rêveur, Théo me répondit :

— Il ressemble à mon père.

— Ton père ? Il n'était pas si vieux…

— Non, mais c'est le genre de vieillard qu'il aurait été… S'il avait vécu.

Ce mois-là, l'absence de bébé au sein de mes entrailles se fit amèrement ressentir. Étrangement, mes règles furent plus abondantes que d'habitude, plus douloureuses aussi, j'avais la sensation de saigner de l'intérieur, le cœur en bandoulière et le ventre vide. Ce néant commençait à peser lourd, creusant une cavité obscure dans ma vie, le caveau de mes rêves de maternité, un précipice dans lequel je me sentais happée. En découvrant ma culotte souillée, j'eus la sensation d'apprendre la mort d'un être cher qui, je le savais déjà, allait cruellement me manquer. Ou plutôt, j'avais passionnément envie d'étreindre quelqu'un qui n'existait pas, et ça me faisait mal.

Après le départ de Darmont, ce soir-là, j'ai éclaté en sanglots. Théo savait pourquoi, sans pour autant savoir que faire. Il était triste aussi, peut-être de me voir si affectée, avec toutes ces questions qui hantaient nos pensées, points d'interrogation se dressant entre nous sans que l'on ose en esquisser le premier doute à voix haute. Pourquoi l'alchimie de nos corps ne fonctionnait-elle pas ?

Le pire dans ces cas-là, c'est de chercher le coupable. Je ne pouvais m'empêcher de prier en secret que je ne fusse pour rien dans ces échecs. La suite m'effrayait trop pour m'apparaître clairement, je chassais les accusations à coups de révolte éplorée, je me détournais désespérément des médisances que mes pensées retournaient aussitôt contre Théo.

J'aurais tout donné pour qu'il soit l'unique fautif de nos défaillances.

Mais ça n'arrangeait rien.

Qu'aurais-je fait d'un enfant sans le père dont j'étais amoureuse ?

Je me souvenais de Madeleine et de son drame et, pour la première fois de ma vie, je priais le ciel de n'avoir rien de commun avec elle.

Théo, je l'ai rencontré de la manière la plus banale qui soit. En débarquant à Valence, j'avais emmené avec moi un chaton du « Cheminot », de l'une des nombreuses portées que les chattes perdues venaient nous apporter et que maman chassait invariablement, le cœur en papillote. Mon père était allergique aux chats et même après sa mort, elle empêchait tous félins de rentrer dans la maison, sans doute une manière pour elle de rester fidèle à son mari, l'homme qu'elle aima au-delà de la mort.

Cyrano était une petite boule de poils noirs des plus craquante. C'était aussi un bout du

« Cheminot », il venait comme moi de la campagne, il était un reste d'enfance dont je m'éloignais imperceptiblement. Il me rappelait à l'ordre lorsque je prenais des pauses de citadine, quand je me suis mise à fumer, quand je me suis mise à frimer. Et puis, un jour, il est tombé malade.

J'ai consulté le bottin et j'ai choisi le cabinet de vétérinaire le plus proche de chez moi. À quoi ça tient, tout de même !

Ensuite, j'y revins pour n'importe quel prétexte. Théo avait un succès fou auprès des animaux, mais surtout auprès de leurs maîtresses. Je finis par y succomber moi aussi, prise dans un tourbillon de fantasmes, rêvant de baisers torrides et enflammés dans son cabinet, de rendez-vous romantiques, de balades au marché aux puces un dimanche ensoleillé, de journées entières passées au lit à se câliner. Je me consumais d'amour pour le beau médecin, sans jamais oser lui déclarer ma flamme.

Un soir, en rentrant chez moi, je l'ai croisé dans la rue alors qu'il quittait le cabinet. Il prit des nouvelles de mon chat avant de m'inviter à prendre un verre, que j'acceptai en rougissant. La suite coula de source, un verre, un repas, un baiser, un lit. Ma vie se teinta de rose, de paillettes et d'étoiles, et Cyrano ne fut plus jamais malade. Un an plus tard, nous emménagions ensemble, pour le meilleur et pour le pire.

Le meilleur se déclara sans attendre. Le pire allait suivre.

En ce jour pluvieux d'octobre, au travers d'un rideau de larmes s'écoulant sur l'enfant que nous n'avions pas, notre amour m'apparut soudain dans toute l'ampleur de sa vacuité. J'aimais Théo, passionnément. Mais je ne pouvais envisager de vivre ma vie auprès de lui sans qu'il ne sorte rien de notre lit. Notre lune de miel arrivait à son terme, il nous fallait du changement. Et puis la nature est ainsi faite, j'avais besoin de construire mon nid et de pondre mon œuf. Théo le comprit sans qu'il faille lui expliquer l'urgence de la situation, parce qu'à chaque couperet ensanglanté qui s'écoulait, un long mois d'attente se profilait à l'horizon. De plus en plus, je ne pouvais m'empêcher de calculer les jours fastes à la reproduction, ce que je m'étais toujours promise de ne jamais faire. Nos nuits s'en trouvèrent ternies de spéculations théoriques qui donnèrent à la pratique un arrière-goût de boursicotage, et je pèse mes mots.

— Et si on déménageait ?

Mes larmes se tarirent et j'accordai un peu plus d'attention à Théo.

— Qu'est-ce que ça changerait ? demandai-je en me mouchant bruyamment.

— Tu nous vois avec un gamin dans cet appartement ? C'est trop petit, trop exigu, il n'y a pas de jardin, à peine une petite cour minable… Ce môme, du haut de son nuage, il doit se dire qu'il est mieux là où il est. En nous observant dans notre trois pièces, ça ne doit pas vraiment lui donner envie de se manifester, tu ne crois pas ? Si ça ne se fait pas tout seul, c'est peut-être à nous de forcer le destin. Non ?

J'ai souri. Mon homme était adorable. Je savais qu'il ferait un père remarquable.

MADELEINE

Le 12 mai 1931.

Les premiers jours de janvier, je me sentis portée par une sereine gratitude. La confiance s'installait peu à peu entre Gilbert et moi et, au fil du temps, j'éprouvais un certain plaisir à me trouver en sa compagnie. Je m'en défendais encore quelquefois mais, très vite, sa gentillesse et sa bienveillance naturelles vinrent à bout de mes dernières résistances. En fait, je riais beaucoup avec lui. Petit à petit, nous commençâmes à faire un grand nombre de choses ensemble : promenades, aménagement de la maison et plus particulièrement de la chambre du bébé, jeux de dames, lecture à haute voix, ou encore nous discutions de tout et de rien, mais toujours de bon cœur. Bientôt, j'en vins à souhaiter son retour à la fin de la journée, et la compagnie de Cathy m'apparut moins amusante. Il n'était pas question de sentiments entre nous, nous devenions simplement amis.

Une nuit enfin, peu après minuit, les premières douleurs de l'accouchement se manifestèrent. Ma grossesse, qui s'était déroulée sans encombre, ne m'avait pas préparée à tant de violence. Je fus littéralement submergée par la souffrance, devenue rapidement intolérable. Mais Gilbert conserva un sang-froid qui n'eut d'égal que sa prévenance.

Malgré l'heure tardive, il courut lui-même chercher le docteur Léonard ainsi qu'une accoucheuse, dont l'arrivée précipitée me rassura quelque peu. Le travail fut long et pénible, m'arrachant cris et gémissements. Je souffris réellement le martyre de 3 heures du matin jusqu'à la fin de l'après-midi, aux environs de 18 heures. J'appris ensuite que, pendant tout ce temps, Gilbert ne s'éloigna pas de la porte de ma chambre de plus de dix mètres, faisant les cent pas dans le couloir comme s'il se fut agi de son propre enfant. Il mangea à peine, et uniquement pour se débarrasser de Cathy qui le suppliait de se nourrir. Et lorsque la porte s'ouvrit enfin, il s'engouffra dans la chambre pour s'enquérir de ma santé. Rassuré sur mon état, il s'éclipsa et prit un peu de repos.

Il ne jeta pas un seul coup d'œil à l'enfant.

J'ignorais alors que cette indifférence flagrante était due à sa promesse, et force fut de constater qu'elle m'affecta. Sur le moment même, j'étais trop affaiblie pour m'en préoccuper ; ce n'est que le lendemain que je lui fis observer sur un ton plein de reproches le peu d'intérêt qu'il avait marqué pour mon bébé.

— Je t'ai fait un serment, Madeleine, et j'y resterai fidèle. À moins que tu ne veuilles qu'il en soit autrement.

Pour toute réponse, je lui tendis le nourrisson qu'il prit délicatement dans ses bras.

... Bernard est un beau bébé, solide et vigoureux. Il ressemble à son père, c'est indéniable, et cette similitude entre leurs traits me bouleversa. À sa naissance, ses yeux n'avaient pas encore la couleur qu'ils ont aujourd'hui, ce qui ne fait qu'ajouter à cette incontestable parenté. Gilbert n'a jamais vu Simon, il n'est donc pas en mesure de déceler le lien physique qui unit le père et l'enfant, et je lui ai toujours caché cette évidence pourtant flagrante.

— C'est incroyable comme il ressemble à son père, me fit-il remarquer l'autre soir en chuchotant, alors que nous contemplions Bernard endormi dans son berceau.

Je le dévisageai sans cacher ma surprise.

— Comment peux-tu affirmer pareille chose ?

— Il n'a rien de toi, ma pauvre Madeleine. C'est donc qu'il ressemble à Simon.

Je fus heureuse qu'il le nomme par son prénom, lui conférant ainsi une place qu'aucun autre homme ne lui aurait donnée.

Nous n'avions jamais parlé de Simon. Il restait mon jardin secret, mon antre intime, mon arcane clandestin. Et même lorsque nous nous sommes rapprochés, jamais il ne me demanda si je pensais toujours à lui, s'il me manquait, si je me sentais accablée par son absence. Durant les jours qui suivirent l'accouchement, j'eus d'ailleurs beaucoup de mal à reprendre le dessus. L'épuisement physique me maintenait dans un état de morosité, Bernard dormait peu, me forçant à suivre un rythme qui n'était pas le mien. Mais surtout, et je ne le compris que par la suite, il était sorti de mon ventre, il m'appartenait moins, c'était ce bout de Simon qui m'échappait et dont je regrettais la présence en mon sein, où que j'aille et quoi que je fasse. Avec le temps, le visage de Simon se superposait à d'autres, dont celui de Gilbert, il s'effaçait peu à peu de mon souvenir, sa réalité s'éloignait imperceptiblement sans que je parvienne à endiguer cette fuite nébuleuse que mon cœur disputait à ma raison. Je n'avais plus l'excuse d'être malheureuse puisque je ne l'étais pas. J'en conçus un lourd remords, plus encore après la naissance de Bernard qui devait être mon allié, mon passeport confidentiel pour rejoindre Simon, en rêve autant qu'en projet. Leur ressemblance imprima plus encore cette sensation de gâchis, donnant naissance à un cercle vicieux dans tout ce qu'il a de corrompu : Bernard ressemblait à son père mais sans que je réussisse à y retrouver le regard ou le sourire de l'homme que j'avais aimé. Ce qui l'animait avait disparu à tout jamais.

Les choses ne se déroulaient pas comme prévu, c'était indéniable. Et, pour ne rien arranger, un autre sentiment, plus étrange encore, s'empara bientôt de moi.

MANON

Le mardi suivant, dès la première heure, je me mis à éplucher les petites annonces. Ce projet de déménagement m'enchantait véritablement ; il eut de plus le gros avantage de me détourner de mes frustrations de mère candidate. Lorsque je ne travaillais pas, je parcourais les rues de la ville, papillonnant d'agences immobilières en visites d'appartements. Certains me plurent beaucoup, mais ceux-là nous passèrent sous le nez. Théo me suggéra alors de demander conseil à M. Darmont, peut-être avait-il encore des relations dans le monde immobilier, ce serait bête de ne pas en profiter.

Au fil des jours, notre relation avec notre nouveau voisin gagnait en sympathie. Il avait tendance à multiplier ses visites, mais elles étaient toutes de courte durée – un quart d'heure à peine – et je dois dire qu'en général, tout se passait fort bien. Nous apprîmes qu'il se prénommait Nino, à cause, semblait-il, d'obscures racines remontant à plusieurs générations originaires d'Italie. Théo l'appela rapidement par son prénom. Quant à moi, j'eus un peu plus de mal avec ce genre de familiarité qui appelait une relation plus amicale que celle de simple voisinage.

Nino Darmont, donc, venait frapper à notre porte lorsqu'il nous entendait rentrer du travail. Il s'installait alors à la table de la cuisine, acceptait un petit verre de porto et bourrait machinalement sa pipe en échangeant quelques nouvelles. Théo lui parlait de ses patients à quatre pattes et de leur maître, par exemple cette grosse femme qui s'était assise par mégarde sur son chat : affolée, elle avait couru chez le véto pour s'assurer que tout était bien en place. Théo n'avait décelé aucune lésion interne mais il semble que la pauvre bête soit devenue claustrophobe. Darmont riait et devisait chaleureusement avec Théo, ils semblaient bien s'entendre tous les deux. Quant à moi, je restais le plus souvent en retrait, vaquant à mes occupations ou partageant un avis lorsqu'on me le demandait. Puis notre voisin prenait congé en nous remerciant pour notre accueil.

Au fil du temps, j'en vins presque à lui trouver certaines qualités : une sollicitude naturelle et une réserve opportune. Il ne s'attardait jamais, ne venait qu'en semaine et respectait notre intimité. Après tout, c'est tout ce qu'on lui demandait.

Malgré cela, un jour en fin d'après-midi, nous avons reçu un appel téléphonique qui me laissa dubitative, pas vraiment inquiète, mais toujours un peu sur mes gardes. Il provenait d'une certaine Françoise Montigneaux, assistante sociale. C'est Théo qui avait décroché le combiné. Je l'entendis répondre à quelques questions, énonçant une succession de monosyllabes dépouillés de sens, oui, non, je ne pense pas, il me semble, bien sûr, pas de quoi, au revoir.

Lorsqu'il raccrocha, il m'informa que Nino avait donné nos coordonnées au service social dont il dépendait.

— Et ça veut dire quoi ? lui demandai-je, plutôt étonnée par cette nouvelle.

— Rien de très important. Ce sont des services sociaux, ils ont juste besoin de compléter leurs fichiers.

— Oui, mais pourquoi nous avoir contactés, nous ? Nous n'avons rien à voir avec Jack Serrault !

— Arrête de l'appeler comme ça, c'est complètement idiot.

J'ai haussé un sourcil désinvolte.

— Qu'est-ce qui te prend ? ça te faisait rire, jusqu'ici.

— Tu finiras un jour par l'appeler comme ça devant lui. Et puis, il a un nom et un prénom. C'est juste une question de respect.

Refusant d'entériner un sujet qui me semblait anodin, j'ai levé les yeux au ciel avant de reposer ma question.

— Pourquoi a-t-il donné nos coordonnées à cette bonne femme ? Qu'est-ce que ça implique ?

— Rien ! Ils ont seulement besoin de savoir si nous habitons bien en dessous de chez lui et s'ils peuvent nous contacter en cas de problème.

— En cas de problème ? Quel genre de problème ?

— Je ne sais pas, moi ! s'emporta Théo. Si jamais ils n'arrivent pas à le joindre, ce genre de choses… C'est juste une formalité, ça n'engage à rien.

— Il aurait pu nous en parler ! ça aussi, c'est une question de respect.

— Ce n'est pas bien grave, rétorqua-t-il en haussant les épaules. Sans doute n'avait-il personne à indiquer sur son formulaire. Ça ne doit pas être évident de devoir déclarer qu'on est seul au monde et qu'on n'a plus personne sur qui compter. Et ce n'est pas la peine de lui en faire la remarque, ça l'embarrasserait inutilement.

Il me sembla soudain que Théo était particulièrement prévenant à l'égard de notre voisin. Mais ça ne me surprit pas vraiment, je savais qu'il connaissait lui aussi cette sensation de solitude, d'abandon total, lorsque l'on se retrouve seul sans personne sur qui compter. C'était sans doute ce qui le rapprochait du vieil homme.

Je lui promis donc de ne pas aborder le sujet avec Darmont.

Le lendemain soir, lorsque je lui ouvris la porte, notre voisin était d'humeur particulièrement joyeuse. Première surprise, il m'offrit des fleurs. On eût dit un prétendant s'apprêtant à déclarer sa flamme à la dame de son cœur lors d'un premier rendez-vous. Étonnée par cette attention pour le moins inhabituelle, je balbutiai quelques remerciements tandis qu'il pénétrait dans l'appartement d'une démarche désinvolte, comme s'il se fût agi de la chose la plus naturelle du monde.

Je crois bien que c'est la première fois que je remarquai que Darmont se comportait désormais chez nous comme s'il était chez lui. Non pas qu'il fût grossier, loin de là : il était au contraire la politesse incarnée. Mais insidieusement, il prenait ses aises. Après être entré dans l'appartement, il allait serrer la main de Théo puis se dirigeait sans attendre vers le vaisselier dans lequel il s'emparait d'un verre et de la bouteille de porto. Enfin, il venait nous rejoindre dans la cuisine où il s'installait à table en s'enquérant de notre journée.

— Je voulais vous demander, M. Darmont…

— Nino ! Appelez-moi Nino. Ça me ferait vraiment plaisir.

J'acquiesçai rapidement de la tête afin d'en venir au plus vite au sujet qui m'intéressait.

— Voilà, nous aimerions déménager et…

— Pardon ?

Nino s'était brutalement redressé sur sa chaise et nous considérait à présent en écarquillant les yeux comme si nous lui avions annoncé la fin du monde.

— Vous... Vous voulez... déménager ? bafouilla-t-il d'une voix serrée. Mais pourquoi ?

Pris de court, Théo et moi échangeâmes un regard perplexe. Nous nous étions fait le serment de ne dévoiler à personne notre intention de faire un enfant. Pas même à notre entourage proche. C'était une sorte de pacte secret, une entreprise intime dont la confidentialité devait nous mener jusqu'à l'issue tant attendue. Si l'un de nous trahissait cette promesse de silence, nous pensions que notre couche resterait stérile. Du moins, nous en prenions le risque.

Nous n'étions pas à proprement parler superstitieux. Mais Théo avait une légère propension à la paranoïa qui, sans être réellement fâcheuse, lui imposait parfois d'étranges idées. Je les respectais de mon mieux, sachant pertinemment que d'essayer de le débarrasser de ces petites manies me demanderait bien plus d'efforts que de les supporter. Et, pour être tout à fait sincère, parfois même, j'y croyais un peu.

Bref.

Ce soir-là, lorsque Darmont nous demanda la raison pour laquelle nous voulions déménager, nous ne sûmes que répondre. Ce fut Théo qui se lança dans une explication un peu douteuse :

— J'ai... Je gagne un peu plus d'argent qu'il y a quelques années et, en faisant nos comptes, nous avons estimé que nous étions capables d'assumer un loyer plus conséquent. Et donc un plus grand appartement.

— Mais... Vous n'êtes pas bien ici ?

— Le problème n'est pas là, mons... Nino, répondis-je d'un ton sec pour tourner court à toute polémique à ce sujet. Le fait est que nous avons envie de déménager, c'est tout. Et à ce propos, j'aurais voulu savoir si vous aviez encore des contacts avec l'un ou l'autre promoteur immobilier. Vous comprenez, la crise du logement, les garanties à fournir, la demande qui dépasse l'offre... Tout cela fait qu'il devient très difficile de trouver un appartement décent et, surtout, de l'obtenir avant les autres.

— Quels autres ?

Il y eut un court silence consterné. J'en ai profité pour toiser Théo d'un coup d'œil supérieur, le prenant à témoin de la singularité de notre voisin.

— Nino, répliqua Théo avec douceur après m'avoir répondu d'un regard irrité. Pouvez-vous nous aider à trouver un appartement ?

Le vieil homme nous considéra l'un et l'autre comme si nous lui demandions l'impossible. Ses yeux trahissaient le désarroi et ses lèvres tremblaient légèrement. Pour la première fois depuis que je le connaissais, il me fit presque de la peine.

— Allons, Nino, murmurai-je en esquissant un sourire confiant... Ce n'est pas la fin du monde, tout de même !

— Pardon... Pardon, marmonna-t-il en tentant de se reprendre... C'est que... C'est que je commençais à m'habituer à votre présence et... Vous comprenez, vous êtes les seuls à vous occuper un peu de moi et... Si vous déménagez, je serai tout seul !

Émus par cet aveu touchant, Théo et moi avons éclaté de rire. Durant le quart d'heure qui suivit, nous l'avons rassuré, arguant que ce changement n'altérerait en rien nos relations, que nous aimions le quartier et avions l'intention de rester dans le coin, et qu'il pourrait venir nous rendre visite aussi souvent qu'il le désirerait. Il parut se laisser convaincre, mais son visage conserva toutefois l'expression douloureuse de ceux qui se sentent trahis.

— Je ne peux malheureusement pas vous aider, mes enfants, finit-il par déclarer d'une voix plus assurée. Je travaillais en effet dans l'immobilier, mais pas ici.

— Ah bon ? Et où travailliez-vous ?

— Du côté de Montélimar.

— Où ça ? m'écriai-je, intéressée. J'ai vécu toute mon enfance à une vingtaine de kilomètres de Montélimar, dans un petit village à flanc de colline. Cliousclat, vous connaissez ?

Il garda le silence, l'air un peu surpris, comme si je lui parlais d'un autre pays.

— Vous y habitez toujours ? me demanda-t-il ensuite en se reprenant. Je veux dire... Vos parents habitent-ils toujours dans ce village ?

— Ma mère, oui...

— Ah... Et pas votre père ?

— Mon père est mort il y a onze ans.

— Mort ?

Une nouvelle fois, il parut s'effondrer à l'annonce de cette nouvelle. Décidément, il avait l'émotion facile.

— Comment est-il mort ?

— Un accident... Il y avait une vieille grange au fond de notre jardin, papa s'était enfin décidé à l'aménager en commençant par condamner l'ouverture du second niveau, celle qui servait autrefois à hisser les ballots de paille. C'était un passage béant, sans garde-fou. Il a fait une chute de cinq mètres et s'est empalé sur un piquet. Il est mort sur le coup.

— Je... Je suis désolé.

Pas autant que moi, faillis-je lui répondre, mais je m'abstins. La mort de mon père fut le drame qui marqua notre famille. J'avais quinze ans à l'époque, l'âge de l'insouciance et, en matière d'insouciance, je fus brutalement privée de toute illusion.

Cela s'était passé un après-midi d'avril, plus précisément le 8. Les vacances de Pâques venaient de commencer et mon père, qui jamais ne restait sans rien faire, s'était attelé à la réfection de la grange. Il nous promettait depuis longtemps de l'aménager, avec l'intention de diviser l'espace en différentes salles afin que chacun puisse en profiter à sa guise. Maman se réservait le second niveau pour y installer un atelier de peinture, art qu'elle avait pratiqué dans sa jeunesse. Au rez-de-chaussée, mon père voulait nous aménager, à Émilie et à moi, une grande salle pour y recevoir nos amis. L'époque des « boums » allait débuter, il le savait, j'avais déjà réclamé l'autorisation de pouvoir en faire une pour mes seize ans ; Émilie n'allait pas tarder à suivre, il devenait donc urgent d'aménager un endroit qui nous permettrait de vivre notre adolescence sans importuner la douce tranquillité de nos parents.

Ce jour-là, j'avais participé à une chasse aux œufs dans le jardin de Mélanie, mon amie d'enfance. La date de naissance de Mélanie suivait la mienne de vingt-quatre heures, la même année. Nos pères, qui jamais ne s'étaient croisés en d'autres circonstances qu'au hasard des rues et des évènements du village, s'étaient tous deux retrouvés à la maternité de Montélimar. C'était pour chacun d'eux leur premier enfant, et ce bouleversement dans la vie d'un homme fit ce que ni leur condition sociale ni la promiscuité de leur domicile n'avait réussi à faire : ils se lièrent d'amitié, partageant leurs troubles et s'épaulant mutuellement dans toute l'ampleur de leur émoi.

Quinze années plus tard, Mélanie et moi étions les meilleures amies du monde.

L'après-midi avait été festive, mon butin s'élevait à une vingtaine d'œufs de toutes tailles et nous avions passé le reste de la journée à nous confier nos premières ivresses sentimentales. Mélanie s'était déjà fait embrasser par un garçon et m'expliqua doctement l'opération, en long et en large, la langue dans la bouche, deux tours à droite, trois tours à gauche suivant l'inspiration, en fermant les yeux et sans toucher les dents. Comment faisait-on pour respirer ? Si le bon Dieu t'a donné un nez, c'est pas seulement pour te moucher !

Le cœur dans les étoiles et l'esprit dans la culotte, j'avais oublié le temps. Lorsque je m'enquis de l'heure, la panique me coupa les ailes et la chute fut douloureuse. Il était 18 heures passées, j'avais déjà plus d'une demi-heure de retard. Maman n'était pas sévère et je ne craignais pas sa colère. Mais la moustache noire de mon père grognait vite et fort.

Je courus d'une traite jusqu'à la place du village où les aiguilles du clocher braquaient déjà vers moi leurs pointes accusatrices : 18 h 30 ! J'étais perdue. J'ai bifurqué sans attendre vers le bois du Grand Chêne, raccourci interdit après 17 heures mais tant pis, personne n'en saura rien.

À présent, je cavale à perdre haleine, sautant par-dessus les buissons, contournant les arbres dont je connais la position par cœur. Mais bientôt le vent se lève et me persifle. Prise de front, je ralentis ma course, contrant une bourrasque plus puissante qui manque de me faire vaciller, parce que je suis à court de souffle et que le vent, lui, en a trop. L'odeur du soir monte de la terre et, juste au-dessus de moi, de vagues ombres flottent dans l'air, célestes et vaporeuses. Bientôt la chouette prend son tour de garde tandis qu'un peu plus loin, un chien hurle à la mort. Cette plainte m'électrise, elle me fait redémarrer sur les chapeaux de roues, parce que ce bruit-là n'est pas à sa place. Pas son heure. Même le vent s'est arrêté pour l'écouter.

Je cours en direction de la maison. Déjà j'aperçois les lumières de la cuisine. Juste avant d'atteindre la porte, une goutte de pluie vient déchirer le silence et tombe sur ma main au moment où je saisis la poignée.

Maman est assise à table. Seule. Elle me tourne le dos, pas longtemps, trop vite elle se retourne. Son visage ressemble à un masque de cire, figé, raide, glacé. Quelques secondes plus tard, le premier éclair de cette nuit de tempête vient embraser son regard d'un éclat de folie. Le vent reprend alors de plus belle, s'unissant à la plainte de ma mère dans un sinistre concert.

Juste après, Émilie apparaît dans l'encadrement de la porte. Ses yeux sont rouges, irrités par trop de larmes versées.

— Papa est mort.

Un vertige affûté me coupe les jambes, je les vois toutes deux disparaître dans un brouillard opaque, je ne comprends plus rien.

Bien sûr que papa est vivant, puisqu'il doit me gronder !

Maman se remit très difficilement de la mort de papa. Elle sombra dans une dépression, un trou noir dans lequel elle glissait inexorablement, sans parvenir à s'accrocher aux aspérités qu'elle croisait dans sa chute. Le docteur lui prescrivit une multitude de pilules, de toutes les couleurs, qu'elle avalait machinalement. Maman n'était plus maman : elle était devenue la veuve de papa. C'est Simone qui s'occupa de nous durant cette période de deuil et, au bout de quelques mois, maman reprit peu à peu goût à la vie. Mais depuis, il lui reste des problèmes respiratoires et une déficience cardiaque.

Comme si la mort de papa lui avait brisé le cœur.

J'avais fait un résumé succinct de la tragique disparition de mon père à M. Darmont. Le vieil homme me considérait à présent avec tristesse, comme si les faits que je venais de lui relater s'étaient déroulés quinze jours auparavant, et que j'étais toujours sous l'emprise du chagrin.

Puis il se leva en secouant lentement la tête.

— Quel gâchis ! murmura-t-il d'une voix sombre.

Il me fit face et prit mon visage entre ses mains avant de m'embrasser doucement sur le front. Je m'étais raidie, un peu agacée par ce contact trop familier à mon goût. La compassion de Darmont m'embarrassait de plus en plus sans que je puisse trouver matière à m'y soustraire. Fort heureusement, il lâcha bientôt mon visage et se dirigea vers Théo pour le saluer. Puis, il s'éclipsa sans me donner le renseignement que j'attendais de lui.

Après son départ, je pris une nouvelle fois Théo à témoin du comportement décidément singulier de notre voisin. Mais le vieil homme était touchant et cette sollicitude plutôt inhabituelle chez les gens de notre époque ne pouvait décemment lui être reprochée. Par ailleurs, et si ce n'était les quelques gestes déplacés qu'il avait à mon égard, Darmont n'était pas réellement gênant.

Il me fallait juste l'accepter tel qu'il était.

À l'heure où j'écris ces lignes, le puzzle est enfin reconstitué. Et si j'en crois la chronologie des faits tels qu'ils se déroulèrent à l'époque, c'est plus ou moins à ce moment-là que maman m'écrivit sa lettre, celle qui allait bouleverser mon existence et m'engloutir dans la hantise de la fatalité.

MARIE

Manon, ma Praline, ma Douceur.

À l'heure où tu liras ces lignes, je serai morte. Pardonne-moi la peine que je te fais, il est des mots qu'aucune mère ne trouve la force de dire à son enfant. Longtemps je me suis demandé quelle était la marche à suivre, quelle folie insensée me donnerait assez de courage pour te révéler le secret que je porte en moi. Et puis, le cœur m'a manqué. Lâche ? Sans doute. Mais il est une chose qu'il faut que tu saches : la souffrance que j'ai endurée durant toutes ces années me permettra peut-être d'éviter les affres de l'Enfer pour le restant de l'éternité. Cette croix que je porte depuis bientôt trente ans, cette croix qui me courbe le dos au point que je ne puis marcher droit, cette croix seule m'a permis de survivre jusqu'à aujourd'hui.

Je souffre depuis bien longtemps. Sous l'apparence du bonheur, un étau de regrets acides me tourmente jour et nuit et, je le sais, me poursuivra jusqu'au jour de ma mort. Mais tout ce que j'ai fait, je le referais les yeux bandés. Du moins, dans les mêmes circonstances. Est-ce à dire que j'approuve mes choix et mes actes ? Certainement pas. Je les condamne avec bien plus de férocité que quiconque s'il en avait eu connaissance. Mais il m'aurait été impossible de vivre une seconde de plus si je n'avais pas fait ce que j'ai fait. Depuis presque trente ans, mon existence fut pire que la mort. J'ai expié ma faute en vivant. J'espère à présent trouver le repos.

Peut-être eût-il été plus sage d'emporter mon secret dans la tombe. Mais le silence a déjà fait tant de dégâts que j'espère, par cette lettre, mettre fin à cette ignoble comédie. Car il s'agit bien de cela : le silence des apparences, la souffrance muette et les faux sourires, témoins de bonheurs en carton pâte et de joies de pacotille.

Pour tout cela, je ne peux plus me taire, ni quitter cette terre le sourire aux lèvres et l'âme en paix. Mais il m'est impossible de te dire ce qui suit de vive voix. Il y a des mots, des noms que je n'ai plus prononcés depuis si longtemps qu'ils seraient sortis de ma bouche comme des serpents éructant leur venin.

Pardonne-moi. Cette lettre, tu la trouveras après ma mort, en vidant le « Cheminot ».

Alors, seulement, tu sauras.

Lorsque ton père et moi avons acheté la maison, nous n'étions encore qu'un jeune couple naïf et inexpérimenté des pièges de la vie. J'aimais mon mari, je l'aimais d'un amour sincère et sans malice. Cet amour, il me le rendait avec l'honnêteté et la droiture que tu lui connaissais. Mais depuis toujours, une pudeur juvénile l'empêchait sans doute d'exprimer un attachement que, dans mon cœur de jeune fille, je désirais sans limite. Je lui disais des mots brûlants que j'attendais en retour. Lorsque l'on dit « je t'aime » à quelqu'un, n'est-ce pas une question plus qu'une affirmation ? La vie m'avait promis tant de folies, tant d'ivresses que tous mes sens explosaient d'une attente fiévreuse. La tendresse et la complicité de Thomas me semblaient si fades si on les comparait à cette passion que j'exigeais.

À vrai dire, et pour ne plus rien taire, j'étais heureuse.

Heureuse et aveugle.

Durant les premiers mois de notre union, nous avons vécu à Grenoble, dans un appartement non loin du centre. Thomas cherchait avidement un poste d'instituteur dans une école municipale. Peu après notre mariage, j'ai trouvé une place de secrétaire dans un cabinet d'avocats, et nous vivions tous deux sur mon maigre salaire, ce qui n'était pas tout à fait du goût de mon nouvel époux. J'estimais quant à moi que cet emploi était provisoire, l'important à mes yeux étant de permettre à Thomas de trouver un poste sérieux et durable, de telle sorte qu'il puisse y commencer une carrière honorable.

Mon goût naturel se portait vers l'art en général et la peinture en particulier. J'espérais secrètement pouvoir m'y adonner librement lorsque les questions d'ordre financier seraient résolues. C'est pourquoi, quand Thomas m'annonça un soir qu'une place d'instituteur était vacante dans un petit village de la Drôme, et bien qu'à première vue l'idée de quitter la ville ne m'enchantait guère, nous décidâmes d'un commun accord de nous rendre sur place et de considérer l'offre plus sérieusement.

Tout s'est passé très vite. Thomas convint largement aux exigences du poste vacant, tandis que, personnellement, je tombai rapidement sous le charme de la région. La vie à la campagne me faisait peur, c'est certain. Citadine jusqu'au bout des ongles, j'aimais la foule et l'activité débordante des travailleurs du petit matin, l'agitation des grands boulevards et le bruit des rues, la facilité et la proximité des magasins, la possibilité de faire mille et mille choses sur un simple coup de tête. C'est la raison pour laquelle il me fallut quelques jours pour prendre ma décision. Mais après avoir décidé de sauter le pas, je n'ai plus douté un seul instant que je parviendrai à m'y habituer et, sans doute même, m'y plaire.

Du moins, je me faisais un point d'honneur de tenter le coup.

Restait le problème du logement, qui se résolut bien vite puisque ce fut précisément à cette époque que le « Cheminot » fut mis en vente. Dans un premier temps, la modicité de son prix nous surprit, provoquant en nous une méfiance dont l'acuité donna cours à de vives discussions. La prudence de Thomas m'exaspérait, j'aimais croire en la chance. La maison n'avait plus été habitée depuis près de trente années et il y avait de gros travaux à y faire, ce qui pouvait expliquer son prix. Je parvins enfin à convaincre mon mari : la beauté du lieu, la superficie du terrain, le charme de la maison et des environs, tout cela pesa promptement dans la balance.

La vente se fit rapidement et, quelques semaines plus tard, nous y passions notre première nuit.

Au début, tout se déroula pour le mieux. Thomas appréciait particulièrement son nouvel emploi : c'était une petite école municipale dans laquelle tout le monde connaissait tout le monde. Les rapports entre collègues étaient simples et chaque écolier bénéficiait d'un intérêt soutenu et personnel. Dialogue, compréhension et confiance mutuelle étaient les mots d'ordre de la maison. Bref, c'était là tout ce que Thomas prônait pour une éducation saine et constructive, favorisant ainsi l'évolution de nos chères petites têtes blondes.

Le week-end, nous passions nos journées à cimenter, isoler, nettoyer, décaper, repeindre et aménager notre nouvelle maison. Nous n'avons pas chômé, crois-le bien ! Le soir, nous nous retrouvions au coin du feu, devisant gaiement de nos projets, de nos envies et de nos rêves. Et c'est ainsi qu'une bonne année plus tard, nous étions installés dans une jolie maison, spacieuse, accueillante et confortable.

MANON

Le dimanche suivant, un fâcheux incident se produisit.

Darmont n'avait plus donné signe de vie depuis le soir où nous lui avions annoncé notre intention de déménager. Nous étions fin novembre. Ce matin-là, le ciel était particulièrement dégagé et la lumière, dispensée par un soleil automnal, se reflétait sur les carreaux de la véranda. Théo en profita pour s'y installer afin de lire sa gazette, pantoufles aux pieds et café à la main. Il avait pris place dans l'unique chaise longue que nous possédions, celle dont je me servais pour prendre des bains de soleil en été. C'est peut-être la raison pour laquelle j'estimais en être la propriétaire, plus que Théo, ayant la bonté de la lui céder lorsque je ne m'en servais pas.

Un peu plus tard, je l'avais rejoint dans la véranda et, munie de mon bouquin, je m'étais installée sur une chaise à ses côtés, bien décidée à profiter moi aussi de la douceur inhabituelle du temps en cette période de l'année.

Au bout de dix minutes, la raideur de mon siège m'incommoda.

— File-moi mon transat, j'ai mal au dos.

— J'y étais avant toi, me répondit Théo sans lever la tête de sa lecture.

— Oui, mais c'est MON transat.

— Non, c'est NOTRE transat.

— S'il te plaît..., minaudai-je en tentant de l'amadouer.

— Tu me déconcentres, Manon, rétorqua-t-il sans s'émouvoir.

— Si j'étais enceinte, tu serais obligé de me le céder.

— Tu n'es pas enceinte.

— Salaud, murmurai-je d'un ton faussement boudeur.

Théo émit un ricanement satisfait, acheva tranquillement sa lecture, puis enfin se leva en me souriant d'un air tendrement moqueur.

— Allez, prends-le... De toute façon, j'ai terminé. Je vais prendre une douche. Ça te dirait d'aller à « la Potinière » après ?

Je me suis précipitée sur la chaise longue pour m'y installer confortablement.

— Prends ton temps, mon chou, lui répondis-je en parodiant les effets du bien-être. Dès que tu seras prêt, on se mettra en route.

Théo disparut à l'intérieur de l'appartement. Restée seule, je m'agitai quelques secondes afin de trouver la position la plus agréable puis, estimant qu'il manquait un coussin à mon bonheur, je me suis levée pour aller m'en chercher un au salon.

J'avais à peine quitté mon siège qu'un fracas retentissant me fit sursauter. En me retournant, je découvris, horrifiée, ma chaise longue éventrée et disloquée par une jardinière massive, brisée en plusieurs morceaux et dont le terreau qu'elle contenait s'était répandu par terre.

Des bris de verre jonchaient également le sol.

Paralysée par la surprise, le cœur battant d'incompréhension, je mis quelques instants avant de comprendre ce qui s'était passé. En levant la tête, je ne pus que constater le trou étoilé de tessons tranchants dans les carreaux de la véranda, provoqué par la chute de la jardinière. Et, au travers du trou, je vis la tête de Darmont apparaître par la fenêtre de l'étage supérieur, hébété et consterné.

— Tout va bien ? Il n'y a pas de mal ?

— Vous êtes fou ? hurlai-je à son intention.

— Manon ! Je... Je suis désolé ! Mon Dieu ! Je... J'arrive !

La tête du vieil homme disparut aussitôt et, dix secondes plus tard, Darmont tout entier frappait à grands coups affolés à notre porte. Je tremblais encore comme une feuille lorsqu'il pénétra dans l'appartement.

— Manon, vous allez bien ? s'exclama-t-il dès qu'il me vit. Vous n'avez rien de cassé ? C'est... C'est un monstrueux accident ! Pardon ! Je... Oh mon Dieu ! Vous n'avez rien, vous êtes sûre ?

— Vous êtes complètement inconscient ! vitupérai-je sans cesser de trembler. Vous auriez pu me tuer !

— Taisez-vous ! gémit le vieil homme en se prenant la tête dans les mains. Je venais de remplir ma jardinière que j'avais posée sur le rebord de ma fenêtre, j'avais renversé un peu de terreau sur le sol, j'étais en train de balayer et... Le manche du balai a cogné la jardinière par mégarde... Elle est tombée, je n'ai pas eu le temps de la retenir, tout est allé trop vite... Pardon, Manon, pardon.

Alerté par mes cris et les plaintes de notre voisin, Théo sortit de la salle de bain, vêtu d'une serviette qu'il s'était passée à la hâte autour de la taille. Nino tenta de lui expliquer l'affaire d'un ton épouvanté : son intention de replanter des boutures de lierre cueillies la veille au cours d'une balade, sa maladresse, la catastrophe esquivée de justesse… Lorsque Théo vit l'état de la chaise longue, il comprit alors l'ampleur du drame que seul le hasard avait évité.

— Dix secondes auparavant, j'étais encore allongée dans le transat, maugréai-je en dardant Darmont d'un regard accusateur.

Le vieil homme ne cessait de s'excuser, le visage pâle et les traits tirés par la frayeur. Il nous assura qu'il paierait les frais de réparation de la véranda et que pareille chose ne se reproduirait plus. Théo prépara du café afin que chacun se remette de ses émotions.

Après avoir vidé sa tasse et bredouillé encore une bonne centaine d'excuses, M. Darmont aida Théo à ramasser les débris de la jardinière ainsi que les bris de verre, et à nettoyer la véranda, sans cesser de promettre de remplacer le carreau cassé. Puis il rentra chez lui, penaud, confus et désolé.

Mais l'incident m'avait mise en alerte.

Combien de fois n'avais-je pas lu ou entendu dans les médias le récit de ces accidents, parfois même mortels, provoqués par la distraction ou la maladresse d'une vieille personne ? Ces gens, dont la décadence physique et mentale entravait les règles d'hygiène ou de sécurité les plus élémentaires, mettaient bien souvent leur santé en danger ainsi que celle de leur entourage. Nino Darmont était-il réellement apte à vivre seul ? Les faits divers regorgeaient de ce genre de témoignages : une explosion de gaz ou une inondation due à un oubli, ou alors des poubelles que l'on ne descend pas parce qu'elles sont trop lourdes et qui attirent ainsi la vermine…

Je fis part de mes inquiétudes à Théo.

— Que veux-tu y faire ? me demanda-t-il abruptement, presque sur la défensive.

Si mes souvenirs sont bons, ce fut la première fois que je remarquai que Théo manquait de plus en plus de discernement quand il s'agissait de Nino.

— Il faudrait peut-être lui en parler ?

— Lui parler de quoi ?

— Je ne sais pas... Il existe des organisations qui s'occupent des personnes âgées et isolées. Par exemple cette assistante sociale qui nous a téléphoné l'autre jour... On ne sait même pas s'il a encore de la famille.

— Il t'a dit qu'il n'avait pas d'enfant. Et puis, s'il avait encore de la famille, il n'aurait pas donné nos coordonnées au service social.

— Il a peut-être des frères et des sœurs, des neveux, des nièces qui ne vivent pas ici mais qui seraient à même de prendre une décision...

Théo haussa les épaules. De toute évidence, cette conversation l'irritait.

— Tu as encore le numéro de téléphone de l'assistante sociale ?

— Non, je n'ai pas son numéro. Je ne l'ai d'ailleurs jamais eu. Mais je ne vois pas du tout ce que ça change.

— Dix secondes plus tôt, j'étais morte, Théo ! m'écriai-je en tentant de lui faire comprendre que ce qui venait de se passer n'avait peut-être rien d'un banal incident. Cette jardinière était lourde, remplie de terreau à ras bord, elle aurait pu me pulvériser et...

Un sinistre flash me percuta l'esprit. Si j'avais encore été allongée sur le transat au moment où la jardinière s'y fracassait, et en admettant que le choc ne m'eût pas éventrée sur le coup, j'imaginai sans peine les séquelles irréversibles que j'aurais pu conserver : une matrice à l'état de bouillie qui m'aurait, à coup sûr, empêchée à jamais de porter un enfant.

— Et trois minutes plus tôt, c'est moi qui étais mort, Manon ! répliqua Théo en parodiant mon ton horrifié, et m'arrachant ainsi à la vision d'horreur qui me glaçait d'effroi.

Le silence s'installa dans la pièce, nous laissant chacun dans la perplexité de nos pensées.

— Manon, dit enfin Théo d'un ton plus doux. Ce qui s'est passé tout à l'heure n'est qu'un accident. Ça aurait pu arriver à n'importe qui. Je ne pense pas qu'il faille en conclure que Nino est sénile ou qu'il n'est plus capable de vivre seul. Il a suffisamment été secoué pour redoubler de prudence à l'avenir. De toute façon, que veux-tu y faire ? Nous n'avons aucun droit de décision.

Et c'est bien ce qui me tracassait.

Mais ce qui me contraria plus encore, ce fut de constater que Théo refusait de prendre conscience d'un possible problème en ce qui concernait notre voisin. J'avais remarqué son ton agacé, son attitude fermée à toute discussion, comme si la moindre critique formulée au sujet du vieil homme le touchait directement. Je n'en comprenais pas la raison et ce léger différend qui naquit entre nous me laissa perplexe.

MADELEINE

Le 13 mai 1931.

Les jours passaient et la vie s'organisa autour de Bernard. Comme je l'ai dit, la fatigue due à l'effort de l'enfantement, ainsi que le nouveau rythme imposé par ce petit bout d'homme m'empêchaient de reprendre des forces, physiques autant que psychologiques. Je pleurais beaucoup sans savoir pourquoi, je me sentais seule, désemparée, je ne savais comment faire, mon lait semblait ne pas suffire et l'enfant paraissait constamment affamé. Gilbert me proposa plusieurs fois son aide mais je ne m'y résolvais pas, pas encore, j'avais l'impression de trahir et c'était pire que tout. De son côté, Cathy faisait beaucoup, dans la maison et auprès de moi, elle tentait de prendre le bébé en charge pour me permettre de dormir, mais elle manquait d'expérience autant que moi et il m'était impossible de trouver le sommeil en sachant que mon enfant pleurait à quelques mètres de ma chambre.

Une nuit, alors que je ne parvenais pas à l'endormir et que j'étais sur le point de perdre mes moyens, Gilbert vint frapper à ma porte. Les larmes coulaient toutes seules le long de mes joues, Bernard hurlait dans son berceau et je restais plantée là, devant lui, sans faire le moindre geste, hébétée et désespérée. Gilbert s'approcha du couffin et prit l'enfant dans ses bras, sans m'en demander la permission. Je n'ai pas bougé, je les regardais tous les deux, désormais étrangère à tout ce qui m'entourait. Puis ils quittèrent la pièce et, sitôt la porte refermée, Bernard parut se calmer. Je m'effondrai sur mon lit et dormis d'une traite quatorze heures durant.

Lorsque je me suis éveillée, je fus prise de panique. Le berceau était vide, la maison silencieuse, je craignis le pire. Rejoignant la cuisine en toute hâte, je découvris Gilbert et Bernard en parfaite entente, l'un gazouillant dans les bras de l'autre qui souriait d'un air stupide. Sur la table trônait un biberon vide. Gilbert m'accueillit avec jovialité et se leva prestement pour me remettre le bébé.

— Tu as bien dormi ?

Je fus submergée par une sensation de paix. Je me sentais reposée, Bernard était repu, la simplicité de l'existence me happa entièrement dans ce qu'elle a de plus évident.

— J'ai faim !

— Il faut manger alors.

J'allais appeler Cathy qui se trouvait dans le salon mais Gilbert m'arrêta d'un geste de la main. Il me prépara trois grosses tranches de pain nappées de confiture et me servit une pleine tasse de café. Puis, pour me permettre de manger librement, il reprit Bernard qui accepta ce changement de bras en babillant. Je déjeunai de bon appétit.

L'existence nous réserve des surprises qu'il nous est parfois bien difficile de prévoir. Ce matin-là, je m'en souviens, le sentiment de gratitude que j'éprouvais avait quelque chose d'insolite, une intensité inconnue, une faiblesse dans le ventre, un rythme dans le cœur. J'observais Gilbert à la dérobée, je m'avouais heureuse d'être là, à ses côtés, j'avais envie d'arrêter le temps. Mais ce qui me perturbait le plus, c'est que j'avais déjà ressenti pareille émotion. Et de voir Bernard si serein entre les bras de cet homme me donna une sorte de permission, celle de laisser couler en moi un flot d'émois que, pourtant, je retenais âprement depuis quelque temps. Malgré tout, je tentais désespérément de me reprendre.

Qu'étais-je en train de ressentir ?

C'est alors que l'absurdité de ma situation m'apparut dans toute l'ampleur de sa singularité. J'esquivais le doute, je résistais à l'ambiguïté d'une telle position, je guerroyais contre ma propre ambivalence, énigme parmi les mystères de l'existence, et pourtant il me fallait bien l'avouer : voilà que j'étais en train de m'interdire d'aimer mon mari pour ne pas trahir mon amant.

MANON

Quelques jours plus tard, Lola me téléphona en pleurs pour me dire qu'elle était enceinte et qu'elle ne voulait pas garder l'enfant. Le père était un mec qu'elle avait rencontré sur le Net et dont elle ne savait rien, mais avec lequel elle s'était de temps à autre envoyée en l'air.

Génial !

Actuellement, la vie n'est plus seulement une affaire intime, le résultat de deux corps qui ont trouvé le bon chemin pour s'imbriquer parfaitement. On peut fabriquer un enfant sans se toucher, sans même se connaître. La science a mis le grappin sur l'essence même de l'homme et les bébés éprouvettes ont prouvé que les voies du Seigneur ne sont pas plus impénétrables que le vagin d'une prostituée.

Lola, c'est ma première copine de Valence, elle a fait la puériculture comme moi, sauf qu'elle ne veut pas de gosses, ceux des autres lui suffisent. Lola porte bien son nom, c'est une lolita perpétuelle, elle refuse obstinément de vieillir, ressemble à une adolescente de dix-sept ans alors qu'elle affiche trente-deux balais au compteur, c'est une berline dont la carrosserie est impeccable. Alors pas question de laisser un têtard virtuel lui abîmer le châssis…

— Tu fais ça sans capote ? lui ai-je demandé, un peu choquée.

— Sur ce coup-là, on en n'a pas mis, répondit-elle en pleurnichant. Quand j'ai rencontré Phil, il venait de recevoir les résultats de sa prise de sang, il m'a montré le papier qui datait de la veille, pour moi c'était l'aubaine : faire l'amour à l'ancienne, j'ai pas voulu manquer ça…

— Ben et toi ? Tu lui as montré ton certificat de viande saine ?

— Oh ça va ! épargne-moi tes allusions douteuses, se rebiffa-t-elle. Il m'a dit qu'il me faisait confiance, c'est tout.

— Quel con !

Lola n'apprécia ni le mot ni le ton, elle ne pouvait pas savoir, elle avait reçu le paquet encombrant qui m'était destiné, elle dédaignait ce que je sacralisais, j'étais la dernière personne à pouvoir l'aider.

— T'as le numéro d'une bonne gynéco ? me demanda-t-elle en mordant sur sa chique.

— Tu vas le faire passer ?

— Que veux-tu que j'en fasse ?

Ça m'a troué le ventre. Je l'ai haïe, instantanément.

— Débrouille-toi toute seule.

Puis j'ai raccroché. Je venais de perdre une amie.

Théo n'a pas compris. Ça tombait mal, il était très copain avec Peter, le frère de Lola, nous avions même prévu de partir en vacances à cinq, avec Lola, Peter et sa petite amie Camille.

— Qu'est-ce qui te prend de lui raccrocher au nez ?

— Elle veut avorter !

— Et alors ? C'est son problème ! Bordel, Manon, ce bébé, ça commence à te bouffer les neurones !

Le ton est très vite monté. Théo qui ne comprenait pas, ce fut pour moi la trahison suprême. Ce bébé du Net symbolisait à mes yeux l'injustice absolue. La question n'était pas de partir en campagne pour sauver le gosse de Lola, militons pour l'irresponsabilité des femmes immatures de trente-deux ans qui ne veulent pas vieillir, mais plutôt de remettre les choses à leur place. Bien entendu, il m'était impossible de faire l'échange, « garde l'enfant, Lola, je m'en occuperai à sa naissance », d'autant que son gamin je n'en voulais pas : c'était le mien que je voulais, celui de Théo, celui que j'allais fabriquer toute seule dans mon petit ventre.

— Arrête de tout ramener à toi, s'énerva Théo. Ici, c'est Lola qui a un souci !

— Justement ! Pour ce genre de souci, tu vois, mon seuil de compassion est largement dépassé.

— Personne ne te demande de compatir. On te demande juste d'être présente et de l'aider.

— L'aider à quoi ? À tuer son môme ?

— Arrête ! Ce n'est pas vraiment un enfant, c'est juste un magma de cellules qui n'en est encore qu'au stade de la multiplication.

Je n'avais pas le courage d'aborder le fastidieux débat de l'interruption volontaire de grossesse. Est-ce un crime ? N'est-ce pas un crime ? En l'occurrence, le crime ici était de me demander, à moi, de seconder Lola dans le choix qu'elle semblait avoir déjà fait.

C'est à cet instant précis que Darmont frappa à notre porte.

Ça tombait mal, Théo et moi venions juste d'amorcer une dispute qui s'annonçait piquante ; j'étais en forme pour contre-attaquer, toutes griffes dehors, mais certainement pas pour faire des courbettes courtoises et policées à notre voisin. J'avais la hargne, je me sentais démontée, débordée d'un flot de bile, un truc acide qui me rongeait les entrailles, j'en voulais à la terre entière.

— Vire-le, je n'ai pas envie de le voir.

Théo me dévisagea avec agacement.

— Va le lui dire toi-même.

Puis il tourna les talons et alla s'enfermer dans son bureau.

Ce fut le trop plein d'injustice. Soudainement privée d'adversaire, j'étais comme un char d'assaut lancé à toute vitesse sur une pente à 90 degrés, avec la volonté évidente de tout broyer sur mon passage. Théo parti, il n'y avait plus rien en face de moi, plus rien pour arrêter mon bolide d'aigreur et de fiel.

— Ce n'est pas le moment, Nino, repassez demain.

J'avais à peine entrouvert la porte que je m'apprêtais à refermer aussitôt, sans laisser le temps au vieil homme de prononcer la moindre parole. Darmont fut plus prompt que surpris, il passa prestement son pied dans le jour de la porte, me forçant ainsi à rouvrir le battant.

— Bonsoir Manon, formula-t-il d'un ton appuyé qui sonnait comme un reproche. Vous avez passé une bonne journée ?

Je crois qu'en fait, c'est l'exacte réaction que j'attendais. Lui faisant face, outrancière de morgue et de mépris, j'affichai délibérément le visage dédaigneux de celle qui attend l'impact du premier tir pour le seul plaisir de pouvoir y répondre. Darmont restait figé sur le palier et me dévisageait avec sévérité, arborant l'expression de la dignité outragée. L'adrénaline montait, je m'en sentais gorgée jusqu'au bout des ongles, j'étais ivre d'attente, celle d'un compte à rebours qui touche à sa fin, j'espérais l'explosion du coup d'envoi avant de connaître la jouissance du coup d'éclat.

Qui ne vint pas.

— Barrez-vous, Nino ! Vous m'emmerdez, à la fin.

Puis je lui ai claqué la porte au nez sans me soucier de son pied que j'ai violemment heurté. Derrière le battant, il poussa un cri dont je ne sus s'il était de rage ou de douleur.

Ce cri me vida instantanément. Je me suis dégonflée comme une baudruche, emportée par le souffle d'une rancœur mal dégrossie, sans plaisir ni satisfaction. Ce fut comme une montée orgasmique trop alléchante qui ne donne finalement que peu de délice. J'en conçus une frustration si grande que j'eus la tentation, l'espace d'une seconde, de donner moi-même le coup de grâce, de mes poings, de mes ongles et de mes dents. Mais Théo m'avait déjà rejointe dans le hall d'entrée et m'interrogeait d'un regard interloqué tandis que, de l'autre côté de la porte, nous perçûmes un gémissement. Déconcerté, il ouvrit promptement la porte pour découvrir Darmont gisant par terre, qui se tenait le pied. Il se précipita aussitôt vers lui pour le secourir.

— Que s'est-il passé ? s'exclama-t-il en me jetant un regard accusateur. Tu es complètement folle, Manon !

— Ce... Ce n'est rien, Théo, ne lui... Ne lui en veuillez pas, haleta le vieil homme en grimaçant. C'est un... accident.

— Appelle un docteur, m'ordonna Théo en hissant notre voisin par un bras qu'il passa autour de ses épaules.

Tandis que Théo aidait péniblement Nino à pénétrer dans notre appartement, je suis restée sans réaction, ne sachant s'il fallait prendre la chose au sérieux. Darmont paraissait souffrir, ce qui ne m'apporta même pas la paix du guerrier. Ni même le soupir de l'amante comblée.

— Qu'est-ce que tu fous, Manon ! hurla Théo comme s'il y avait mort d'homme. Appelle un docteur, bordel !

Darmont poussa un gémissement plus sonore : son pied venait de heurter le portemanteau. À contrecœur, je me suis dirigée vers le téléphone. Puis j'ai appelé le généraliste de Théo.

Nous avons attendu trois quarts d'heure durant lesquels Darmont ne cessait de m'innocenter auprès de Théo. Celui-ci avait déchaussé le vieil homme, mettant ainsi son pied à nu dont la cheville enfla rapidement. Quant à moi, je me tenais en retrait, en proie à une rage sourde de m'être mise en tort.

Ai-je ressenti quelques regrets ?

Je n'en ai pas le souvenir.

Durant cette attente, Théo en profita pour me prendre à part et par le bras, nous isolant quelques instant des jérémiades de notre voisin.

— Tu deviens complètement cinglée, Manon ! Qu'est-ce qui te prend ? C'est quoi ton problème ?

La joute regagnait un peu de saveur, je repris donc du poil de la bête.

— Mon problème, c'est tous ceux qui pensent que le monde leur appartient. De quel droit ce vieil emmerdeur vient-il systématiquement vider notre bouteille de porto ? De quel droit se croit-il invité tous les soirs chez nous ? Et quand je n'ai pas envie de le voir, de quel droit m'en fait-il la remarque ? Il a quasiment forcé notre porte ! J'en ai marre d'écouter les malheurs de tout le monde : et que je te raconte ma vie par-ci, et que je te raconte mes emmerdes par-là… Qu'est-ce que j'en ai à foutre, moi, de leurs histoires à la con ?

J'en ai marre, Théo ! Marre de voir la tronche de Darmont s'affaler tous les soirs dans ma cuisine. Marre de faire risette quand j'ai juste envie de faire la gueule. Marre de toujours passer pour l'emmerdeuse alors que, bordel, je suis chez moi ! Si je n'ai envie de voir personne, si j'ai envie de me promener en petite culotte dans mon salon, si j'ai envie de péter ou de roter sans devoir me contenir, si j'ai envie de…

— C'est une raison pour lui casser le pied ? m'interrompit Théo d'une voix cassante.

— Il me les casse bien, moi, les miens !

— Tu perds complètement la tête, ma pauvre fille. Je ne sais pas ce qui se passe, mais depuis qu'on a décidé de faire un gosse, je ne te reconnais plus. Et en plus, tu deviens grossière avec tout le monde !

— Tout le monde ?

— Oui, tout le monde ! Tu raccroches au nez de Lola quand elle t'appelle à l'aide, tu rejettes les marques d'affection d'un vieux monsieur solitaire qui ne demande qu'un tout petit peu d'attention… Tu veux que je te dise : tu deviens vraiment chiante ! Fais attention à toi, Manon. Parce que dans ces conditions, je commence vraiment à ne plus avoir envie de ce bébé.

La sonnette retentit enfin, laissant ma riposte en suspens. La menace de Théo m'avait brisé le cœur mais je n'étais pas en état de déposer les armes. J'ai donc ravalé mon amertume, je n'avais pas le choix, toute l'attention était désormais focalisée sur le grand blessé qui gisait lamentablement sur mon divan.

Le docteur diagnostiqua une fracture de la cheville, j'en conclus que la malléole tibiale avait été endommagée. Restait à savoir jusqu'à quel point. Le docteur voulut appeler une ambulance afin d'emmener M. Darmont à l'hôpital pour y faire des radios, mais Théo se proposa aussitôt de l'y conduire, si toutefois Nino voulait bien lui prêter sa voiture. Le vieil homme accepta vivement, ça lui éviterait les frais d'ambulance. Il indiqua donc à Théo où se trouvaient les clés, puis ils se mirent en route, l'un épaulant l'autre, avec prudence et délicatesse. Cet échange de courtoisies me fit sourire, jaune en tout cas, Dieu qu'ils étaient beaux tous les deux à se soutenir de la sorte.

Quelques instants plus tard, je fus seule dans l'appartement.

Durant un long moment, je suis restée immobile au milieu du salon, tentant de maîtriser le chagrin qui me rongeait de l'intérieur. La suite des évènements s'annonçait sous de très mauvais auspices. J'allais devoir affronter la rancœur de Théo, ses critiques et sa colère, je savais que la dispute serait dévastatrice, ça faisait trop longtemps que l'humeur était morose entre nous. Je savais aussi que j'étais en partie responsable de la situation et qu'une mise au point devenait nécessaire. La cheville de Darmont s'ajoutait maintenant au banc de la partie civile, pointant sur moi sa malléole interne accusatrice. Pour le coup, j'étais en très mauvaise posture.

Vers 23 heures, n'ayant toujours pas de nouvelles, je me suis déshabillée pour me mettre au lit. Dans ma culotte, quelques taches sombres m'annoncèrent l'arrivée de mes règles.

MARIE

Lorsque ton père et moi nous sommes installés au « Cheminot », nous ne connaissions personne au village. Ou si peu. Des connaissances de courtoisie et de bon voisinage, sans plus. Le matin, Thomas partait tôt pour rejoindre l'école municipale de Loriol, me laissant seule à la maison. Tableau banal. J'avais alors la terrible prétention d'être une femme parfaite : une épouse modèle doublée d'un être brillant et talentueux. Je passais donc mes journées à arranger notre maison et à m'instruire : je lisais beaucoup et, surtout, j'ambitionnais de devenir une peintre de grande renommée. C'est en partie pour cela que j'avais accepté de « m'exiler » à la campagne, pensant que la nature me serait d'une aide précieuse pour parvenir à mes fins artistiques. Pour cela, je faisais de longues balades, m'imprégnant de toute la beauté qui m'environnait. Je croyais, par ce moyen, pouvoir comprendre le monde, ce qui était pour moi la seule façon de devenir une artiste de renom. Sans doute n'avais-je pas tort ? Mais il me manquait alors deux choses essentielles : la patience et la rigueur.

Par contre, une certitude s'imposa bientôt à moi dans toute son essence. Je la ressentais instinctivement, sans vraiment chercher à la définir : on ne devient artiste que si l'on s'y applique avec amour. La valeur des choses ou des actes ne dépend que de la passion qu'on leur accorde. Cuisiner est un art. Exercer un métier peut aussi être un art. Faire l'amour est un art. Vivre est un art.

De l'amour, j'en avais, à revendre. Mais c'était un amour brut, sauvage et désordonné. Seule devant ma palette, je ne parvenais à sortir de moi que des esquisses à l'image de ma passion. Je ne maîtrisais rien, ni mon art ni mes sentiments. Je me forçais plusieurs fois de suite à reprendre le cours de mon étude, m'astreignant à sérier les problèmes qui surgissaient entre la toile et mon pinceau, à savoir ce que je pouvais tirer de mon cœur et ce que je devais abandonner à ma tête, à ma raison.

Le soir, Thomas rentrait du travail. Le plus souvent, nous passions nos soirées seuls, n'ayant que très peu d'amis qui tous, d'ailleurs, habitaient la ville.

En été, nous avions quelques invités.

En hiver, les visites se faisaient plus rares.

Cette solitude forcée ne nous gênait pas outre mesure. Du moins au début et en ce qui me concerne. Je me confiais souvent à Thomas au sujet de mes recherches picturales, de mes doutes, de mes certitudes, de mes victoires ou de mes défaites. Je lui demandais un conseil, une réponse, je cherchais un allié, un complice. J'espérais tout de lui. Trop peut-être.

Je n'attends pas d'excuses. Je raconte les choses telles qu'elles se sont déroulées. Ou, du moins, telles que je les ai vécues.

À vrai dire, Thomas répondait en effet à mes ardeurs, mais dans un langage tellement différent du mien que, bientôt, je ne me donnai plus la peine de traduire ses regards, ses gestes ou ses mots. Tout cela ne s'est pas passé en une semaine, ni même en un mois. Un mur se construit brique par brique, et seul le temps lui donne les fondations nécessaires pour qu'un jour, sans que l'on s'en aperçoive, il soit devenu indestructible.

Du temps, nous en avions, autant que nous voulions.

Et Thomas n'était pas artiste. Ni dans l'âme ni dans le cœur.

Bientôt, l'ennui vint m'envahir de ses tentacules monstrueux, m'enchaînant à une existence qui n'était plus celle à laquelle j'aspirais. Le matin, je m'éveillais sans but, sans raison de me lever, sans envie ni plaisir. Il m'est arrivé de passer deux heures dans la salle de bain, me pomponnant et me maquillant juste pour passer un coup de téléphone. Le soir, à son retour, Thomas me complimentait sur ma tenue et mon joli visage. Pauvre homme ! Il se croyait l'heureux destinataire de tant de frais. En vérité, je ne le voyais plus, regrettant même qu'il soit le seul à profiter de mes charmes.

Pour couronner le tout, nous étions en 1968, et les évènements de mai se précisaient. Nous n'avions pas de poste de télévision, Thomas n'y trouvait pas d'intérêt. Mais la presse relatait chaque jour l'effervescence qui régnait dans les grandes villes et moi, entourée de mes champs et de mes bois, je vivais assez mal cette mise à l'écart. Je me sentais concernée par les revendications des étudiants, ou même celles des ouvriers, déjà prête à rejoindre la capitale pour monter sur les barricades et défendre chèrement « notre » cause. Thomas, quant à lui, regardait tout cela de loin, qualifiant ce phénomène de « pétard mouillé » : transformer l'élève en disciple ayant le droit d'intervenir comme bon lui semble dans la pédagogie qui lui est destinée ? Absurde ! Laisser l'élève ou ses parents participer aux décisions du corps enseignant ? Foutaises ! Selon lui, tout cela ne mènerait qu'à une anarchie trop éloignée des modèles qui, depuis longtemps, avaient fait leurs preuves.

De toute évidence, nous ne nous comprenions pas et, une fois encore, j'ai gardé mes opinions pour moi.

Un autre fait vint renforcer les fondations du mur qui s'élevait entre nous : le temps passait et nous n'avions pas d'enfant. Le désir d'être enceinte s'ajouta rapidement à une certaine frustration créatrice que je ne parvenais plus à combler. À cette époque, le fait de n'avoir pas d'enfant supposait une foule de choses sous-jacentes : la stérilité, pour ne citer qu'elle, était considérée comme un handicap et suscitait la pitié ou, pire, dans un petit village comme le nôtre, la malédiction. Venait s'ajouter à cela la légende qui courait sur le « Cheminot », il n'en fallut bientôt pas plus pour que, d'étrangers que nous étions, nous passions à gens non désirables, mauvaises fréquentations, personnes sur lesquelles pesait le mauvais œil. Le silence qui se faisait autour de moi lorsque j'entrais chez un commerçant, les sourires forcés, contraints par une convention sociale et commerciale qui n'a d'humain que l'hypocrisie, et surtout la solitude qui se resserrait sur moi comme un étau, tout cela finit bientôt par m'étouffer au point que j'ai demandé, que dis-je « demandé » ! j'ai supplié Thomas de faire nos bagages et de repartir vivre à Grenoble, ou même à Valence.

La vie au « Cheminot » m'était devenue insupportable, tout comme l'avenir qui se dessinait devant moi. J'étais née pour vivre une vie fantastique, jalonnée de rencontres passionnantes et d'échanges aussi divers que palpitants. J'étais comme un feu follet que le destin s'acharnait à éteindre par tous les moyens. J'avais un tel besoin d'exister, une telle envie de reconnaissance !

La réponse de Thomas fut, comme toujours, d'une sagesse désespérante : la ville n'était pas la solution qui « nous » convenait. Son argument majeur était que l'on ne résout pas les problèmes en prenant la fuite. Dans un déménagement, on emporte tout, le bon comme le mauvais. Partir n'aurait fait que déplacer le problème, mais en aucun cas ne l'aurait fait disparaître. Je devais tout d'abord retrouver la paix en moi, et seulement après, si je le désirais toujours, nous envisagerions de retourner en ville. Selon lui, nous sommes tous responsables de notre réalité et nous la reproduisons où que nous soyons, puisqu'elle est inhérente à notre comportement.

Thomas avait des principes, et ça le rendait fort. Grâce à eux, il trouvait un sens à tout ce qu'il faisait, alors que moi, je cherchais des réponses et un sens à ma vie. Je n'ai rien trouvé à lui rétorquer, car je doutais qu'il comprenne mon besoin de briller et de vivre. Mais surtout, je n'osais pas lui avouer que la vie qu'il me proposait, et qu'il semblait aimer, me paraissait terne et sans saveur.

J'avais la sensation qu'il voyait en moi un être qui lui ressemblait, qui était de la même trempe que lui. Il était de cette sorte de gens qui ne voient le monde qu'au travers un seul prisme, le leur, et ne le conçoivent pas autrement. Thomas avait une éthique, un code de l'honneur et un sens de l'existence qu'il ne parvenait pas à envisager différemment. Ce qu'il exigeait des autres, il se l'imposait à lui-même.

Envers et contre tout, j'éprouvais une grande admiration pour lui, et je désirais de toute mon âme pouvoir lui ressembler un jour.

Comprends-moi, ma Praline. Ton papa était un être hors du commun : il était intègre, honnête et intelligent, fidèle à lui-même, à ses principes et à ceux qu'il aimait. En vingt-trois années de vie commune, je ne l'ai jamais vu faire un seul faux pas. Il respectait ses promesses, il me respectait, il marchait tout droit sur le chemin qu'il s'était fixé, sans détour ni fausse route. Je ne pense pas l'avoir jamais vu douter. Il était bon, ne criait jamais, ni ne se mettait en colère. Il pouvait tout expliquer, le bien comme le mal. Il était rassurant et sécurisant…

Mais Dieu que je m'ennuyais !

J'avais besoin d'un peu de sale dans tout ce propre. De l'imprévu, de la fantaisie. Je me sentais cloîtrée dans un tunnel de verre, avec pour seule distraction le spectacle de la vie qui se déroule de l'autre côté de la vitre, sans jamais pouvoir la toucher, sans jamais pouvoir la respirer à pleins poumons. Sans jamais être en danger…

Être en danger…

Je sais bien qu'il avait raison. Comment vivre sans éthique ? Comment pouvoir se regarder dans un miroir si l'on s'est trahi un jour ? Mon objectif fut bientôt d'être à la hauteur, de devenir cette femme que Thomas voyait au travers de son prisme.

Mais qui était-elle ?

Que faisait-elle pour être si belle, si forte, tellement brillante ?

Je l'ai cherchée des années entières, croyant souvent l'avoir trouvée. Mais à chaque fois, à un moment ou à un autre, elle s'évanouissait. Je faisais ou je disais quelque chose qui prouvait que je n'étais pas encore « à la hauteur ».

Jamais Thomas ne m'a blâmée et, le pire, c'est qu'il n'a jamais douté de moi.

Ou plutôt d'« Elle ».

La trahison a commencé là, bien avant les faits que l'on était en droit de me reprocher. Bien avant les mensonges tangibles, ceux que l'on pouvait juger et condamner. Si je te disais que ce que je viens de t'avouer est mon plus grand délit : l'imposture. Ce qui s'est passé par la suite n'est que le résultat logique de cette monstrueuse duperie, cet égarement perfide pour l'un comme pour l'autre. Thomas n'y voyait que du feu. Ne s'est-il jamais demandé qui était la femme dont il partageait la vie ? Qui mentait à qui ? Et à qui la véritable faute ? J'étais coupable mais il était aveugle. Ça ne me disculpe pas, j'en conviens, mais s'il faut toujours qu'il y ait un coupable et une victime, je veux partager les frais.

Je blasphème, n'est-ce pas ! Thomas est mort depuis si longtemps qu'il serait bien en peine de pouvoir se défendre.

Mais vois-tu, ma Douceur : moi aussi, je suis morte.

MANON

J'ai beaucoup repensé à Madeleine durant cette période trouble passée dans l'attente d'une grossesse de plus en plus aléatoire. Je comparais sans cesse l'ironie de nos destinées, cet enfant indésirable qui l'avait séparée de l'homme qu'elle aimait, et l'absence du nôtre tant convoité qui creusait infailliblement un fossé dans notre couple. Théo avait raison : je perdais goût en l'amour quand il n'était pas fait durant la sacro-sainte période d'ovulation, comme si baiser sans espoir de résultat ôtait à l'acte toute capacité de saveur. Résultat des courses, la migraine m'assaillait de plus en plus souvent à l'heure du coucher, Théo n'était pas dupe et le prenait assez mal, il s'enferma très vite dans une morosité acerbe, asphyxiant peu à peu un feu dont les braises avaient déjà été mises à mal par mes trop nombreuses larmes. Théo en avait marre de cette idée devenue fixe au fil des mois, qui transpirait de chaque pore de ma peau, de chacun de mes regards, et du moindre échange de bécots.

Je ne pensais plus qu'à « ça » !

Pour couronner le tout, l'hiver approchait en date autant qu'en degré de température, le ciel avait revêtu sa robe terne de la mi-saison et la luminosité dispensait avec avarice quelques éclats très épars et peu rutilants.

Bref, le temps était à la déprime.

Enfin, M. Darmont venait ajouter sa note funeste dans cette partition mélancolique.

Mais c'était Madeleine, durant cette période maussade, qui accaparait mes pensées. Cette grossesse inavouable qui s'annonça pour elle comme une catastrophe, l'enfant de la honte et du déshonneur qui pourtant fut celui de l'amour, et surtout la vie gâchée de cette jeune femme unie à un homme qu'elle n'aimait pas et dont elle dut partager l'existence, quelle injustice ! Pour la première fois de ma vie, je compris au plus profond de moi le désespoir qui fut le sien, elle qui jusqu'alors n'avait été à mes yeux qu'un prénom, une histoire, une légende magnifiée par le malheur : elle devint soudain une femme de chair et de sang, dans toute la douleur qu'elle avait dû éprouver, à l'image de mon chagrin qui, en cette incroyable opposition de nos destins, se rejoignaient pourtant dans une terrible détresse.

Elle eut l'enfant sans avoir le père quand j'avais le père sans avoir l'enfant. À nous deux, nous avions peut-être une chance de reconstituer la famille idéale, sauf qu'elle était morte et que j'étais vivante.

Madeleine et moi, nous étions le paroxysme de la ressemblance dans l'opposition.

Elle vécut en regardant grandir le fruit de ses amours perdues, ressembler chaque jour davantage à son père, tel le témoin magnifique d'un bonheur gâché et interdit.

Moi j'avais Théo, il était là, à mes côtés, je me réveillais chaque matin sous les mêmes draps, nos odeurs se mêlaient, il était la première personne que je voyais, son corps m'était dévoué, nous pouvions à tous moments profiter de notre amour...

Oui, sauf qu'au fil de nos échecs, il se transformait à mes yeux en un gigantesque pénis dressé vers le ciel, mais un pénis incapable de déverser sa semence féconde, une verge stérile et aride dont l'inefficacité m'éloignait imperceptiblement de l'homme à qui elle appartenait. Parce qu'il était l'image de l'enfant que nous n'avions pas, m'évoquant sans cesse un bonheur dont je ne pouvais profiter : sa présence même suggérait une absence de plus en plus lourde à supporter.

Alors, comme pour tenter de relativiser le drame que je vivais, je me raccrochais désespérément à l'histoire de Madeleine, à cette vie qui, bien plus que la mienne, fut jalonnée de larmes et de souffrances. C'est idiot et c'est pourtant vrai : de savoir que Madeleine avait été si malheureuse atténuait un peu la tristesse que je portais désormais en moi.

MADELEINE

Le 20 mai 1931.

Je suis heureuse.

Jamais je n'aurais imaginé qu'un tel bonheur puisse se déployer sur ma vie. Bernard s'épanouit au sein d'une famille qui semble presque normale, couvé par sa mère et élevé par un homme qui, s'il n'en est pas le père, en a les sentiments et le comportement. Cathy tient sa place, et même si elle a quelque peu perdu son rôle de compagne, une complicité égale nous lie dans le respect et l'amitié. Je ne demande rien de plus.

Pour reprendre mon récit là où je l'ai laissé, je mis encore un peu de temps à avouer à Gilbert l'émotion que j'éprouvais pour lui. Comme je l'ai dit, j'avais la sensation de tromper mon amant avec mon mari, ce qui me laissait dans une situation des plus singulières. Mais Gilbert ne demandait rien. Je savais qu'il m'aimait, je le voyais à ses regards, à ses attentions, à ses silences même, et cela ne fit qu'ajouter à mon trouble. Ce dévouement absolu sans rien espérer en retour me touchait chaque jour davantage, j'étais comblée par ce qu'il y a de plus précieux dans une vie conjugale : l'intelligence des rapports et la sensibilité des échanges. Gilbert se révélait être délicieux, honnête, solide, fidèle à ses idées, à la fois délicat et volontaire. Malgré tout, mon corps appartenait à Bernard, j'étais soumise à ses désirs, à ses appels et à son appétit. Mais de plus en plus, je me sentais attirée par la vigueur du corps de Gilbert, ses mains, la naissance des poils de son torse qui dépassaient parfois de sa chemise lorsqu'il laissait tomber la cravate au retour du travail – que je saisissais d'un coup d'œil rougissant – sa nuque, son sourire, son odeur…

La chose se produisit un week-end, alors que Cathy s'était absentée pour rendre visite à sa mère. Je venais de coucher Bernard, qui avait enfin pris un rythme précis dont il était possible de prévoir la cadence, et nous nous apprêtions à dîner. La journée avait été douce, le retour du printemps réchauffait les humeurs et Gilbert s'était mis aux fourneaux, révélant une des nombreuses qualités qu'il semblait vouloir garder secrètes afin de m'en faire la surprise. Il me pria de prendre place autour de la table qu'il avait lui-même dressée et, joignant le geste à la parole, il tira vers lui le siège qui m'était dévolu. Nos corps se frôlèrent et je retins mon souffle. Je m'installai tandis qu'il repoussait la chaise vers moi. Puis il me caressa l'épaule.

Le temps se figea et moi de même. Sa main s'immobilisa également, je levai la tête vers lui et nous nous regardâmes. Il y avait tant de douceur dans ses yeux, tant de désir et d'amour que mon cœur chavira. Comme il allait retirer sa main, je la saisis dans la mienne avant de la porter à mes lèvres.

Nous ne dînâmes pas. Et tandis que nos corps se consumaient sous l'assaut d'un désir réciproque, le repas refroidissait lentement dans nos assiettes.

Quel étrange destin que le mien ! On dirait que je fais tout à l’envers : je fus d’abord enceinte, puis j’épousai mon mari avant de tomber amoureuse de lui.

MANON

Le lendemain matin, lorsque je me suis réveillée, le lit était vide. Pas de Théo, pas de nouvelles de Darmont, ni même de sa cheville… Rien ! J'ai sauté sur le téléphone et composé le numéro du portable de Théo… Messagerie.

Merde !

Et quoi ? Qu'est-ce que je fais ? Je tourne en rond et je pleure ?

Ras le bol de pleurer, de subir, d'espérer. Ma culotte dégoulinait de sang, ça coulait le long de mes jambes, Tampax repu, saturé, enivré du nid douillet que mon utérus avait minutieusement préparé pour mon bébé, mon bébé, mon bébé, mon bébé.

Pas de bébé. Et pas de Théo.

J'étais encore dans les vapes d'un mauvais sommeil, à la fois lourd et agité, sans parvenir à mettre de l'ordre dans mes pensées. Je me suis dirigée vers la cuisine avant de me souvenir que je devais d'abord passer par la salle de bain… J'étais un peu perdue. Avec une angoisse sourde, pas vraiment définissable, un poids latent qui me pesait sur le ventre mais sans y répandre son contenu de fiel et d'anxiété. Pas encore. Comme une bombe à retardement qui égraine son décompte avant l'explosion finale.

Après m'être lavée et donné une allure présentable, je suis montée chez Darmont : j'ai tout simplement amorcé ma recherche par l'antre même de l'ennemi.

J'ai frappé à la porte et, après quelques minutes d'attente, Théo apparut devant moi, vêtu d'un T-shirt et d'un caleçon, les cheveux ébouriffés et le visage ensommeillé.

— Qu'est-ce que tu fous là ? lui ai-je demandé sans cacher ma surprise.

— Ah... C'est toi ? Quelle heure est-il ?

— Il est 7 h 30... Qu'est-ce que tu fous là ?

Théo a bâillé, s'est gratté la tête, s'est frotté les yeux. Puis il a fait demi-tour en laissant la porte entrouverte. Je l'ai suivi dans l'appartement.

— Et Darmont ? ai-je repris comme Théo ne répondait pas. Qu'est-ce qu'il a, finalement ?

— Fracture de la cheville. On lui a mis un plâtre.

— Pourquoi tu n'es pas rentré dormir à la maison ?

— Parle plus bas, il dort encore.

J'eus la sensation qu'une poigne d'acier me retournait les viscères. Notre navire commençait à prendre l'eau, on barbotait dedans jusqu'au menton et, en bon capitaine, Théo prenait les dispositions ad hoc en cas de naufrage imminent : évacuation des femmes et des enfants d'abord. C'est-à-dire moi et mon Tampax plein de sang.

— Pourquoi n'es-tu pas rentré à la maison, Théo ? ai-je répété d'une voix tremblante.

Il a soupiré avant de daigner me répondre.

— On est revenus tard de l'hôpital, Nino était agité, il ne pouvait pas rester seul. Et comme tu ne veux pas de lui chez nous, j'ai préféré dormir ici, c'était plus simple.

— Tu te fous de moi ? Pour une cheville cassée ?

Théo s'est retourné vers moi, visiblement agacé.

— Manon, je crois que tu es mal placée pour te plaindre de la situation. Heureusement pour nous, la fracture était nette. Ils ont pu remettre le pied assez facilement en place mais ils ont dû le plâtrer. Le médecin nous a laissés partir à la seule condition que Nino soit accompagné et que quelqu'un reste auprès de lui. Il ne sait plus faire un pas tout seul, le médecin a exigé l'immobilisation totale pendant toute la convalescence. Et je te rappelle que si on en est là, ce n'est pas vraiment de ma faute. Alors je sais bien qu'on ne lui doit rien, mais sur ce coup-ci, je pense que tu as plutôt intérêt à faire profil bas.

Mouchée. J'ai ravalé ma glotte et mon indignation et je suis devenue une toute petite chose tremblante de la tête aux pieds avec des larmes plein les yeux.

— Et encore ! reprit Théo d'une voix cassante. On peut s'estimer heureux qu'il ne porte pas plainte contre nous !

— Ce serait le comble ! ai-je murmuré dans un ultime assaut de révolte.

Théo a haussé les épaules, secoué la tête et levé les yeux au ciel, témoignant ainsi de l'ineptie de ma réaction. Puis il s'est emparé de son pantalon qu'il a enfilé en silence.

— Qu'est-ce que tu proposes ? ai-je demandé dans un murmure.

— Non, toi, qu'est-ce que tu proposes ?

Je propose… Je propose qu'on abandonne ce vieux bonhomme dans sa tanière sordide et qu'on le laisse se démerder tout seul. Non, bien sûr, je ne pouvais pas dire ça, même en blaguant, Théo n'aurait pas esquissé le plus petit sourire.

— De quoi a-t-il besoin, exactement ? ai-je amorcé pour trouver un début de solution. Qu'on aille lui faire ses courses et qu'on lui prépare ses repas, c'est ça ?

Théo s'est lentement tourné vers moi avant de plonger son regard froid dans mes yeux humides.

— Je crois que tu n'as pas très bien compris la situation, Manon. Il ne peut rien faire tout seul. Ça veut dire qu'il faut l'aider à se lever, se coucher, s'asseoir, s'habiller, se laver, faire ses besoins… Tu commences à capter ?

— Tu rigoles, là !

— Absolument pas.

J'ai fermé les yeux en poussant un long soupir désespéré. Quand je les ai rouverts, Théo me considérait d'un air las.

— Si ça peut te rassurer, ça ne me plaît pas plus qu'à toi. Sauf que si on en est là, c'est de ta faute !

— Ah oui ? Je te ferais tout de même remarquer que s'il n'avait pas insisté pour rentrer chez nous, rien de tout cela ne serait arrivé.

Théo a gardé le silence quelques instants sans me quitter des yeux.

— Tu te rends compte de ce que tu dis ? reprit-il ensuite d'une voix glaciale. C'est le seul argument que tu as trouvé pour te justifier ? Tu sais que tu ne lui as même pas demandé pardon !

— Il a quasiment forcé notre porte…, balbutiai-je en désespoir de cause.

— Arrête !

Nous nous sommes regardés sans dire un mot, et l'absence d'amour dans cet échange m'a broyé le cœur.

— Je ne sais pas où on va, Manon, a murmuré Théo en baissant les yeux.

— Tu n'as pas envie d'en discuter à la maison, devant une tasse de café ?

Je n'en menais pas large et, en parlant de large, c'est Théo qui le prenait, je le sentais bien, sans parvenir à comprendre comment ça pouvait nous arriver à nous. Tout ça pour un vieux schnoque, un paquet de rides, un cadavre en sursis…

Je crois bien que ce fut la première fois que j'ai réellement souhaité sa mort. Je veux dire… Pas comme une idée qui traverse l'esprit, une pensée fugace qui disparaît aussi vite qu'elle est apparue, un flash inavouable qu'on balaie d'un battement de cils avant de l'oublier à tout jamais. Non, moi j'ai ressenti une sorte de besoin viscéral de le voir étendu sur son lit, le teint cireux et les traits figés dans l'expression ultime de son dernier souffle. De quel droit ce vieux bonhomme pouvait-il vivre alors que mon bébé restait encore prisonnier du néant de l'existence ?

Théo s'est rendu sur la pointe des pieds jusqu'à la chambre de notre voisin. Il y est resté quelques secondes, une éternité en fait, comme un père qui veille sur son nourrisson.

— On peut y aller, chuchota-t-il en réapparaissant.

— Ça va ? Tu es sûr qu'il pourra se passer de toi pendant cinq minutes ?

Théo ignora ma remarque et nous avons quitté l'appartement dont il referma la porte avec la plus grande précaution. J'avais la sensation de vivre un cauchemar, chacune de ses attentions pour notre voisin me lacérait les entrailles.

— Ou peut-être dois-je poser la question différemment, ajoutai-je d'un ton amer tandis que nous descendions l'escalier jusqu'à notre étage. Tu es sûr que tu pourras te passer de lui pendant cinq minutes ?

MARIE

Neuf années après notre arrivée au « Cheminot », nous étions toujours un couple sans histoire.

Et sans enfant.

Je continuais de peindre, mollement, sans doute dans l'unique but de me donner l'illusion d'être quelqu'un ou de faire quelque chose. Thomas assurait notre subsistance, nous vivions calmement, sagement, proprement… J'étais parvenue à enfouir mes passions au plus profond de mon être, de telle sorte qu'elles ne puissent plus resurgir pour me tourmenter. J'avais trouvé une sorte de paix intérieure qui me permettait de vivre avec Thomas. Et avec moi-même. Je pouvais me regarder dans un miroir, et la femme que j'y voyais me ressemblait, un peu.

Je croyais avoir déposé les armes lorsqu'un matin, et sans même le savoir moi-même, je repartis en guerre. C'était en avril, l'une de ces chaudes journées qui annoncent le début de la belle saison. Je m'étais rendue au village pour faire quelques commissions et, sur le chemin du retour, en tournant le coin de la rue des Chasseurs, j'aperçus un homme qui se tenait sur la route, juste en face du perron du « Cheminot ». Il regardait vers la maison, sans paraître vouloir s'en approcher ni pour autant poursuivre sa route. J'ai tout d'abord cru que c'était un promeneur qui admirait le paysage, l'architecture ou que sais-je... En arrivant à sa hauteur, je l'ai salué d'un signe de la tête et me suis ostensiblement engagée dans l'allée, avant de monter les quelques marches du perron. Alors que j'introduisais la clé dans la serrure, je me suis retournée pour voir ce qu'il faisait. Il m'a souri mais n'a pas bougé.

— Vous cherchez quelque chose ? lui ai-je demandé, un peu agacée par le fait qu'il restait planté là, sans rien faire.

Son sourire s'est élargi et, tout en secouant la tête, il m'a répondu :

— Pas spécialement. J'aime bien regarder cette maison. C'est tout.

J'ai haussé les épaules et ouvert la porte d'entrée. Alors que j'étais sur le point de la refermer derrière moi, il m'a précipitamment rappelée.

— Vous habitez là ?

— Ça se voit, non ?

— C'est pas plus mal...

— Pardon ?

Il a ri comme s'il était le seul à pouvoir comprendre la teneur de ses propos et qu'il ne voyait pas la nécessité de perdre son temps en explications oisives.

— Rien... Désolé.

Puis il a fait demi-tour en sifflotant, les mains dans les poches, avant de s'éloigner d'un pas tranquille en direction du village.

C'était un homme d'allure plutôt simple, du genre costaud et bien bâti. Je n'avais pas vraiment fait attention à son visage, mais dans le vague souvenir qu'il me laissa, il devait avoir une bonne quarantaine d'années.

Le lendemain, en allant au village, Mme Grevin, la fleuriste, me héla du pas de sa porte. C'était une gentille femme, de celles avec lesquelles j'avais pu lier quelques contacts courtois.

— Madame Lizieux ! Savez-vous qui est de retour ?

— Non...

— Le p'tit Bernard !

— Qui ça ?

Mme Grevin m'a considérée quelques instants comme si je venais d'une autre planète.

— Bernard, enfin ! Le fils de Madeleine et du cheminot !

J'avoue ne pas avoir tout de suite fait le lien entre Bernard et l'homme de la veille, mais force fut de constater que ce retour avait mis le village en émoi.

— Évidemment, vous ne pouvez pas savoir, ajouta Mme Grevin d'un ton dans lequel je discernai une pointe de compassion. Vous ne l'avez pas connue, notre Madeleine !

— Excusez-moi, Mme Grevin, mais en 1930, je n'étais pas née. On ne peut pas tout avoir, la jeunesse et les relations.

La fleuriste, qui avait largement dépassé la cinquantaine, me fustigea du regard et je perdis l'une des rares personnes qui me témoignait un peu d'affection.

Je n'avais pas envie de partager l'engouement général pour le retour de Bernard. Je connaissais l'histoire de Madeleine et de son cheminot, bien entendu, mais je tenais cette histoire pour l'une des causes qui m'excluait de la petite communauté dans laquelle j'avais tant voulu trouver une place. Aux yeux des villageois, nous étions toujours des étrangers, et bien que Thomas fût respecté pour ses qualités d'instituteur, nous vivions dans un lieu hautement symbolique, un lieu qui, même si nous en étions devenus les propriétaires légaux, ne nous appartenait pas réellement. Et ne nous appartiendrait jamais.

Le soir, j'ai raconté à Thomas les derniers évènements du village. Il était au courant du retour de Bernard, la nouvelle s'était répandue comme une traînée de poudre. Je lui ai également relaté la rencontre que j'avais faite la veille, concluant que l'inconnu posté devant notre maison devait très certainement être le fameux Bernard.

— N'en déplaise aux villageois, me fit-il remarquer d'un ton grave, cette maison ne lui appartient plus. Nous l'avons achetée de nos sous, et toutes les légendes du monde ne valent rien face à un acte de vente.

En vérité, toute cette histoire m'exaltait bien plus que je ne voulais l'avouer. J'avais, moi aussi, fantasmé sur le destin de ces deux cœurs perdus, plaignant – ou enviant – en silence la passion saccagée mais pure et brûlante que Madeleine et son amant avaient dû connaître. Je tentais vainement de me remémorer la physionomie de celui que j'avais croisé la veille mais, de son visage, il ne me restait rien. Malgré tout, je nourrissais le secret espoir qu'il soit à la mesure du charme légendaire de son père.

En tout cas, pour la suite des évènements, j'étais aux premières loges. Et je m'en réjouissais.

Durant les jours suivants, il ne se passa rien. Bernard était reparti on ne sait où, mais il avait loué une petite maison dans le village. Le bruit courait qu'il revenait vivre parmi les siens. J'estimais à priori que toute cette histoire ne me concernait pas, et que c'était à lui de se manifester s'il voulait revoir la maison de son enfance. Bien entendu, je n'avais rien contre le fait de l'inviter chez moi, et même de passer quelques heures avec lui.

Pour être tout à fait honnête, j'attendais son retour avec impatience.

Je le revis le dimanche suivant, à Mirmande. C'était jour de marché, j'étais venue faire des provisions de légumes et de fruits frais pour la semaine. C'est lui qui m'aborda, avec bonne humeur et simplicité.

— Vous me reconnaissez ?

Bien sûr que je l'avais reconnu !

— Non ! Pourquoi ? Je devrais ?

— Sur la route, l'autre jour. Devant votre maison.

— Ah, c'était vous ? fis-je en jouant l'étonnée.

— C'était moi !

Mon cœur battait à tout rompre. Bernard n'était pas laid. Il n'était pas beau non plus, mais il avait du charme. Et surtout, il avait un magnifique regard, des yeux d'un bleu si pur qui étincelaient d'une lueur fiévreuse, comme s'ils détenaient les plus grands secrets de l'univers. Il se dégageait de lui une sorte de rudesse sauvage et virile, mais il souriait comme un ange.

Nous avons fait quelques pas l'un à côté de l'autre, sans rien dire. Puis, au bout de quelques minutes, n'y tenant plus :

— Vous êtes Bernard, n'est-ce pas ?

— Vous voyez bien que vous savez qui je suis !

— Tout le monde ne parle que de vous, au village. Vous revenez vivre dans le coin ?

— Oui.

— Ça vous dirait de venir manger un soir à la maison ?

J'avais posé cette question le plus naturellement du monde, et mon audace m'étonna moi-même.

— Je serais enchantée de vous présenter à mon mari, ajoutai-je précipitamment afin qu'il n'y ait aucune équivoque possible sur le sens de mon invitation.

Il ne répondit pas.

— C'est la maison qui vous gêne ? repris-je après quelques instants de silence.

— Oui, un peu.

— Ce n'est pas pour elle que vous êtes revenu ?

— Non, pas vraiment, rétorqua-t-il un peu trop vivement.

Puis, me faisant face :

— En fait, oui. Mais il me faut du temps.

— Alors, le plus tôt sera le mieux. Nous vous attendrons ce soir, vers 20 heures.

Il n'y avait aucune contestation possible. Bernard esquissa un sourire en demi-teinte, signifiant par là qu'il s'en remettait à mon jugement. Puis il hocha la tête et promit de venir.

Les dés étaient jetés.

Bernard fut ponctuel : à 20 heures précises, il se tenait sur le seuil du « Cheminot ». Au cours de cette soirée, je l'ai observé avec attention. Profitant de ce que la politesse m'obligeait à être aimable et attentive envers mon hôte, j'établis entre nous une sorte de complicité naissante dès les premières minutes. Bernard était tout le contraire de Thomas : grand et fort, il se tenait pourtant de manière gauche, un peu maladroite, alors que mon mari, de proportions malgré tout raisonnables, possédait une tenue droite et ferme, torse bombé, menton levé et regard fier, comme s'il avait accompli quelque acte héroïque. Bernard était un homme simple et sans manières qui, visiblement, manquait d'instruction. Mais ce qu'il ignorait par l'étude, il le compensait largement en intuition, ayant un œil sur tout plutôt qu'un avis, ainsi qu'un bon mot en maintes circonstances plutôt qu'une sage parole.

Il était ce souffle de vie que j'attendais depuis si longtemps.

Lorsqu'il pénétra dans la maison, il parut ému, mais se reprit bien vite.

— Ça a beaucoup changé !

— Vous aimez ?

— Oui, beaucoup...

Nous parlâmes de tout et de rien, légèrement, sans y toucher. Mais en vérité, les choses importantes se passaient ailleurs. On se souvient souvent de ces moments intimes qui n'appartiennent qu'à soi, souverainement rivés à la mémoire d'un frisson, d'un regard, par le biais d'une musique ou d'une odeur.

Il est sans doute inutile de te raconter la suite. Je n'en ai d'ailleurs ni la force ni l'envie. L'engrenage se refermait autour de moi, et les conséquences de ma conduite se cachaient sous mille excuses auxquelles j'étais la première à croire. Tout cela est bien loin aujourd'hui, et la vie a décidé pour nous. Je sais que j'ai été heureuse, pleinement, follement, repue d'ivresse et de passion pour les instants volés que j'attendais chaque jour, de cette volupté qui n'appartient qu'aux vivants et qui méprise la raison, cette triste geôlière. Bernard était comme moi, curieux et exalté, désireux de tout savoir, se posant mille questions à propos de tout et de rien, et ayant mille réponses pour chacune d'elles. Nous profitions de ce que mon mari était au travail pour nous voir, et nous revoir, et nous revoir encore.

Trahison ? Mensonge ?

Oui, bien sûr...

Avons-nous ne fût-ce qu'essayé de mettre un terme à cette liaison ?

Sûrement pas !

Nous en voulions plus, encore et encore, jusqu'au jour où…

Tout simplement jusqu'au jour où je suis tombée enceinte.

MANON

Darmont est donc venu s'installer chez nous. J'étais coincée, sa cheville m'accusait du pire, les deux semaines suivantes allaient entièrement lui être consacrées. Pas moyen de passer outre. Selon Théo, c'était la moindre des choses. De son côté, il me promit de préserver notre intimité et de reprendre notre rythme de croisière une fois Nino remis sur pied. Ou sur sa cheville, c'est comme on veut.

Je m'étais violemment opposée à ce qu'il dorme dans le salon, nous avons donc décidé de l'installer dans le bureau. Théo est remonté chez lui pour attendre son réveil et lui faire part de notre décision tandis que j'aménageais la petite pièce afin d'y accueillir son nouveau locataire. Nous possédions un vieux lit de camp destiné aux copains lorsqu'ils restaient dormir à la maison. J'ai donc arrangé le bureau de manière à ce que notre voisin y soit confortablement installé sans pour autant nous envahir.

Darmont fut, bien entendu, enchanté par notre décision. Il affirma ne pas vouloir nous déranger, nous mentîmes en le détrompant. J'en profitai pour m'excuser auprès de lui, regrets que le vieil homme balaya d'un mouvement de main. Mais Théo était content, c'est tout ce qui m'importait.

Ensuite, nous lui expliquâmes le fonctionnement du téléviseur et de la télécommande, celui du poste de radio, ainsi que la place de chacune des choses dont il serait amené à faire usage. De l'hôpital, Darmont avait rapporté des béquilles qui lui permettaient de se déplacer sur de courtes distances.

Il était presque 9 heures, Théo et moi étions déjà très en retard au travail. Après les dernières recommandations d'usage, nous le laissâmes seul chez nous, et Théo promit de revenir vers midi pour manger un bout en sa compagnie. « Pour le nourrir », pensai-je avec ironie. Darmont se perdit en excuses et remerciements, on joua ainsi aux jumeaux polis pendant trois minutes, puis nous nous sommes sauvés.

En arrivant à la crèche, j'avais la désagréable sensation d'avoir fait une grave erreur en laissant notre voisin s'installer chez nous. Était-ce réellement indispensable ? J'ai tenté, durant une bonne partie de la matinée, de me persuader que, de toute façon, je n'avais pas eu le choix : aux yeux de Théo, c'était la seule solution envisageable pour réparer mes torts. Le plâtre du vieil homme était de mon fait, à moi de les essuyer à présent.

N'empêche...

Notre première soirée à trois fut supportable. Darmont ne fit qu'une simple remarque sur le fait que ses promenades quotidiennes lui avaient manqué. Il avait regardé la télévision une grosse partie de la matinée, dont il découvrit la diversité des grilles horaires ainsi que la commodité de la zappette. Vers 13 h 30, Théo avait fait un saut jusqu'à l'appartement pour lui préparer un casse-croûte, l'interrompant en plein milieu des « Feux de l'amour » que notre voisin regardait avec l'intérêt d'un archéologue découvrant les traces d'une civilisation inconnue. Dans l'après-midi, le vieil homme avait feuilleté quelques-unes de mes revues avant de somnoler en attendant notre retour.

— Une fois de temps en temps, ce n'est pas déplaisant de ne rien faire, nous fit-il remarquer tandis que nous passions à table. Mais quinze jours à ce régime-là, je ne sais pas si je tiendrai le coup.

« Moi non plus », pensai-je en lui adressant un sourire compatissant.

— Vous êtes bien, ici, reprit-il en mastiquant péniblement un morceau de steak. Pourquoi voulez-vous déménager ?

Théo allait répondre lorsqu'il se figea en dévisageant le vieil homme : Darmont venait de recracher son morceau de steak dans son assiette.

— Je suis désolé, balbutia-t-il. C'est très bon mais... Mes fausses dents ne me permettent plus de manger des aliments aussi coriaces.

Théo s'excusa de ne pas y avoir pensé.

— Il n'y a pas de mal, mon jeune ami. Vous ne pouviez pas savoir.

— Que pouvez-vous manger ?

— Tout ce qui est mou, léger ou liquide. En fait, tout ce qui ne demande pas une mastication soutenue.

Vers 9 heures, après avoir siroté un dernier porto, Nino émit quelques signes de fatigue. Je profitai de son deuxième bâillement pour lui proposer aimablement d'aller se coucher. Le vieil homme ne se le fit pas dire deux fois. Théo l'aida à regagner sa chambre et entreprit de le déshabiller. Heureusement pour moi, Darmont étant un homme, il fut tacitement convenu que ce serait Théo qui se chargerait de toute l'intendance de la toilette. J'échappais au moins à ce calvaire. Lorsqu'il fut en pyjama, Théo l'accompagna jusqu'à la salle de bain où il le laissa seul afin de lui permettre de faire ses besoins ainsi que ses ablutions. Quelques minutes plus tard, notre voisin était au lit et nous profitâmes enfin des premiers moments d'intimité de la journée.

Mais ce n'était pas pareil.

L'appartement était petit, il pouvait nous entendre. Nous nous sommes installés devant la télé, mettant le son plus bas que d'habitude afin de ne pas le déranger. Les programmes défilaient sous nos yeux, mais nous étions à l'affût. La plupart des films ayant déjà commencé, nous avons opté pour un débat sur le réchauffement de la planète et ses nombreuses conséquences. Mais le cœur n'y était pas. Je regardais sans voir, j'écoutais sans entendre.

À onze heures moins le quart, le vieil homme émit un grognement. Théo sursauta et se précipita aussitôt dans la chambre. Il en ressortit quelques secondes plus tard, m'informant qu'il avait soif et désirait un verre d'eau. Il le lui apporta avant de lui souhaiter une seconde fois la bonne nuit. Puis il vint me rejoindre sur le canapé.

— Tu parles d'une soirée ! maugréai-je entre mes dents. Je n'arrive pas à comprendre pourquoi il ne peut pas rester chez lui. On l'installerait le matin dans son fauteuil, on lui préparerait des sandwichs pour la journée… Le soir on lui apporterait son repas et puis on le mettrait au lit. C'est simple, non ?

— Comme si on allait nourrir le chien du voisin, c'est ça ?

— En quelque sorte… Sauf que ce n'est pas le chien, c'est le voisin lui-même.

Théo et moi, nous nous sommes regardés et nous avons éclaté de rire. Un fou rire comme nous n'en avions plus eu depuis longtemps. Et de rire ensemble de la même chose nous unit dans une complicité perdue depuis quelque temps, sans dissension, sans rivalité, sans méfiance. Théo riait de me voir rire, et inversement, chaque éclat en déclenchait un autre, crescendo, jusqu'aux larmes, jusqu'aux crampes de ventre.

Le rire, c'est encore ce qu'on a trouvé de mieux pour aller bien.

La nuit se passa sans encombre. Mais elle fut courte. Vers minuit, nous avions regagné notre lit douillet avant de nous endormir sans attendre, terrassés par les émotions des dernières heures. Mais dès l'aube du lendemain, la dure réalité de la situation nous rattrapa. Il n'était pas encore 6 heures lorsque nous fûmes réveillés en sursaut par une plainte sonore et insistante.

— Tu y vas ? grommela Théo en se mettant la tête sous l'oreiller.

— Pourquoi moi ?

— Parce que.

Devant cette réponse si pleine de discernement, je me levai pour me diriger d'un pas titubant vers la chambre de M. Darmont. Celui-ci était totalement réveillé et m'adressa un éclatant sourire lorsqu'il me vit apparaître. Puis il me demanda si j'avais bien dormi.

— Pas assez, lui répondis-je d'un ton plein de reproche.

— Pouvez-vous m'aider à rejoindre la cuisine ? J'aimerais déjeuner.

— À cette heure-ci ?

— Quelle heure est-il ?

— Six heures.

— Il est grand temps !

— Grand temps pour quoi faire ?

— Pour manger.

Il n'y avait rien à répondre à cela. Abrutie par les vapeurs du sommeil qui tardaient à se dissiper, je saisis machinalement le bras de Darmont et l'aidai à rejoindre la cuisine.

— Que voulez-vous pour déjeuner ?

— Des flocons d'avoine.

— Je n'en ai pas.

— Il y en a chez moi, dans le placard de la cuisine. En haut à gauche.

Cette façon d'avoir réponse à tout m'irrita, mais j'avais promis de prendre mon mal en patience.

— Où sont vos clés ? demandai-je en soupirant.

— La porte est ouverte. Je ne la ferme jamais à clé. À quoi bon ? Il n'y a rien à voler et, distrait comme je suis, je risque de la perdre.

En pénétrant chez lui, j'ai cherché d'une main aveugle l'interrupteur afin d'éclairer le hall d'entrée. Sitôt fait, j'ai bondi en retirant précipitamment ma main : je venais de recevoir une forte décharge électrique. Considérant l'interrupteur de plus près, je découvris qu'il s'agissait d'un vieux modèle en porcelaine que l'on tourne vers la droite pour établir le contact. La porcelaine était fendue sur le côté, laissant sur une courte surface les fils électriques à nu.

De retour à l'appartement, je lui fis remarquer le danger que présentait son interrupteur.

— J'en ai déjà parlé au propriétaire, me rétorqua-t-il comme s'il s'agissait d'une simple incommodité de location. Il m'a promis de le remplacer dans les plus brefs délais.

— Et ça fait combien de temps que ça traîne ?

— Depuis que j'ai emménagé.

— Il faut le relancer, Nino ! M. Burneau n'est pas vraiment ce qu'on appelle un homme de parole. Il finit toujours par faire ce qu'on lui demande, mais il adore se faire prier.

Le vieil homme hocha la tête en signe d'acquiescement, sans toutefois s'émouvoir.

— Je m'accommode de la situation, voyez-vous. Je sais exactement de quelle façon saisir l'interrupteur pour ne pas être électrocuté.

— Tant mieux pour vous, Nino, répliquai-je froidement. Mais moi, je n'étais pas au courant...

— Façon de parler ! m'interrompit-il en me jetant un regard hilare.

Cet humour à deux sous, loin de me détendre, me contraria plus encore.

— De toute façon, vous auriez pu me prévenir ! ajoutai-je en maugréant.

Je disposai devant lui un bol, une cuillère, son sachet de flocons d'avoine ainsi que le carton de lait. Et tandis qu'il préparait sa mixture, je fis le café. Puis, je m'installai à ses côtés, le regardant manger sa bouillie. Il avait ôté son dentier pour la nuit et son visage s'en trouvait étrangement modifié : sa physionomie d'ordinaire en lame de couteau s'était arrondie, adoucissant son aspect général et lui conférant un air presque poupin. Il ressemblait à un bébé, mais un bébé monstrueux, à l'image de certains nouveau-nés qui, contrairement à ce que voient les parents émerveillés devant leur plus belle création, sont d'une laideur repoussante.

Et de le voir ainsi s'incruster dans mon foyer à la place de l'enfant que j'espérais arracha du fond de mes entrailles une boule de haine dont je ne parvins plus à me débarrasser.

MADELEINE

Le 26 septembre 1936.

Une fois encore, je reprends la plume après cinq années de silence qui, en vérité, ont passé plus vite que deux semaines à peine. Je vois le temps s'imprimer sur mon visage, transformer mon bébé en enfant gaillard, colorer d'argent les tempes de Gilbert, mais c'est tout. Je ne le sens pas, il s'écoule en silence, sur la pointe des pieds, comme s'il avait peur de nous déranger.

Bernard est magnifique. Il va sur ses six ans et nous comble chaque jour de bonheur. Que dire de plus si ce n'est la multitude de qualités que je lui sais, mais mon jugement manque sans doute de discernement. Qu'importe, il est pour moi l'enfant le plus joli, le plus doux et le plus intelligent, et même les bêtises qu'il fait de temps à autre me paraissent plus souligner la force de son caractère que l'inconséquence de ses actes. Il n'écoute pas toujours, désobéit parfois ou opte pour le mauvais choix, mais sans jamais faire preuve de malveillance. Gilbert lui inculque la politesse et le respect, sachant toujours le corriger quand il le faut ou le féliciter quand il le mérite. C'est un père remarquable, qui sait l'attitude à adopter en toute circonstance.

On dit que les gens heureux n'ont pas d'histoire. Depuis cinq ans, je n'ai donc rien eu à raconter.

Aujourd'hui pourtant les soucis reviennent, et je ne peux m'empêcher d'étaler mon inquiétude sur ces pages dont il semble que la seule fonction soit de contenir mes appréhensions. Je ne pense pas que ce soit grave, seul le doute me torture au fil des heures, et bien que le docteur Léonard me promette sans cesse un prompt rétablissement, je ne fais que tourner en rond, ce qui ne sert à rien. Je préfère donc écrire, ça ne sert pas plus à grand-chose si ce n'est à passer le temps et occuper mon esprit.

Gilbert est malade.

Cela s'est déclaré hier matin, mais je le soupçonne d'avoir ressenti les premiers symptômes de son mal il y a quelques jours déjà, sans y accorder l'attention qu'il aurait dû. Il se plaint de douleurs dans le bas du ventre et vomit quelque fois. Jusqu'à présent, il a peu de fièvre, autour de 38,5°. Sa langue est recouverte d'un enduit blanchâtre. Le docteur Léonard, que j'ai appelé sans attendre, a envisagé des coliques néphrétiques avant de me prescrire un traitement. Toutefois, a-t-il prévenu, si les symptômes devaient persister, l'hospitalisation serait alors inévitable. Il paraissait hésiter, semblait vouloir l'envoyer sans attendre en clinique. Je l'ai supplié de n'en rien faire. Assurément, Gilbert sera bien mieux soigné ici que dans un centre hospitalier entouré d'étrangers indifférents.

Voilà pourtant plus de trois heures que je lui ai administré les médications recommandées et je ne vois aucune progression de son état. Je commence moi-même à douter, peut-être ai-je fait une grave erreur en insistant pour qu'il demeure auprès de moi... Je ne sais plus que penser. Lui-même m'assure vouloir rester, déclarant que si on l'emmenait loin de nous, il périrait de tristesse.

L'hôpital le plus proche se trouve à Valence : si Gilbert devait y séjourner, je ne pense pas pouvoir me rendre chaque jour auprès de lui. Je connais ces endroits surchargés de maladies et d'infections, là où les plaintes résonnent dans le vide, où les regards cherchent sans rien trouver, cernés de visages hagards et décharnés par la souffrance... Gilbert ne peut être parmi ceux-là, il a autant besoin de soins que de notre tendresse, la quiétude de cette maison et le confort de nos draps... Nous nous relayons, Cathy et moi, à son chevet, et même Bernard exige sa part de tendre vigilance auprès de son papa.

Un peu plus tard :

J'ai dû interrompre mon récit, Gilbert m'appelait. Il semble que son état s'améliore un peu. Du moins, les douleurs abdominales ont disparu et il se sent en meilleure forme. À présent il se repose, je devrais l'imiter mais ne parviens pas à trouver le sommeil. J'ai eu peur un moment de le perdre, lui d'ordinaire si vaillant et qui ne se plaint jamais de rien. Je prie le Seigneur pour qu'il se rétablisse promptement, je ne sais que faire d'autre et me voilà plantée devant lui comme une idiote, à écouter sa respiration en tentant d'y déceler un rythme normal. Il nous faut du temps, maintenant, pour savoir si nous avons fait le bon choix, du temps qui appelle une patience que je sais ne pas avoir. L'attente est ce que je déteste le plus, impuissante à agir, et cette inaction me rend folle. De le voir ainsi allongé dans notre lit, le teint pâle et les lèvres sèches, faible et souffrant, cela me donne le frisson, j'enrage contre l'injustice d'un tel régime, pourquoi lui, pourquoi nous... Je sais bien que tout ceci ne sert à rien, l'imagination s'emballe, on ne prend conscience du bonheur dans lequel on baignait que lorsqu'il se retire, on le regrette alors, c'est comme une pointe aiguisée qui me transperce le cœur, pourquoi les choses ne peuvent-elles rester telles qu'elles sont, constantes et immuables ? Pourtant, nous avons toujours fait bien attention de chuchoter notre bonheur, sobres et discrets afin de n'attirer aucune attention sur nous, qu'elle soit humaine ou divine. Nous vivions cachés de la convoitise des autres, nous suffisant à nous-mêmes, sans chercher à étaler un enchantement qui ne regardait que nous. Mais la maladie est un poing aveugle qui frappe où bon lui semble et qui ne s'encombre d'aucun jugement. Nous devons subir le sort, quel qu'il soit, l'accepter et le comprendre pour ce qu'il est : une flèche empoisonnée qui finit toujours par transpercer le cœur d'un homme.

MANON

L'existence avec M. Darmont devint rapidement un enfer.

Outre le manque d'intimité qui se fit cruellement ressentir, le vieil homme avait un mode de vie dont les horaires ne correspondaient absolument pas aux nôtres. Il se réveillait chaque jour à l'aube et réclamait aussitôt son petit déjeuner, comme s'il lui était impossible d'attendre une petite heure que nous soyons réveillés. Il avait une manière impérative de se faire entendre sans vraiment appeler, marmonnant à haute voix, ce qui avait le don de m'irriter. À partir de cet instant, j'employais toute mon énergie à me rendormir, essayant de faire abstraction de la mélopée qui me parvenait de sa chambre mais, bien sûr, plus je tentais de n'y accorder aucune attention, plus je focalisais dessus. Finalement, à bout de nerfs, je capitulais et me levais de très mauvaise humeur.

Le matin, je mis très vite à profit mon réveil matinal pour préparer le pique-nique de notre voisin. Je prévoyais quelques sandwichs pour la journée, que je laissais à portée de sa main, accompagnés de biscuits, de fruits, d'une bouteille d'eau et d'un yaourt avec sucre et cuillère. Malgré cela, la question de la nourriture devint vite une corvée. Le soir, nous étions parfois obligés de préparer deux repas distincts si nous ne voulions pas ingurgiter les bouillies infâmes dont notre voisin raffolait : purée de légumes et hachis de viande, tels étaient les seuls menus qui lui convenaient. En général, nous ne faisions que mixer une partie de notre propre repas afin d'éviter la perte de temps que provoquait immanquablement la cuisson d'aliments différents des nôtres. Mais Darmont n'aimait ni les salades, ni les pâtes, ni les plats mijotés au four. Ainsi, certains soirs, le dilemme se présentait comme suit : envie de viande et de légumes ? Non. Courage de préparer deux repas distincts ? Non.

Entre la délectation de la table et celui du repos, il nous fallait choisir.

Mais le plus pénible n'était pas là. Dès la deuxième nuit, il prit l'habitude de se réveiller en gémissant aux environs de deux heures du matin, et ne cessait de se tourner et se retourner dans son lit de telle manière qu'il nous était impossible de retrouver le sommeil sans aller voir ce qu'il avait. Parfois, il réclamait de l'eau, qu'il avait pourtant sur la table de nuit. Mais la plupart du temps, il n'avait rien, rien de précis, peut-être juste le besoin impérieux de nous voir entrer dans sa chambre d'un pas titubant de fatigue.

Le lendemain, lorsque je lui demandais la raison pour laquelle il s'était réveillé en pleine nuit, il ouvrait de grands yeux étonnés et décrétait ne se souvenir de rien. Il s'excusait alors, promettait de faire attention, mais bien sûr rien ne changeait.

La cinquième nuit, il pissa dans son lit.

Lorsque, au matin, je découvris les draps mouillés, je fus un moment tentée de lui enfouir la tête dans sa souillure. Histoire de lui apprendre la propreté. Il m'a fallu changer toute la literie avant même de déjeuner, pour permettre au matelas de sécher durant la journée, l'odeur d'urine ayant déjà envahi la chambre. Ce matin-là, mes envies de meurtre ressurgirent dans un éclat de fureur, une colère rouge qui troubla ma raison l'espace de quelques instants. Le dégoût accentua encore ma rage, et je me promis de lui acheter des langes et de le forcer à en mettre pour la nuit, sans me soucier de l'embarras que le vieil homme ne manquerait pas de ressentir.

Le pire, je crois, fut le jour où, en rentrant le soir, je découvris une flaque de vomi répandue à ses pieds. J'ai réclamé des explications, je n'obtins que des excuses. L'odeur en était nauséabonde, fétide jusqu'à l'écœurement, et même s'il m'assura que l'incident venait à peine de se produire, elle avait envahi la totalité de l'appartement.

Au fil des jours, il devint acariâtre, morose et hargneux. Son inactivité lui pesait. Il était comme une bête sauvage enfermée dans une cage, prêt à mordre la première main qui se risquerait à venir le flatter. À demi-mot, il nous reprochait nos absences, puis notre présence, rien n'était jamais assez bien pour lui, la nourriture, le lit, la chambre, les programmes de télévision, tout y passait. Ses jérémiades me tapaient sur le système, nous nous accrochâmes quelque fois au sujet de détails. Jusqu'au jour où je lui ai mis les points sur les « i ».

— Mon dos me fait souffrir depuis quelques jours, se plaignait-il en maugréant. Ce doit être le lit, il est très inconfortable !

— Libre à vous de retourner chez vous, Nino. Vous y seriez sans doute bien mieux !

— Et si j'avais un besoin pressant pendant la nuit, comment vous prévenir ?

— Ah bon ? répliquai-je aussitôt en simulant la surprise. Vous préférez donc souiller mes draps plutôt que les vôtres ?

Le vieil homme se ratatina sur lui-même en bougonnant.

— Vous savez ce qui va arriver si vous continuez à vous plaindre sans arrêt ? repris-je d'un ton qui se fit plus menaçant. Je ferai valoir le fait que vous êtes dans l'incapacité de vivre seul et on vous placera dans un home. C'est ce que vous voulez ? Vu vos finances, ce sera un home standard, de ceux où, la nuit, on attache les petits vieux dans votre genre pour éviter qu'ils ne tombent de leur lit. Et je peux vous assurer que, dans ces endroits, les infirmières et les aides-soignantes font beaucoup moins d'efforts que moi. Alors maintenant, j'aimerais que vous cessiez de vous plaindre et que vous fassiez semblant d'être reconnaissant de ce que l'on fait pour vous. Compris ?

— Vous croyez sans doute que cette situation me convient ? reprit-il après quelques minutes d'un silence boudeur.

— Pas plus qu'à nous…

— La faute à qui ?

Ce fut mon tour de serrer les dents. Théo n'allait pas tarder à rentrer et je ne voulais pas qu'il soit le témoin de nos fâcheries.

Enfin, pour ne rien arranger, Noël approchait à grands pas, et avec lui les inévitables conflits et tensions concernant le programme de la soirée : où et avec qui ? Comme chaque année, je me raccrochais à l'idée de le fêter au « Cheminot », et comme chaque année, le sujet était douloureux. Maman me téléphonait régulièrement pour avoir une réponse définitive, arguant qu'elle devait composer le menu et préparer les chambres. Émilie et son mari avaient déjà confirmé leur venue. Simone se faisait une joie de nous revoir. Elle-même se languissait de nous. Et puis, cela faisait si longtemps que nous n'étions plus venus.

Tout allait bien ? Dis-moi quoi, ma Praline, mais franchement, je ne comprends pas pourquoi cela pose tant de problèmes.

Pendant trois jours, j'ai envisagé avec minutie tous les angles d'attaque pour aborder le sujet de manière à ne pas essuyer un refus catégorique de la part de Théo.

Je tenais à ce réveillon.

Un soir enfin, alors que nous étions seuls dans l'intimité de notre chambre, je me jetai à l'eau et lui demandai s'il était envisageable de passer Noël ensemble au « Cheminot ». Mais cette année-là, Théo avait trouvé l'excuse parfaite pour se débiner :

— Et Nino ? Qu'est-ce que tu en fais ?

— Quoi Nino ? répliquai-je, aussitôt sur la défensive.

— Si nous allons au « Cheminot », ça veut dire que nous devrons dormir là-bas. Et Nino ne peut pas rester seul deux jours de suite, tu le sais très bien.

— Il n'aura plus son plâtre, je ne vois pas où est le problème.

— Rien n'est moins sûr. Le docteur a dit deux semaines, minimum. Mais il se peut très bien qu'il soit obligé de le garder une semaine de plus.

Une boule de rancœur se forma dans mon ventre. La présence de Darmont devenait aussi encombrante qu'insupportable. Une idée me vint alors à l'esprit, et bien que cette solution fût la dernière chose dont j'avais réellement envie, elle m'apparut comme le moyen terme pour contenter tout le monde et prendre Théo à son propre piège.

— Et si nous y allions tous les trois ? Je suis certaine que ça ne poserait aucun problème pour maman.

Théo me considéra avec surprise. Il ne s'était pas attendu à cette proposition.

— Je ne suis pas sûr que ça plaira à Nino, rétorqua-t-il à court d'arguments.

— Tu parles ! Il sera ravi de passer le réveillon au sein d'une vraie famille. C'est ce dont il a toujours rêvé.

— C'est toi qui le dis…

— Et si nous lui posions la question ?

Théo soupira sans rien ajouter de plus. Je profitai de son silence pour repartir à l'attaque.

— Écoute. Je sais ce que Noël signifie pour toi. Mais je sais aussi que ça ne sert à rien de te morfondre tout seul dans ton coin. Tu ne veux pas l'admettre, mais c'est comme ça. Alors voici ce que je te propose : on demande son avis à Nino, et s'il accepte de venir avec nous au « Cheminot », on passe Noël tous les trois là-bas. Ça te va ?

Je vis la mâchoire de Théo se contracter, trahissant sa contrariété. Il garda le silence en cogitant, les yeux fixés au plafond. Je lui laissai quelques instants pour réfléchir à ma proposition. Puis, comme aucune réponse ne venait, j'abattis ma dernière carte :

— De toute façon, je ne vois pas pourquoi il n'aurait pas le choix.

— Le choix entre quoi et quoi ? me demanda Théo en serrant les dents.

— Le choix entre passer Noël avec toi ici ou avec moi au « Cheminot ».

Le message était clair : j'étais décidée à réveillonner avec ma famille. Et Théo, malgré toute l'horreur que représentait pour lui cette soirée fatale, le comprenait et l'admettait. Nonobstant sa décision farouche de ne plus jamais fêter Noël, je savais qu'il craignait de se retrouver seul avec ses démons. En vérité, au-delà du chagrin suscité par le souvenir de cette soirée, le tableau d'une famille réunie réveillonnant au son des chants de Noël et des éclats de rire lui faisait prendre conscience de l'immense perte qu'il n'avait pas encore complètement digérée. Mais mon vœu le plus cher était qu'il se sente accepté par les miens et, scénario idéal, qu'il soit heureux de faire partie de ma famille. Ce qui ne pouvait se faire qu'en les côtoyant régulièrement et en partageant avec nous le bonheur de se retrouver chaque année pour le réveillon.

— D'accord, finit-il par répondre, comme s'il avait suivi le cours de mes pensées.

J'étouffai un cri de victoire. Il ne restait plus qu'à convaincre Darmont de venir passer Noël au « Cheminot ». Ce qui, pour moi, était gagné d'avance.

Le lendemain matin, Théo, qui avait mal dormi, se leva en même temps que moi dès les premières plaintes de notre voisin. Il craignait sans doute que j'influence la réponse du vieil homme, mais je n'y accordai pas beaucoup d'importance. Une fois que nous fûmes tous installés autour de la table, il aborda lui-même le sujet évoqué la veille.

— Manon et moi, nous avons une proposition à vous faire, commença-t-il d'un ton grave, comme si nous étions en période de crise et que le sujet dont il s'apprêtait à débattre était de la plus extrême gravité. C'est bientôt Noël et, comme vous le savez, je n'ai plus de famille. Cette soirée représente pour moi un moment particulier de mon existence et...

— Je ne pense pas que ce soit la bonne manière d'aborder le sujet, Théo, l'interrompis-je en lui jetant un regard furieux.

Théo incluait dans sa question un aspect qui pouvait influencer la réponse de Darmont. Il fallait que sa décision ne soit prise qu'en fonction de son envie, et non pas dans le but de faire plaisir à l'un de nous deux.

Darmont nous considéra l'un et l'autre comme si nous avions subitement été frappés de folie au cours de la nuit.

— Que se passe-t-il, mes enfants ?

— Tout ce que nous aimerions savoir, c'est si ça vous dirait de venir passer le réveillon de Noël avec nous dans ma famille, c'est-à-dire chez ma mère, avec ma sœur et son mari, et aussi Simone, notre femme d'ouvrage, mais qui est devenue une amie intime.

J'avais fait ma proposition d'une voix enjouée et les yeux pétillant de bonheur, comme lorsqu'on s'adresse à un jeune enfant pour lui présenter une situation sous le meilleur jour possible, c'est-à-dire en insistant lourdement sur les aspects positifs des circonstances.

À ma grande surprise, le vieil homme parut se contracter d'un bloc : je vis ses doigts se crisper autour de la tasse qu'il tenait à la main, ses phalanges blanchirent sous la pression qu'il leur imposa, et son bras se mit à trembler.

Théo et moi, nous retînmes notre souffle.

— C'est... C'est très gentil de votre part, mes enfants. Mais... Je ne peux accepter votre proposition. Je...

Le sol se déroba sous mes pieds.

— Mais pourquoi ? hurlai-je littéralement en dardant le vieil homme d'un regard haineux.

— Manon... Pardonnez-moi. Je suis très touché par votre invitation. Vraiment. Mais je ne veux surtout pas m'imposer plus que je ne le fais déjà.

— Mais vous ne vous imposez pas du tout ! Au contraire ! Vous ne pouvez pas savoir à quel point ça me ferait plaisir de vous inviter chez ma mère. En plus…

— Arrête d'insister, Manon, m'interrompit sèchement Théo. Tu vois bien que Nino n'a pas envie de passer Noël au « Cheminot ». C'est tout ce que nous voulions savoir, n'est-ce pas ?

La discussion était close. J'avais perdu cette manche.

Je fus brutalement submergée par une vague de haine, un ressentiment corrosif qui se bloqua dans ma gorge. Darmont, plongé dans l'incompréhension la plus totale, ne cessait de nous dévisager, passant de l'un à l'autre sans savoir que dire ni que faire.

— Ne… Ne vous inquiétez pas pour moi, mes enfants, balbutia-t-il au bout d'un moment afin de briser le silence pesant qui s'était installé dans la cuisine. J'ai l'habitude de passer Noël tout seul et je supporte très bien ma compagnie. Amusez-vous, faites comme si je n'étais pas là.

— C'est hors de question, Nino, rétorqua Théo d'une voix rassurante. Vous ne pouvez pas rester seul, vous le savez très bien. Manon ira fêter Noël dans sa famille, mais moi, je resterai avec vous.

Le vieil homme parut enfin comprendre le dilemme. Je crus un moment qu'il allait changer d'avis, saisissant enfin l'importance de sa réponse et la stupidité de son tact. Mais il n'en fit rien. Il baissa lentement les yeux et murmura d'un ton faussement penaud :

— Je suis désolé, Manon.

J'ai hoché la tête sans le quitter du regard. Darmont venait de prouver qu'il jouait désormais contre moi. Ou bien se vengeait-il de la menace que je lui avais faite de l'envoyer dans un home ?

Quoi qu'il en soit, la guerre était déclarée.

Ouvertement.

Au bout d'une semaine, j'étais à bout. Physiquement et moralement. Le manque de sommeil, le travail supplémentaire ainsi que la pénible compagnie de notre voisin eurent raison de ma résistance. Entre Théo et moi, l'humeur restait maussade. Le peu d'intimité qui nous était impartie ne suffisait plus à attiser notre complicité. De son côté, Théo tenait bon, sans jamais se départir de sa gentillesse et de son indulgence à l'égard du vieil homme, ce qui ne fit qu'accroître ma rancœur. Mais ce qu'il maîtrisait parfaitement en présence de notre voisin ressortait aussitôt dès que celui-ci nous laissait seuls. Dieu sait qu'il est désagréable de se disputer devant quelqu'un ! La soupape lâchait donc à la plus petite occasion, et la moindre dissension provoquait des querelles excessives, à propos de broutilles dont la cause m'échappait : la disparition énigmatique de son carnet d'adresses (que nous n'avons d'ailleurs jamais retrouvé), des rappels de factures dont je ne me souvenais pas avoir reçu les courriers d'origine, ou encore l'évier qui se bouche de façon aussi soudaine qu'inexpliquée. À chaque fois, il m'en tenait pour responsable : je m'étais servie de son carnet d'adresses et ne l'avais pas rangé à la bonne place, j'avais omis de payer les factures, je ne ramassais jamais mes cheveux pris dans la bonde de l'évier. De mon côté, je réfutais violemment toutes ses accusations indues, les reproches fusaient de part et d'autre, la discussion dégénérait et nous finissions invariablement par nous disputer. Le temps n'arrangeait rien à l'affaire et bientôt, nous ressemblâmes à un vieux couple aigri et désuni, ce qui me faisait chavirer de tristesse. Je me défendais gaillardement, toutes griffes dehors, prête à sauvegarder chèrement mon innocence, mais le climat morose des derniers temps m'était éternellement reproché, ce que je supportais difficilement.

À la crèche, je m'en ouvris à Lola qui me voyait dépérir au fil des jours.

— Allez..., fit-elle en me tapotant amicalement le dos. Tiens le coup. C'est comme pour les gosses : les premiers jours sont toujours déstabilisants. Tout est une question d'organisation, et de rythme à trouver. Ensuite, les choses se mettront naturellement en place.

— Le plus dur, c'est qu'il ne fait pas ses nuits, répliquai-je au bord des larmes. Il nous réveille une à deux fois par nuit, sans raison. Et ses repas ! Après une journée de boulot, devoir préparer deux menus différents, c'est vraiment pénible. Sans compter tous les à-côtés, le bordel qu'il laisse derrière lui, la toilette, la mise au lit... Heureusement, ça, c'est Théo qui s'en charge.

— C'est un père moderne..., pouffa Lola qui tenait à sa comparaison.

— Nous n'avons plus de vie privée, continuai-je sans me soucier des efforts de mon amie pour me faire rire. Il est tout le temps là, et lorsqu'il est enfin au lit, nous sommes sur nos gardes, à l'affût du moindre bruit. On se parle en chuchotant, on marche sur la pointe des pieds. J'ai l'impression de ne plus être chez moi. On n'ose même plus baiser ! Et je vais bientôt être en pleine période d'ovulation ! Je suis vraiment au bord de la déprime, là !

Lola, à qui j'avais confié mes désirs de maternité sous le sceau du plus grand secret suite à notre dispute au sujet de son avortement – de laquelle elle ne me tint finalement pas rigueur – me considéra d'un air amusé.

— Tu nous fais un baby blues ?

Sa remarque m'arracha un triste sourire. Un nouveau-né... Oui, Darmont était exactement pareil à un bébé : vulnérable et dépendant, ayant constamment besoin de nous, nous imposant son rythme et sa présence sans se soucier de notre intimité. Mais contrairement à un bébé, il n'avait rien de touchant, ni dans son apparence ni dans son comportement.

Contrairement à un bébé, il provoquait la haine et non l'amour.

Contrairement à un bébé, il régressait.

Contrairement à un bébé, il était lourd à porter et à supporter.

Mais surtout, et c'était la seule chose qui apaisait quelque peu mon animosité à son égard : contrairement à un bébé, il était à la fin de sa vie.

MARIE

Ce fut à la fois le plus intense et le plus triste jour de mon existence.

Cette après-midi-là, en lui apprenant ma grossesse, Bernard me demanda en mariage. Il me conjura de quitter Thomas, de partir avec lui, refaire notre vie ailleurs, rebâtir notre « Cheminot », quelque part, là où les légendes ne meurent pas au nom de leur amour.

Sans plus attendre, nous décidâmes de partir le soir même, après le retour de mon mari. Bernard devait venir me prendre au « Cheminot » à 20 heures précises. Cela me laissait le temps de parler à Thomas, de lui avouer notre faute et mon état. Ainsi que notre décision. Au besoin, si les choses se passaient mal, Bernard lui parlerait également. Nous savions que c'était là notre seule chance de bousculer le destin et que, au travers de l'enfant que je portais, la vie nous parlait.

Sans réfléchir, je suis rentrée chez moi afin de préparer mes bagages. J'étais dans un état indescriptible : folle de bonheur à l'idée de rompre mes chaînes, de fracasser le tunnel de verre qui me protégeait depuis tant d'années ; mais également folle de douleur à l'idée de briser la vie d'un homme que je respectais de tout mon cœur et que j'avais aimé un jour, il y a longtemps.

Lorsque mes valises furent prêtes, je suis descendue au salon et me suis mise à attendre. Vers 15 heures, on sonna à la porte. J'ouvris mais ne vis personne. Sur le perron, quelqu'un avait déposé un mot retenu par une pierre. Je reconnus immédiatement l'écriture de Bernard.

« Marie, mon amour,

Juste pour te dire que je t'aime à la folie. Je suis heureux, je suis fou, j'attends ce soir comme si ça n'arrivera jamais. L'enfant que tu portes est un signe, il prouve que tu n'es plus qu'à moi, pour toujours. Mon enfant qui vit en toi. Je serai là à 20 heures sonnantes pour vous emmener tous les deux avec moi.

Bernard. »

J'ai longuement caressé cette lettre, pleurant et riant en même temps. J'étais pleine de gratitude et remerciais Dieu pour tant de bonheur. Puis je pensais à Thomas et me mettais à trembler comme une feuille. Alors j'ouvrais la lettre et la relisais sans relâche, avant de la replacer dans la poche de ma chemise, juste sur ma poitrine, juste sur mon cœur.

Le soir tomba enfin. Lorsque Thomas rentra au « Cheminot », j'étais prête à lui annoncer mon état. Et mon départ. Dieu m'est témoin que j'étais prête. Durant toute la journée, j'avais ressassé des phrases simples et concrètes, dénuées de fioritures, dépourvues de mensonges et de détours, enfin, des phrases vraies… J'ai entendu son pas crisser sur le gravier et, lorsque la porte s'est ouverte, j'étais calme. Calme et sereine devant l'inéluctable. Ma valise était faite et m'attendait sur le lit, au premier étage.

Après s'être débarrassé de son manteau, Thomas vint m'embrasser, sur le front, puis se mit aussitôt à me raconter sa journée. Sa belle journée. Sa triste journée.

— J'ai dû mettre un zéro au petit Mercier aujourd'hui, qui a eu la sottise de croire qu'il pouvait me mentir sans vergogne. Peux-tu me dire ce que ces enfants ont dans le crâne ? Je ne suis pourtant pas complètement stupide, mais j'ai parfois le sentiment qu'ils sont les seuls à ne pas s'en apercevoir. Ainsi donc...

Je devais être pâle comme un linge. Thomas m'a regardée, inquiet, avant de me demander ce que j'avais. J'ai simplement répondu que j'avais à lui parler. Il s'installa à mes côtés et me prit les mains, ce qu'il faisait souvent lorsqu'il désirait me faire comprendre qu'il m'accordait toute son attention. Au contact de sa peau, ses mains sur les miennes, si douces et si froides, j'ai repris un peu d'assurance. J'ai respiré une grande bouffée d'air puis je me suis lancée :

— Thomas, j'ai une chose importante à te dire. Il va y avoir beaucoup de changements dans nos deux vies et...

J'ai contemplé son visage. Il ne disait rien, il m'observait tendrement. Ce fut comme si je le voyais pour la première fois. Cet homme dont j'allais briser l'existence en quelques mots... Il attendait que je poursuive, sans me presser, sans m'interroger. Si au moins il avait prononcé une phrase, une simple phrase...

— Je suis enceinte, Thomas.

Son visage s'est éclairé. Que dis-je ! Ses traits ont explosé de gratitude. Il s'est mis à pleurer de bonheur, me caressant le ventre, les hanches, m'embrassant les yeux et la bouche, me murmurant mille mots fous à l'oreille. Puis, se levant, il me prit dans ses bras et m'entraîna dans une danse endiablée, d'un bout à l'autre de la maison. J'ai cru qu'il ne s'arrêterait jamais. Le mot de Bernard que j'avais conservé dans la poche de ma chemise me brûlait la poitrine… Je ne cherche pas d'excuses, les choses se sont bel et bien passées ainsi, dans un tourbillon d'émotions incontrôlables et frénétiques. Qui avait menti à qui ? Et pour quelle raison ? Les secondes s'écoulaient et, avec elles, les minutes. Thomas ne cessait de parler, de me remercier pour le bonheur que je lui donnais. Un enfant, enfin, son enfant, notre enfant…

L'horloge du salon a sonné sept coups. Il me restait donc une heure pour me reprendre et lui faire affronter la réalité.

À 20 heures, la sonnette du « Cheminot » a retenti d'un son presque joyeux. C'est Thomas qui lui a ouvert la porte. Toujours assise dans le fauteuil, je l'ai entendu accueillir Bernard.

— Bernard ! Mon ami Bernard ! Tu ne pouvais pas mieux tomber. Mon Dieu, que je suis heureux ! Je vais être papa, Bernard, je vais être papa !

Le silence qui suivit résonna tel un abîme de glace.

Je n'oublierai jamais le visage de Bernard lorsqu'il apparut dans le salon. Il était blanc, froid, dur, fermé. Il me regardait sans me voir. Il respirait à peine. Ses yeux, ses beaux yeux bleus ne disaient plus rien. Thomas lui mit un verre dans la main puis ils trinquèrent. Thomas riait, parlait, riait encore… Je n'ai pas pu, mon bel amour, c'était au-dessus de mes forces. C'était inhumain. Je tentais d'accrocher son regard, le suppliant des yeux, et du cœur… Il ne me voyait plus.

Puis il a déposé son verre et a serré la main de Thomas.

— Je vais vous laisser fêter cette heureuse nouvelle comme il se doit, entre vous. Toutes mes félicitations, mon vieux !

Il s'est ensuite approché de moi.

— Je te souhaite tout le bonheur que tu mérites.

Sa voix était glaciale. Et son regard était noir.

Thomas l'a raccompagné jusqu'à la porte d'entrée.

— Nous nous voyons demain ?

— Oui, bien sûr... Demain... Demain.

Nous ne l'avons plus jamais revu. Ce soir-là, j'ai rangé mes vêtements dans la garde-robe en pleurant.

Et neuf mois plus tard, tu es née.

MANON

La situation se dégrada franchement quelques jours plus tard.

Tout partit d'une discussion sans grand intérêt, un soir d'orage où l'atmosphère était particulièrement pesante. Depuis la veille, Darmont nous avait demandé de l'installer devant la fenêtre avant de partir au travail, prétextant que le spectacle de la rue était encore plus passionnant que les programmes de télévision. Et puis, ajouta-t-il avec amertume, autant faire ce que tous les petits vieux faisaient à longueur de temps, puisqu'il en était à présent devenu un : observer la vie qui s'écoule dans un monde dont ils sont désormais devenus les spectateurs étrangers.

Durant la journée, il avait assisté à une scène qui l'avait choqué : un groupe d'enfants – entre douze et seize ans, précisons-le – avait pris une jeune femme à parti, lui pelotant les fesses et l'injuriant en riant.

— C'est une honte ! s'emporta-t-il le soir même en engloutissant sa purée de légumes. De mon temps, ce genre de choses n'arrivait jamais. Mais aujourd'hui, les gosses sont livrés à eux-mêmes, ils n'ont plus aucune limite… Vous voulez que je vous dise ? C'est la faute des parents qui démissionnent, les mères d'aujourd'hui sont plus préoccupées par leur carrière que par leur famille ! Et voilà où ça mène !

— Bien sûr, rétorquai-je en ricanant. Les gosses font une connerie, c'est la faute des mères. C'est logique !

— Ne le prenez pas mal, Manon. Mais vous pouvez admettre que ces gamins qui traînent toute la journée dans la rue, c'est un peu la faute des parents. Moi, je dis que quand les gosses font une bêtise, ce sont les parents qu'il faudrait punir. Un enfant vole le sac d'une vieille dame ? Hop, les parents écopent de trois mois de prison ! ça les ferait réfléchir.

— Des parents, peut-être… Mais tout remettre sur le dos de la mère, c'est un peu facile !

— Ce sont les mères qui élèvent les enfants…

— C'est bien ce qu'on reproche aux pères !

Théo écoutait sans broncher, comme s'il n'était pas concerné par la discussion. M. Darmont se tourna vers lui.

— Qu'en pensez-vous, Théo ?

— Oh… C'est un vieux débat, lança-t-il en me jetant un coup d'œil furtif. Le père a un rôle fondamental à jouer, c'est évident.

— Belle prise de position ! s'exclama Darmont d'un ton ironique. De mon temps aussi, le père avait un rôle fondamental à jouer. Mais ce sont les femmes qui ne leur laissent pas la place nécessaire pour intervenir. Elles veulent tout gérer à leur manière, et lorsqu'elles constatent qu'elles ne s'en sortent pas et que les enfants prennent un mauvais pli, qu'ils n'ont même plus de respect pour leurs propres parents, elles en attribuent la faute à l'absence du père. Mais là, il est trop tard, le mal est fait !

— Ce qu'il ne faut pas entendre ! maugréai-je en secouant la tête d'un air agacé.

— Ce n'est pas vrai, peut-être ? s'emporta le vieil homme. Les femmes, elles veulent un nid pour pouvoir pondre leurs œufs. C'est tout ce qui les intéresse. Et nous, on est juste bon à fabriquer les œufs et à ramener la nourriture.

— N'importe quoi !

— Je vous interdis de dire ça ! hurla-t-il soudain au bord de l'apoplexie. Vous n'avez pas le droit. Ce genre de salope qui vous fait les yeux doux pour se faire engrosser et puis qui vous jette comme une vieille chaussette... Et une fois que le polichinelle est dans le tiroir, elles n'ont plus besoin de vous. Terminé ! Vous pouvez aller vous faire voir ailleurs... Et après, les enfants vous traitent comme de parfaits étrangers ! Vous trouvez ça juste ?

Il était devenu comme fou. Il me regardait en roulant les yeux, respirant par à-coups sans parvenir à reprendre son souffle. Ses mains tremblaient, sa tête également, comme s'il avait subitement été atteint de la maladie de Parkinson. Théo et moi, nous nous sommes regardés sans cacher notre étonnement.

— C'est ce qui vous est arrivé ? demanda doucement Théo. Vous... Vous avez connu une femme qui vous a écarté de votre rôle de père ?

La colère de Darmont parut retomber d'un seul coup.

— Pardon ? balbutia-t-il d'une toute petite voix.

— Je croyais que vous n'aviez pas d'enfants..., fis-je remarquer d'un ton presque accusateur.

M. Darmont soupira avec lassitude.

— Les enfants, ce sont les femmes qui les ont. Moi, j'ai eu des femmes, c'est tout ce que je sais.

Le silence se fit, pesamment. Nous n'entendîmes bientôt plus que le bruit des couverts tintant contre la faïence des assiettes. Darmont ingurgitait ses aliments en purée, le regard baissé et la tête recroquevillée entre ses deux épaules, désormais fermé à toute sollicitation. Je l'observais furtivement, tentant de déceler la faille qu'il avait, sans doute involontairement, mise à jour. Notre voisin avait donc un passé. Il avait aimé et souffert et cela le rendit plus humain à mes yeux.

Sitôt son assiette vide, il demanda à Théo de l'aider à se mettre au lit. Le rituel du soir se déroula en silence, notre voisin semblait résolu à ne pas desserrer les dents. Théo n'insista pas, il accomplit les gestes devenus quotidiens sans chercher à le dérider et, une fois installé dans son lit, il sortit de la chambre en lui souhaitant une bonne nuit. Puis il vint me rejoindre dans la cuisine.

— Quel cinéma ! grommelai-je en disposant les assiettes dans le lave-vaisselle.

Théo gardait obstinément le silence. Il s'était assis à la table et roulait machinalement entre ses doigts une boulette de mie de pain.

— Tu l'as vu s'énerver comme si on l'avait insulté ? repris-je en quête d'une réaction. Il devient complètement sénile !

— Il l'a pris comme une offense, répondit calmement Théo, d'un ton totalement neutre. Et ç'en était une.

— Ah bon ? Parce que tu trouves qu'il a raison ? Sa théorie sur les femmes dont le seul but est de pondre un œuf… Non seulement c'est réducteur, mais de plus c'est complètement dépassé !

— Tu vois bien que non.

Je me suis lentement tournée vers Théo.

— Pardon ?

— Oh, ça va, ne joue pas les vierges effarouchées ! répliqua-t-il sèchement. Tu sais très bien de quoi je veux parler.

— Ah oui ? Et de quoi, je te prie ?

— Nino n'est peut-être pas aussi sénile que tu veux bien l'admettre… En tout cas, je n'ai pas particulièrement d'arguments pour le contredire.

— Ce qui veut dire ?

Théo soupira.

— Tu veux des points sur les « i » ?

— S'il te plaît, répondis-je en croisant résolument les bras.

Je me tenais prête à accuser le coup d'une nouvelle déclaration de guerre. Théo me considéra quelques instant comme s'il hésitait encore à faire feu.

— Depuis un bon moment, il n'y a plus qu'une seule chose qui t'intéresse, Manon : c'est le gosse que tu veux avoir envers et contre tout. Le reste n'a plus aucune valeur à tes yeux. Je ne sais pas si tu t'en rends compte, mais tu es odieuse avec Nino. Tu le traites comme une chose encombrante, et tu le lui fais bien sentir. As-tu jamais eu un mot gentil ou une petite attention pour lui ? Même avec moi, tu es insupportable. Tu tires la gueule sans arrêt, et quand tu ne râles pas, tu te plains de tout. Mais dès qu'il s'agit de baiser pour t'engrosser, tu deviens plus collante qu'un chewing-gum. Alors tu vois, si tu cherches quelqu'un pour le rôle de l'étalon reproducteur, tu ferais peut-être mieux de t'adresser ailleurs.

Théo avait bel et bien sorti ses pétoires et il ne faisait pas dans la dentelle. J'ai répliqué avec ce qui me venait à l'esprit, un tir de mortier qui, s'il n'était pas des plus subtil, avait au moins l'avantage de déstabiliser l'ennemi.

— Mais bordel, c'est quoi ton problème ? C'est le monde à l'envers, ici ! Tu es sûr que tu ne veux pas que je vous laisse en tête-à-tête ? Après tout, peut-être préférerais-tu vivre tranquillement avec ton Nino. Je suis sûre que sans son dentier, il doit faire de très bonnes pipes !

— Tu deviens vulgaire, Manon, dit-il en se levant de table. Je vais me coucher.

— C'est ça, raillai-je en élevant le ton. Débine-toi ! Tu risques de nous faire une éjaculation précoce à force de parler de Jack Serrault.

Sans relever le sobriquet dont j'avais une nouvelle fois affublé notre voisin, Théo se retourna vers moi et rangea ses petits calibres pour sortir l'artillerie lourde.

— C'est toujours ça que tu ne gaspilleras pas dans le cimetière qui te sert de ventre.

Le coup atteignit sa cible, il me fit tellement mal que je fus un moment tentée d'agiter le drapeau blanc. Blessée à mort, je mis quelques secondes avant de reprendre mes esprits. Théo demeurait sur le pas de la porte de la cuisine, observant avec suffisance les effets de son tir à bout portant. Mais dans mon agonie, j'ai encore trouvé la force de braquer mon arme vers lui et d'appuyer sur la gâchette.

— Tu as raison, Théo, réserve-toi. Parce qu'avec la petite chose fragile que tu trimbales dans ton froc, il vaut mieux ne pas te surmener. Moi, j'espérais du raide, du rigide, un truc capable de tirer un vrai coup. Va sucrer les fraises avec Nino, mon chou...

Et je l'ai eu ! Parce que, toucher à sa bistouquette, pour un mec, c'est mortel. Après ce coup fumant, je n'avais plus qu'à souffler sur le canon de mon arme avant de la ranger dans son étui. Mais en vérité, j'étais trop grièvement blessée pour fêter une victoire qui avait tout d'une défaite.

Théo m'a regardée sans mot dire, puis il a tourné les talons.

Quelques secondes plus tard, la porte de l'appartement se refermait dans un claquement sonore.

MADELEINE

Le 2 octobre 1936.

Le silence. Je crois que c'est ce qu'il y a de plus insupportable. L'infernal boucan du silence. L'absence de résonance parce qu'il n'y a plus de bruits, plus de larmes, même plus de souffle. Et parce qu'un cri qui ne s'entend pas n'existe pas.

J'ai vu son regard se troubler, appeler la vie qui s'esquivait comme un voleur et que rien ne pouvait plus retenir. J'ai vu ses paupières se figer, et cette poigne glacée sceller chacun de ses traits. Il est parti sans me quitter des yeux.

Tout s'est ensuite enchaîné, comme pour ne pas laisser à la douleur le temps de prendre possession des sens, il fallut penser aux funérailles, choisir le cercueil, appeler le notaire, prévenir la famille, publier les faire-part, recevoir les condoléances, n'oublier personne si ce n'est s'oublier soi-même, pour ne pas hurler, pour ne pas se mutiler, pour ne pas périr à son tour.

Je reviens du cimetière et il y a ce silence qui baigne la maison d'une pénombre terrifiante, les souffles y sont décuplés comme pour narguer celui qui s'y est éteint, les pas résonnent, les mains tâtonnent sans reconnaître la place des choses, on se perd, ouvrant parfois une porte qui ne donne sur rien et qu'on n'a plus la force de refermer.

C'est une grande maison pleine de pièces inhabitées et de corridors sombres menant là où on n'a pas envie d'aller, alors à quoi bon se mouvoir encore… Parce qu'un combat mené dans le silence n'a pas de sens, il faut des cris, et du sang, et aussi la rage de se jeter contre l'ennemi, le fracas des armes, le râle des mourants et le halètement du vainqueur. Mais un silence qui dévore tout n'est pas un adversaire loyal. Sans écho, il n'y a plus aucune raison de crier.

MANON

— Que se passe-t-il ?

Darmont criait du fond de sa chambre, réveillé en sursaut par le bruit de la porte que Théo avait claquée.

— Il y a quelqu'un ?

Je me tenais debout dans la cuisine, transformée en statue de glace, pétrifiée, anéantie, prête à m'effondrer au moindre souffle d'air.

— Répondez-moi ! Vous… Vous êtes là ? Que se passe-t-il ?

Sa voix résonnait au lointain, vibrant entre les parois creuses de mon crâne avant de se répercuter jusqu'aux tréfonds de mon agonie. J'étais incapable du moindre mouvement. Que nous arrivait-il ? Pendant dix minutes, je ne cessai de me poser la question, articulant dans une sorte de litanie muette la rengaine de mon interrogation. Je fixais une tache sombre, un éclat gravé dans le carrelage de la cuisine, sans parvenir à détacher mon regard de cette contemplation inerte. Ça ressemblait à un fœtus calciné, recroquevillé sur lui-même, noir et sans vie.

Pourquoi ce bébé dont nous rêvions avec tant de passion devenait aujourd'hui un paquet de merde qu'on se renvoyait à la tête à coups d'injures et de haine ?

La douleur faisait exploser mon cœur en mille déchets incandescents qui remontaient vers ma gorge et me dévoraient la poitrine. Si Théo était resté, je crois que je me serais traînée à ses pieds pour lui demander pardon, le supplier de tout oublier et hurler mon chagrin. J'avais si peur qu'il soit parti pour toujours, qu'il m'abandonne au milieu de la tempête qui ravageait mes entrailles, qu'il me laisse mourir de peine avec mon bébé mort-né au fond de ma tête, son enfant, le rêve de mes nuits et le cauchemar de mes jours.

Darmont criait toujours du fond de son lit.

— Théo ? Manon ? Répondez-moi... Vous êtes là ? S'il vous plaît... Il y a quelqu'un ?

Cette voix stridente m'agressait de toute la violence de son angoisse, excessive, dont chaque éclat m'empêchait de me concentrer sur ma souffrance. Elle parasitait mon calvaire, elle me lacérait de ses cris, tel le fracas d'une lanière de cuir claquant sur ma peau. Tout était parti à vau-l'eau depuis que Darmont s'était installé au-dessus de chez nous. Tout allait mal depuis qu'il était là. Et je ne comprenais pas pourquoi. Que nous voulait-il ? Pourquoi désirait-il nous détruire ? Je tentais de focaliser mes pensées sur la façon dont les choses s'étaient enchaînées, futile tentative de rassembler mes souvenirs : dans le chaos de ma cervelle en bouillie, je ne parvenais plus à agencer les évènements dans l'ordre chronologique. Le tri était douloureux, il agaçait mes nerfs, zappait la plus infime explication possible, sautait par-dessus les points d'interrogation, bloquait sur les mots, les maux, les plaies sanguinolentes du cœur et de la mémoire, sans cesser de virevolter dans la folie d'un tourbillon incontrôlable.

Je ne savais plus où j'en étais.

Je voulais Théo, peut-être même sans bébé, juste Théo, m'accrocher à lui, le palper, le sentir, le lécher, Théo, mon amour, mon bien-aimé, mon homme, la source de mon bonheur et de mon plaisir, lui, ses yeux, son rire, ses mains, son odeur…

— Manon !

Ce cri m'arracha si brutalement à l'ultime espoir de pouvoir comprendre ce qui m'arrivait que je fus prise du vertige insondable de la colère. La cuisine se teinta de rouge, d'obscurité, de moiteur, tandis que le hoquet d'un sanglot infernal me tordit douloureusement l'abdomen. Je crus qu'un flot de larmes allait enfin m'apaiser, mais il n'en fut rien. Alors, dans la vision séditieuse qui absorba chacune de mes pensées, tout se mit en place, brutalement, aussi claire et limpide que le reste de l'univers m'apparaissait sombre et chaotique : l'arrivée de Darmont dans notre vie, cette discrétion presque suspecte qui entoura les premiers jours de son installation dans la maison, tel un prédateur tapi dans son antre, observant à distance les habitudes de ses proies. Puis la curiosité de Théo à l'égard de ce nouveau voisin… N'était-ce pas lui qui l'avait abordé à la terrasse d'un café, un jour de marché ? En y repensant, je me souvins de l'insistance avec laquelle il avait tant voulu s'installer à sa table, malgré le manque de place et l'absence de chaises… Pourquoi ? Pour quelle raison un jeune homme d'une trentaine d'années recherche-t-il tant la compagnie d'un vieillard qui lui est pourtant totalement étranger ? Darmont incarnait-il à ce point la figure paternelle qui lui avait tant manqué dans son enfance ?

Il y avait autre chose. Quelque chose qui m'échappait mais qui, j'en étais à présent certaine, désirait ma perte, ou du moins celle de mon couple. Depuis le début, Darmont manœuvrait de telle manière que le lien indéfectible qui m'unissait à Théo s'altère et se casse. Mais pourquoi ? Avait-il reconnu le besoin désespéré de Théo de trouver en lui l'image d'un père parti trop tôt ? Oui, ça se tenait ! Nino avait eu un fils dont il avait perdu la trace et Théo n'avait plus de père. L'un et l'autre s'étaient découverts, comblant un manque qu'ils portaient en eux depuis trop d'années, et je devins presque aussitôt l'obstacle à combattre. Darmont s'était servi de la faiblesse de Théo pour accaparer son affection et le monter contre moi. Et il y était parvenu !

— Où êtes-vous, bon Dieu de bon sang !

La rancune m'aveugla. Je rejoignis la chambre de Darmont en quelques pas et poussai violemment la porte. Le vieil homme sursauta dans son lit, surpris par la violence de mon apparition. Il porta sur moi un regard ahuri, tenta de se redresser en prenant appui sur ses mains, mais je fus plus prompte que lui.

Je me suis littéralement jetée sur lui.

Après l'avoir empoigné par le col de son pyjama, je me mis à le secouer violemment, l'enjambant à califourchon avant de peser de tout mon poids sur son torse. Il gesticulait en tous sens, affolé, ses mains battaient l'air, puis m'agrippaient à l'aveuglette, tentant désespérément de se dégager de ma fureur.

— Qu'est-ce que tu nous veux, vieux salaud ? hurlai-je sans cesser de le malmener. Pourquoi tu veux foutre la merde entre Théo et moi ? Hein ? Tu le veux pour toi tout seul, c'est ça ? Tu voudrais qu'il me quitte pour qu'il puisse s'occuper exclusivement de toi ? Réponds !

Darmont vociférait, m'ordonnant de me calmer et de le lâcher. Bientôt, le lit de camp céda sous notre poids, s'effondrant brusquement dans un craquement sinistre, et nous fûmes projetés à terre. Je perdis l'équilibre. Darmont en profita pour rouler sur le côté et se dégager, tandis que ma tête heurtait violemment le sol. Pendant quelques instants, je fus étourdie, trop longtemps pour reprendre l'avantage. Lorsque je retrouvai mes esprits, le vieil homme était parvenu à se redresser et me tenait en respect avec l'une de ses béquilles. Il soufflait comme un buffle, roulant des yeux fous sans me quitter du regard.

Nous nous sommes défiés durant un court moment.

Darmont avait perdu toute trace de fragilité. Il me sembla qu'il avait doublé de volume, imposant et massif, tendu et dressé de toute sa taille au-dessus de moi. Il ressemblait à un colosse de pierre, si ce n'étaient les frémissements qui agitaient ses membres, et je crus un instant que la peur en était la cause.

Mais ce n'était pas de la peur.

C'était de la fureur.

Je fis mine de vouloir me relever. La seconde d'après, il leva la jambe avec une dextérité qui me prit par surprise. Il plaqua ensuite son plâtre contre ma poitrine dans un mouvement dont la violence encore contenue m'accabla de toute sa force. Le message était clair : il pouvait me broyer comme un insecte.

À mon tour, je fus prise de panique. Je levai vers lui un regard à la fois stupéfait et tourmenté. Mais loin de s'en émouvoir, le vieil homme abattit prestement sa béquille contre ma gorge et, à présent ployé par-dessus mon corps, il en accrut la pression de plus en plus fort, dans un douloureux crescendo, jusqu'à ce que je puisse à peine respirer. Son visage était tout contre le mien. J'étais paralysée de terreur.

— Tu as besoin d'une bonne correction, ma fille ! me susurra-t-il dans un souffle de rage. On ne t'a jamais dit qu'il fallait respecter tes aînés ? Qu'est-ce qu'il t'a appris, ton père ? Et ta mère, hein ? Ta salope de mère ? C'est juste bon à pondre un œuf, mais quand il s'agit d'éduquer les gosses, il n'y a plus personne, c'est ça ?

J'étais en train d'étouffer. Aveuglé par la colère, Darmont ne sentait plus sa force, et plus il s'énervait, plus il accentuait la pression de sa béquille contre ma gorge. Il avait pris appui sur le genou de la jambe dont la cheville avait été fracturée, et le plâtre de son pied cognait brutalement contre mes cuisses.

— Une bonne raclée, voilà ce qu'il t'aurait fallu ! Pour t'apprendre la politesse. Mais ton père n'avait pas de couilles, c'est ça le problème !

Je n'eus bientôt presque plus de souffle. Mes bras battaient l'air, mes jambes étaient secouées de soubresauts désespérés. J'ai cru que j'allais mourir. Il dut s'en apercevoir car, soudainement, il relâcha son étreinte et se redressa vivement. J'ai happé une goulée d'air qui s'engouffra en bourrasque dans mes poumons, me faisant suffoquer. Durant un temps interminable, je fus secouée de spasmes, toussant, éructant et crachant une salive inexistante, avant de retrouver peu à peu un rythme de respiration normale.

Puis, je me suis effondrée en sanglots.

Enfin.

Assise par terre, ramenant mes jambes contre moi, je me suis recroquevillée sur moi-même, cachant mon visage entre mes genoux avant de déverser des torrents de larmes. J'étais à bout.

Bientôt, je perçus un bruit de casse qui attira mon attention. Darmont se servait à présent de sa béquille pour fracasser son plâtre en tapant dessus, au niveau des orteils afin d'épargner la cheville fracturée. Au bout de trois coups secs, le plâtre se fêla, puis il entreprit hâtivement de libérer son pied, ôtant chaque morceau fissuré avec une précaution fébrile. Quelques minutes plus tard, il se tenait debout, prenant appui sur sa béquille.

— Je vais partir, maintenant. Mais je reviendrai... Et alors, tu seras bien forcée de me traiter avec tout le respect que tu me dois. Je te promets une belle surprise !

Il longea le mur sans me quitter des yeux, tenant sa béquille à la main, autant pour y prendre appui que pour me menacer. Je retins mon souffle, immobile et terrifiée. Avant de sortir de la chambre, il s'empara de ses vêtements qu'il coinça sous son bras. Puis il disparut.

Quelques instants plus tard, il quittait l'appartement. Je l'entendis encore monter d'un pas mal assuré, sa béquille cognant contre les marches de l'escalier. Puis, je perçus le bruit de la porte de son appartement, dans lequel il dut pénétrer sans attendre. Il poussa un cri, un cri de douleur, un cri de surprise, aussi bref que puissant. Je me souvins de l'interrupteur défectueux : sans doute troublé par l'altercation que nous avions eue, il avait dû oublier la défectuosité de l'objet et recevoir une forte décharge électrique.

Et, l'espace de quelques secondes, j'espérai de toute mon âme qu'il se fasse griller sur place, coupable et jugé, tels ces condamnés à mort qui expient leurs crimes sur la chaise électrique.

Mais non.

Environ un quart d'heure plus tard, le vieil homme sortit de son appartement et redescendit l'escalier avant de quitter la maison en claquant la porte. Je me remis à pleurer, sanglots libérateurs d'un tourment trop lourd à supporter, j'étais perdue, épouvantée, agitée de frissons affolés, écartelée dans mon âme et dans ma chair.

Je suis restée là durant de longues minutes, n'ayant ni la force de me lever ni même celle de bouger. Je ne cessais de revoir la silhouette massive de notre voisin se pencher sur moi, son visage si près du mien, son haleine nauséabonde, son regard fou, égaré de rage, et cette force herculéenne avec laquelle il m'avait agressée, manquant de peu de me faire passer de vie à trépas. Ce simple souvenir suffisait à me faire grelotter d'effroi tandis que ma gorge me brûlait encore, et que chaque respiration m'incendiait la poitrine.

Puis ce furent les horreurs que Théo et moi nous étions dites dans la soirée qui résonnèrent dans ma tête. Les projets communs étaient devenus des rêves étrangers avant de se transformer en faute, la faute de l'autre, une monstrueuse erreur, le néant d'une illusion perdue.

Autour de moi, l'appartement avait changé de visage, ayant expulsé toute trace de bonheur pour devenir une sorte de salle d'attente impersonnelle, ténébreuse, dépouillée de la moindre perspective.

Je me remis à sangloter, sans plus savoir si je pleurais à cause de Théo ou de l'agression de Darmont.

Revenir en arrière. Appuyer sur la touche « rewind » et tout recommencer, en évitant les erreurs et les horreurs, sans tenter d'avoir le dessus, d'avoir raison, d'avoir la paix. Je me sentais seule, assaillie par les fantômes des jours heureux avant de me noyer dans le puits sans fond de mes regrets.

Il me fallait bouger.

Mais pour faire quoi ?

Appeler à l'aide.

Qui ?

En général, c'est Théo que j'appelle lorsque ça ne va pas trop bien. Théo, mon capitaine, celui qui me montre le sud quand je perds le nord, celui qui est toujours là même quand les rats quittent le navire, sauf que cette fois-ci, j'avais la pénible sensation qu'il avait changé de cap.

Je me suis levée, supportant mon propre corps telle une masse incommode, un fardeau encombrant dont j'eus presque envie, l'espace d'une infime seconde, de me débarrasser. Je me suis dirigée vers le téléphone avant d'en saisir le combiné et... Quel numéro composer ? Petite chose fragile et malheureuse, qui vas-tu appeler pour écouter tes jérémiades ?

Il n'y avait qu'une seule personne au monde capable, à cette heure tardive de la soirée, de m'accorder l'oreille attentive et compatissante dont j'avais tant besoin.

À l'autre bout du fil, je ne pus qu'éclater en sanglots pour répondre à la voix claire et chantante de maman.

Manon, ma chérie, ma Praline, ma Douceur, qu'est-ce qui ne va pas ?

Tout, maman.

Surprise, inquiète, désolée, maman me pressa de questions auxquelles je ne parvenais à répondre, tant les larmes coulaient à flots continus. Alors elle me laissa pleurer et attendit patiemment que je me calme. Quelques instants plus tard, enfin, j'ai tout déballé, dans le désordre, sans reprendre mon souffle, la présence envahissante de Darmont, l'attachement inexpliqué que Théo lui portait, mon couple qui n'était plus qu'une épave dérivant au gré des flots, Théo qui avait mis les voiles et enfin la certitude de plus en plus évidente qu'aucun de nos enfants ne verrait jamais le jour. Maman écoutait, rangeait, triait, jetait, sans tout comprendre, à part peut-être qu'elle n'était pas prête d'être grand-mère. Et aussi que, pour le réveillon, c'était vraiment mal barré.

Elle resta une longue heure collée à mon oreille, pendue au fil que je perdais aussitôt, mais ça n'avait plus beaucoup d'importance, je parlais, on m'écoutait, je vidais mon sac de nœuds, j'embrayais sur le mal qui me broyait la poitrine, la solitude insensée que j'éprouvais, l'état d'âme insoutenable de mon premier vrai chagrin d'amour.

Au bout d'une heure, mes larmes se tarirent, mes paroles aussi, maman me consola. Elle me proposa de venir la rejoindre au « Cheminot ». J'ai refusé, je voulais attendre Théo, sans l'attendre au tournant, juste attendre en espérant que tout ne soit pas complètement perdu.

Maman insista. Le possible retour de Darmont l'inquiétait, elle n'aimait pas me savoir seule à la maison : il avait déjà fait preuve de violence envers moi et, somme toute, on ne savait rien de lui. Comme je refusais de prendre ses avertissements au sérieux, elle capitula, non sans réitérer d'infinies recommandations pour apaiser ses craintes.

« Garde tes distances ! » ajouta-t-elle d'une voix ferme avant de raccrocher. « Si jamais il revenait cette nuit, ne le laisse surtout pas entrer, ça le fera peut-être réfléchir. Je ne peux rien faire maintenant, ma Praline, il est trop tard. Le mieux, ce serait que tu ailles passer la nuit chez Lola. J'essaierai de venir te retrouver demain, dans la matinée. Garde ton portable sur toi, que je puisse te joindre à tout moment. Quoi qu'il en soit, évite tout contact avec lui et, surtout, n'écoute pas ce qu'il dit. Tu m'entends ? N'accorde aucun crédit à tout ce qu'il pourrait te dire ! Parfois, les hommes ressemblent étrangement aux bêtes : lorsqu'ils sont blessés, ils mordent. »

MARIE

La vie a continué. Je dirais presque « comme si rien ne s'était passé ». À part bien sûr que tu es arrivée dans nos vies, notre douce vie calme, et que tu y as mis un peu de désordre. Un désordre salutaire et passionnant. Je voyais en toi l'image de l'amour que j'avais perdu, tu étais l'unique lien qui me rattachait aux quelques heures de joie intense et profonde que j'avais vécues à l'insu de tous. Je tentais d'apaiser ma conscience en me disant que je n'avais fait qu'appeler la vie à pleins poumons et qu'elle était venue, tout simplement. Peu importait alors le moyen dont j'avais usé, puisque j'avais donné à Thomas cet enfant qu'il désirait tant.

En vérité, rien ne laissait supposer de manière incontestable que tu étais l'enfant de Bernard : mes rapports avec Thomas ne s'étaient jamais interrompus. Mon mari m'honorait régulièrement même s'il me semblait parfois que l'instituteur s'acquittait d'un devoir que l'on nomme « conjugal ». Mais envers et contre tout, dès la première seconde, j'ai su que tu étais de Bernard. Sinon, pourquoi avoir attendu tant d'années pour n'être « que » la fille de Thomas ?

Au village, les gens changèrent rapidement d'attitude à notre égard. Ma grossesse en surprit plus d'un et elle eut l'avantage de transformer le mauvais œil qui pesait naguère sur nous en une sorte de sortilège dérisoire dont nous étions enfin venus à bout. Ce dont personne, bien entendu, n'avait jamais douté. Les femmes s'enquirent de mon état. Les commerçants me firent quelques faveurs, des ristournes bienveillantes chargées de prévenances et de complicité. Tous, ils le savaient, ils en avaient toujours été certains, ils l'avaient toujours dit que nous n'étions pas ceux que l'on disait, ceux que l'on pensait...

J'exagère un peu, sans doute, mais au fur et à mesure que mon ventre s'arrondissait, j'avais la sensation d'être engluée dans un cercle dont je méprisais le centre. À cette époque encore, je ne les aimais pas. Je leur en voulais pour leur bêtise et leur aveuglement, je leur en voulais de m'avoir exclue de leur communauté à un moment où j'avais eu tant besoin d'une place auprès d'eux.

Aujourd'hui, les choses ont changé, bien sûr. Je les respecte de loin, et je parviens parfois à les comprendre. Sans doute suis-je enfin devenue un peu des leurs, à force de partager leurs histoires et leurs ferveurs toutes relatives.

Cela n'a plus beaucoup d'importance à présent.

Ainsi donc, nous étions un couple heureux et comblé. Deux ans après ta naissance, Émilie est née, cette fois de père certain. Cette seconde grossesse me surprit terriblement, car j'étais d'ores et déjà persuadée que Thomas était stérile. Mais je vis dans cette maternité un signe de pardon et de bénédiction, la preuve que, finalement, j'avais peut-être fait le bon choix. Et que le temps finirait par racheter ma faute. Je pensais chaque jour à Bernard, et chaque jour, je guettais la rue des Chasseurs de la fenêtre du salon, comme si j'allais voir apparaître un homme dont le regard se porterait sur la maison. Je ne me suis jamais résolue à me séparer de sa lettre, ultime et unique preuve de notre amour, que j'avais cachée au fin fond de mon secrétaire. De temps à autre, lors de mes moments de doute et de solitude, j'ouvrais le tiroir dérobé pour en extraire le pli dont je relisais les mots brûlants.

Longtemps je me suis demandé ce qui m'avait poussée à rester auprès de Thomas. Je refusais de croire que j'avais eu pitié de lui, et je ne le pense toujours pas. Je n'ai pas non plus la fatuité de penser que mon geste fut héroïque, que du contraire ! Je l'attribue à un manque de courage certain. Sacrifice ? Je n'ai pas l'âme d'une sainte, tu le sais. Mais ce fameux soir, j'ai vu Thomas sous un autre jour. La spontanéité de sa réaction m'avait bouleversée, et je n'étais plus sûre de rien. La fièvre dont je le croyais irrémédiablement privé s'était enfin manifestée, elle me troubla et, en un instant, tout fut remis en cause. Aujourd'hui, et depuis de longues années, je le regrette amèrement. Mais à l'époque, j'étais encore trop partiale pour m'apercevoir du mal irréparable que j'avais engendré. Le drame couvait, sourdement, à l'insu de tous.

Les premiers mois de ma grossesse, j'avais des nausées qui n'étaient pas toutes dues à mon état. Souvent, la nuit, je pleurais sur moi, sur ma lâcheté qui m'avait privée de l'homme que j'aimais. Je ne pouvais me confier à personne et, d'ailleurs, jamais je n'aurais osé avouer ma trahison à qui que ce soit. Régulièrement, je rêvais de choses lourdes et moroses. Parfois même, mes cauchemars étaient violents.

Puis le temps a fait son œuvre et les blessures se sont cicatrisées.

Nous voilà donc quatre au « Cheminot ». Simone est engagée quelques jours après la naissance d'Émilie, et le temps passe, inévitablement. Mon rôle de mère me va à merveille, je veille passionnément sur vous. Bientôt aussi, la compagnie de Simone m'enchante : je ne suis plus seule durant la journée et je parviens même à trouver un peu de temps pour moi. Pendant presque deux années, je reprends mes essais picturaux en barbouillant quelques toiles perdues dans un style naïf et bon enfant. Je décide soudain de ne plus me tourmenter pour le passé et de prendre ce que la vie m'offre. Je ne doute plus de rien et, chaque soir, je m'endors enfin comme un loir.

MANON

Après avoir raccroché le téléphone, j'ai regardé alentour. L'obscurité déployait devant moi ses heures nocturnes et interminables. Qu'allais-je faire en attendant Théo ? Dormir me parut inconcevable et, de toute façon, impossible. Au fond de moi, je savais qu'il ne rentrerait pas cette nuit, et cela acheva de m'accabler. Darmont était également parti, je ne savais où, il m'avait parlé de son intention de revenir, et cette idée même m'électrisa d'une sourde angoisse autant que d'une rancœur malveillante.

Peut-être maman n'avait-elle pas tout à fait tort lorsque, inquiète, elle m'avait mise en garde contre lui… « Parfois les hommes ressemblent étrangement aux bêtes : lorsqu'ils sont blessés, ils mordent. » Blessé, il l'était, physiquement et moralement, tout comme il avait déjà fait preuve de brutalité… Les paroles de maman se mirent à résonner en moi, de même que l'anxiété palpable qu'elle avait laissé transparaître au téléphone et, bien loin de me réconforter, tout cela ne fit qu'accentuer mes craintes.

Il fallait me protéger. L'empêcher de nuire plus qu'il ne l'avait déjà fait. Depuis le début, notre voisin agissait dans l'unique but de me perdre. La colère de Théo me revint en mémoire et, avec elle, chaque événement qui nous avait éloignés l'un de l'autre depuis l'installation de Darmont dans la maison. Ce n'était qu'une succession de détails dont chacun pris séparément pouvait passer inaperçu. Mais en les mettant bout à bout, il ne pouvait subsister aucun doute quant à ses véritables intentions : cette façon qu'il avait, depuis le début, de s'immiscer dans notre couple, avec sa politesse outrancière et ses manières désuètes, lui conférant ainsi l'image d'un vieillard sans doute un peu curieux, mais tellement attachant ; ses visites presque quotidiennes, sachant pertinemment que sa présence m'importunait, et profitant ainsi de ma mauvaise humeur pour attiser la sympathie de Théo et le monter contre moi ; tout comme ces discours machistes et réactionnaires à propos des femmes qui utilisent les hommes dans le seul but de se faire faire un enfant, une façon comme une autre de tourner la tête de Théo afin de jeter le doute dans son esprit. Sans oublier mon invitation à passer Noël tous ensemble au « Cheminot » : il avait parfaitement perçu le différend qui existait entre nous et s'était délibérément mis du côté de Théo afin de provoquer une dispute et creuser un peu plus le fossé qui nous séparait déjà.

Tout cela ne pouvait être uniquement le fruit du hasard !

Depuis le début, Darmont œuvrait pour m'éloigner de Théo. Il avait mis sur pied un plan dont le résultat final devait être mon éviction totale de sa vie. Et ce, à n'importe quel prix. Même à celui de ma mort, du moment qu'elle fût accidentelle. C'est la raison pour laquelle, tandis qu'il m'étranglait avec sa béquille, il avait relâché son étreinte : Darmont voulait se débarrasser de moi, mais sans en subir les conséquences. Et tout cela avait débuté avec...

L'incident de la jardinière !

Il avait bel et bien tenté de projeter sur moi une jardinière remplie de terreau.

À l'époque, je n'avais trouvé aucune explication logique à un quelconque mobile. Mais aujourd'hui... Je sus que tant qu'il serait là, il ferait tout ce qui était en son pouvoir pour se débarrasser de moi.

J'étais en danger.

Errant sans but dans l'appartement, je pénétrai dans la petite pièce qui lui servait de chambre et, devant le champ de bataille qui s'étalait à mes pieds, mes larmes se remirent à couler : l'épave du lit de camp gisait lamentablement par terre ainsi que les morceaux épars de son plâtre.

Pour quelle raison l'avait-il brisé ?

Je me mis à tourner en rond, reprise de panique à l'idée de son retour, pleurant sur mon sort, rabâchant l'injustice dont j'étais la victime, sans parvenir à soulager la douleur qui me rongeait. Écorchée vive, meurtrie de toute part, impuissante à trouver un quelconque apaisement, je décidai de monter chez notre voisin afin de fouiller ses affaires. Il ne fermait jamais sa porte, lui-même me l'avait avoué, telle une invitation à pénétrer à l'intérieur de son appartement.

Pourquoi fouiller ses affaires ?

Sur le moment même, je n'en sus rien. Mais il me sembla que ce fut la seule chose à faire dans l'instant : trouver le moyen de me défendre, sans doute avec ses propres armes, et aussi de le confondre dans ses funestes desseins. Ce fut, à mon sens, l'unique espoir de sauver ma peau ainsi que celle de mon couple. Prouver que j'avais eu raison de me méfier de lui. Établir un lien concret entre son arrivée dans la maison et le déclin de notre amour.

C'est parvenue sur le pas de sa porte quc l'idée frappa mon esprit. Brutalement. Elle m'apparut de plein fouet, si claire et si vive que j'eus l'indéfectible certitude qu'elle avait toujours été là, tenace et entêtante, calculant l'instant propice pour éclater dans toute la force de sa logique. C'est au moment où j'avançai ma main vers l'interrupteur que je compris la raison pour laquelle j'étais venue ici. Non pas pour fouiller les affaires de Darmont : le passé d'un vieux désaxé solitaire ne m'intéressait pas. Il n'existait aucune preuve concrète de son projet de se débarrasser de moi. Et même si l'on considérait son agression de tout à l'heure, le vieil homme pouvait la justifier en plaidant la légitime défense. N'avais-je pas été la première à me jeter sur lui ? Pour le reste, il avait juste utilisé nos faiblesses respectives afin de nous brouiller, exploitant les blessures affectives de Théo et mettant ainsi en pratique l'adage bien connu : « diviser pour mieux régner ».

Tout cela, il m'était impossible de le prouver.

Mais je sus à cet instant précis que je pouvais y mettre fin.

Définitivement.

M'éclairant grâce à la lumière du corridor mais sans toucher l'interrupteur défectueux, je m'en approchai et observai avec attention la façon dont il se présentait. En vérité, c'était un miracle qu'il fût encore entier. Fendu sur une bonne partie de sa longueur, on avait sommairement rafistolé le bouton afin de maintenir les fils électriques à l'intérieur du socle.

Je n'ai pas hésité longtemps. Quelques secondes à peine, juste pour assurer mes arrières et ébaucher un scénario plausible afin de trouver une explication logique au déroulement probable de l'accident.

Ou plutôt, afin que la police puisse l'expliquer.

J'ai ensuite dégringolé l'escalier jusqu'à la cave où se trouvait le tableau électrique qui alimentait toute la maison. J'ai repéré sans peine les fusibles du logement de notre voisin dont j'ai baissé les commutateurs. Puis, je suis remontée jusqu'à son appartement, faisant au passage une halte chez moi pour y prendre une lampe de poche.

Tout se déroula très vite. Comme je l'avais pressenti, le support se défit sans difficulté. Après en avoir extrait les fils électriques qui y étaient reliés, je les ai tirés vers moi afin de les faire dépasser du mur, puis j'ai tout remis en place. L'opération dura à peine quelques secondes. L'interrupteur fendu laissait à présent les fils à nu, dont le moindre contact ne manquerait pas de provoquer une forte décharge électrique.

Je me suis ensuite lentement dirigée vers la cuisine où j'ai rempli un verre d'eau à ras bord. Puis, je suis revenue vers le hall d'entrée et me suis immobilisée devant la porte, juste à côté de l'interrupteur, là où l'on est censé marquer un temps d'arrêt pour allumer la lumière. L'espace d'un instant, j'ai suspendu mon geste sans cesser de me convaincre que lâcher un verre d'eau sur le palier d'une porte d'entrée ne constituait pas un crime. Je savais pourtant que c'en était un, que les conséquences de ma « maladresse » pouvaient être fatales, mais cette information restait bloquée dans mon esprit, demeurant vague et irréelle.

Seul l'enchaînement des faits et gestes les plus probables de Darmont lorsqu'il rentrerait chez lui s'affichaient dans mon esprit, exactement tels qu'ils m'arrangeaient.

L'accident ne ferait aucun doute : à son retour, le vieil homme se serait servi un verre d'eau, puis, en voulant allumer – ou même éteindre – le plafonnier du hall d'entrée, il aurait reçu une décharge électrique qui lui aurait fait lâcher le verre, provoquant ainsi une électrocution mortelle.

Sauf qu'en vérité, en rentrant chez lui, Darmont n'aurait pas le temps de se servir un verre d'eau. En rentrant chez lui…

Je fus subitement prise d'une appréhension. Quelque chose clochait, un élément dont la nature même m'échappait. J'ai donc décidé de fractionner chaque phase de mon plan afin d'en trouver la faille.

Le vieil homme rentre dans la maison, gravit l'escalier jusqu'au palier de son étage, ouvre la porte de son appartement, avance de quelques pas, fait halte à l'entrée du hall et patauge ainsi à son insu dans la flaque d'eau, tend la main vers l'interrupteur… L'électrocution serait aussi puissante qu'inévitable et Darmont, servant de conducteur d'électricité entre l'interrupteur et l'eau répandue sur le sol, n'aurait très certainement aucune chance de s'en tirer. Quelques secondes plus tard, il s'écroulerait sur le sol avant même d'avoir pu faire un pas à l'intérieur de l'appartement.

Mais s'il venait de rentrer chez lui, sans doute serait-il toujours vêtu de son manteau… Ce détail, auquel je n'avais pas encore pensé, vint troubler mon assurance. Pouvait-on croire que quelqu'un, en réintégrant son appartement, se soit précipité dans la cuisine avant de se dévêtir, même pour étancher une soif inextinguible ? Et qu'ensuite, seulement, il ait pris le temps de revenir dans le hall pour allumer les lumières et se débarrasser de son manteau ?

Ça ne tenait pas la route.

L'idée, en soi, était bonne, mais le scénario peu probable.

Je revins sur mes pas pour rejoindre la cuisine, toujours éclairée par le seul faisceau de ma lampe torche. Des yeux, j'ai parcouru l'ensemble du mobilier, les objets divers posés sur l'établi. Ne trouvant rien qui pût convenir, je me suis mise à fouiller les armoires, le meuble de l'évier, puis le frigo. C'est alors que j'ai vu ce que je cherchais : une bouteille d'eau. Une bouteille d'eau en verre.

C'était parfait.

J'ai remis le verre exactement où je l'avais trouvé avant de m'emparer de la bouteille d'eau. Je suis ensuite retournée dans le hall d'entrée. Il ne restait plus qu'à lâcher la bouteille sur le palier, là où Darmont s'arrêterait pour actionner l'interrupteur. L'accident serait ainsi facilement explicable : le vieil homme serait rentré chez lui muni d'une bouteille d'eau et, en allumant la lumière, aurait reçu une forte décharge électrique ; le choc lui aurait fait lâcher la bouteille qui, en se brisant sur le sol, aurait provoqué l'électrocution fatale.

Cette fois, sans aucune hésitation, j'ai lâché la bouteille qui éclata, répandant son contenu sur toute la surface du palier.

Voilà, ce fut tout.

Après m'être assurée qu'il était impossible d'entrer dans l'appartement sans marcher dans l'eau, j'ai silencieusement refermé la porte. Puis je suis redescendue à la cave afin de relever les commutateurs de l'appartement de notre voisin. Ensuite, seulement, j'ai réintégré mon appartement.

Le reste de la nuit se passa dans une fébrilité nerveuse et tourmentée. Plus que le retour de Théo, j'attendais à présent celui de Darmont.

Je n'osais plus bouger de chez moi, tentant de conserver la hargne ainsi que la rage qui aveuglaient mes sens de toute raison. Mais au fil des heures, et ma fureur s'estompant peu à peu, la culpabilité se mit à me tourmenter.

Serais-je capable de vivre avec un tel secret ?

J'étais en train de programmer la mort d'un homme !

Et si l'on venait à prouver ma culpabilité ? Les techniques d'investigation policière étaient aujourd'hui si élaborées qu'un nombre sans doute conséquent de paramètres pouvaient m'avoir échappé. Peut-être la police parviendrait-elle à prouver que la mort du vieil homme n'était pas aussi accidentelle qu'elle n'y paraissait ? Auquel cas, une enquête serait ouverte, chaque élément se trouvant sur les lieux du crime serait minutieusement analysé et... J'avais touché la bouteille, peut-être mes empreintes se trouvaient-elles encore dessus ? Si tel était le cas, je risquais de passer une bonne partie de ma vie en prison...

C'était de la folie !

Oui, je devenais cinglée, les tensions accumulées ces dernières semaines me tournaient la tête et mon corps à corps avec Darmont avait achevé de me bouleverser. De l'état de victime, je passais à présent à celui de bourreau. Et même si je me sentais menacée par le vieil homme, la justice me condamnerait pour avoir voulu la rendre moi-même.

De toute façon, avais-je réellement eu l'intention de le tuer ? Tant que la maison restait plongée dans le silence de la nuit, tant que notre voisin n'était pas réapparu, tant qu'il était à l'abri de ma démence meurtrière, j'avais conservé à l'esprit le délire d'une possible folie, une façon pour moi de prendre les armes, le dessus, les devants, sans garde ni recul, sans même prendre de gants. Juste des risques. Mais s'il était rentré au milieu de la nuit, l'aurais-je laissé se faire électrocuter sans broncher ?

Je ne le pense pas. En tout cas, j'aime croire que, devant l'éminence d'une telle tragédie, et prise de violents remords, je l'aurais précipitamment intercepté dans la cage d'escalier, prétextant le désir d'une réconciliation, en tout cas le besoin impératif qu'il n'aille pas plus loin. Sa mort était devenue un phantasme dont la puissance avait réduit à néant toute réflexion. Mais je ne désirais pas réellement sa réalisation.

Je crois que le simple fait d'avoir mis en place un piège mortel destiné à me débarrasser définitivement de lui suffisait à apaiser la haine que je lui portais.

Je mis encore un bon moment avant de me décider à bouger. La peur d'être surprise par son retour pendant que je remettais tout en place me paralysait d'épouvante, et rien que l'idée de devoir remonter chez lui me faisait trembler de la tête aux pieds.

Enfin, sur le coup des six heures du matin, je parvins à m'extraire de la torpeur terrifiée qui m'engourdissait le corps et l'esprit.

Au moment où j'allais sortir de mon appartement, la sonnette de la porte de rue retentit. Durant un court moment, je suis restée figée d'effroi. Puis, le souffle raccourci par la frayeur, je me suis précipitée vers la fenêtre qui donnait sur la rue.

Une voiture de police stationnait en double file devant la maison.

Et devant la porte, deux policiers en uniforme attendaient que je réponde à l'interphone.

MADELEINE

« Sans écho, il n'y a aucune raison de crier. »

Ce sont les derniers mots écrits par ma mère. L'encre y est détrempée, elle ondule au gré des cloches du papier, plus raide, plus rêche que les autres pages, ça marque le livre d'une fin inachevée. Je n'ai peut-être pas le droit d'écrire dans ce cahier, je m'en fous un peu, je reprends l'histoire de ma mère qui est aussi la mienne, j'y grave mon écriture, plus épaisse, plus décalée, déjà j'écris avec un bic et ça fait tache, ça frappe le regard, ça étonne. Mes gros doigts souillent à présent le fil d'un récit interrompu par la mort de Gilbert, un fil qui se casse, avec des ratures et des pâtés, des taches d'encre sur le destin de ma mère, des trous dans le papier de ma vie.

Je reviens de chez le médecin. Il n'y a pas été par quatre chemins, le con ! De toute façon, qu'y avait-il à dire à un vieux bonhomme comme moi, soyez déjà bien content d'avoir vécu jusque-là ! Il faut bien mourir de quelque chose, et tout le monde sait que le cancer traîne dans les vieilles carcasses, ça peut encore prendre du temps avant qu'il finisse par bouffer l'intérieur.

N'empêche, ça fout un coup, ça pince du côté du cœur, impossible de ne pas revenir en arrière, parce que quand on sait qu'on n'ira plus très loin, on se tourne vers d'où on vient. C'est logique.

Cancer du pancréas. Fatal dans la plupart des cas. J'ai tiré le gros lot, ce cancer est plutôt rare, mais je me console en me disant que si ce n'avait été celui-là, ça aurait sans doute été un autre. Nous avons parlé de traitement, pour la forme plus que pour le fond. Le docteur était plutôt sceptique, sans grand espoir de me guérir : l'âge est là et le crabe est déjà bien installé. J'ai refusé la chimio et toutes ces conneries qui vident les caisses de la Sécu et remplissent les bourses des hôpitaux.

Le docteur a été très bien ! Il n'a eu de cesse d'agrémenter son diagnostic d'explications scientifiques : « Un cancer est le résultat du comportement anarchique de nos cellules. Pour devenir cancéreuse, une cellule doit subir des transformations, mais chaque cellule "anormale" peut encore être éliminée par notre système immunitaire. Si rien n'arrête la prolifération de la cellule cancéreuse, elle va se diviser avec un rythme de doublement. Ce qui fait que lorsqu'un cancer devient décelable, cela signifie en général qu'il existe depuis plusieurs années. Le cancer est donc une sorte d'ennemi interne, protégé par le silence : lorsqu'il se manifeste enfin, il est souvent trop tard. »

Ça me fait une belle jambe !

J'ai déjà perdu quelques kilos et je m'explique enfin mes vomissements à répétition, mon manque d'appétit, les difficultés que j'éprouve à déglutir. C'est déjà pas si mal.

Je n'ai jamais cru que je serais immortel. J'ai juste pensé que ça me prendrait par surprise, un truc violent qui me faucherait d'un seul coup, un jour dans la rue ou une nuit dans mon lit. Mais qu'un individu vêtu d'une blouse blanche se mêle d'oblitérer ma mort, d'en parler avec toute la science dont il se sent investi, de prédire une date ou du moins un laps de temps, ça, franchement, ça me troue le cul.

Je suis sorti de son cabinet et j'ai eu envie de le dire à quelqu'un. À quelqu'un de proche. C'est légitime. Quelqu'un qui s'écroulerait en pleurs et que je pourrais consoler, lui dire de ne pas s'en faire, qu'on se retrouverait après, ailleurs, que j'allais juste partir en éclaireur pour préparer le terrain…

J'ai donc pris le bottin.

C'était un début comme un autre, il fallait bien commencer par quelque part. J'ai pris le bottin à la bonne lettre et j'ai parcouru la liste des noms, j'ai dû m'y reprendre à plusieurs reprises, ces crétins impriment si petit que les lettres finissent par se brouiller, ma vue n'est plus de première jeunesse, ça se mélange et ça devient n'importe quoi, un magma de lettres minuscules et de chiffres majuscules, sans queue ni tête.

J'ai fini par la trouver.

Je crois que j'en ai été le premier surpris, de voir son nom parmi les autres, accolé à une adresse et un numéro de téléphone. Elle devenait concrète, elle existait vraiment, et plus seulement dans ma tête. Il y avait moyen de la joindre, la toucher, l'appeler, lui parler. Et peut-être même de la voir.

Mais ça, c'était une autre affaire.

Il y a des caps plus difficiles à surmonter que d'autres. Tant que la vie s'étend à perte de vue, c'est facile de se dire qu'un jour on se verrait, on irait se boire un café, on se raconterait des bêtises et on rigolerait du passé. Je ne dis pas qu'on aurait pu rattraper le temps perdu, tout le monde sait que le temps perdu est mort, c'est d'ailleurs ce que je me suis dit en sortant de chez le médecin : « Je suis perdu ! »

Perdu pour qui ?

C'était la question qui tue, sans mauvais jeu de mots.

Il fallait bien être perdu pour quelqu'un, or je ne l'étais pour personne et c'est même ce qui était le plus dur à avaler. J'ai donc pris le bottin.

Mon existence m'a semblé futile. Voilà dix ans que j'ai pris ma retraite et que je remplis mes journées du temps qui passe. Il y avait une sorte d'éternité à refaire chaque jour les mêmes gestes, à voir les mêmes gens, à regarder le monde tourner autour de soi, comme une machine bien huilée que rien ne pouvait détraquer.

Jusqu'à ce grain de sable. Un grain de sable en blouse blanche qui consulte un dossier, tourne des pages d'analyses et pose un diagnostic.

Saloperie !

En sortant de chez le docteur, j'ai marché dans les rues. J'ai imaginé mon enterrement, j'ai vu un corbillard parcourant les rues de la ville sans voiture dans son sillage, un cimetière désert et silencieux, un trou que l'on rebouche à la hâte. Je me suis souvenu de l'enterrement de Gilbert, il y avait du monde, la famille, les amis, les collègues… Et maman qui pleurait, cachée derrière sa voilette noire, les épaules voûtées. Je me souviens des murmures, des coups d'œil furtifs, des hochements de tête. Je me souviens aussi des mots qui fusaient dans l'air, quelques bribes de conversation échappées d'un chuchotis où il était question d'enfer et de ciel, de punition, de jugement et de vengeance. On croit qu'un gamin de six ans n'entend ni ne voit pas ces choses-là. C'est faux.

J'ai vu naître la rumeur.

Ils ont dit qu'elle l'avait tué. Ils l'ont cru, ils l'ont pensé, ensuite ils l'ont crié. Ils n'ont pas fait dans le détail. Gilbert qui meurt en quatre jours, un homme en pleine force de l'âge, c'était louche, même si le docteur Léonard a parlé de péritonite, tout le monde s'en foutait, c'était tellement idiot, crever d'une péritonite... D'ailleurs, il lui avait dit, à maman, qu'elle ferait mieux de l'envoyer à l'hôpital. C'est elle qui n'a pas voulu. Alors forcément, ça ou le poison, c'était du pareil au même, elle l'avait tué.

Après l'enterrement, maman m'a pris par la main et nous sommes rentrés à la maison. Trottinant à ses côtés, je me suis souvenu du jour où ma chienne Daïka est tombée malade, puis de sa soudaine disparition, quelques jours plus tard, lorsque nous sommes rentrés des courses, maman et moi... Gilbert nous attendait, assis sur le perron. À ses pieds, un chiot de quelques mois jouait avec une mouche, pataud et maladroit. Il m'a expliqué que Daïka était montée au ciel, pour toujours, mais que pour me consoler de son départ, elle avait laissé un petit chien afin de me tenir compagnie et veiller sur moi. Et de la remplacer un peu dans mon cœur. Michou a ainsi séché des larmes qui n'ont pas eu le temps de couler.

— Papa... Il est avec Daïka, maintenant ? ai-je demandé à maman en la dépassant de quelques pas pour lui faire face, tout en marchant à reculons.

Je ne distinguais rien de ses traits, dissimulés derrière la voilette opaque qui masquait son chagrin. Sans ralentir le pas, elle a repris ma main dans la sienne, me forçant ainsi à me replacer à ses côtés. Elle a juste hoché la tête.

Un espoir fou m'a envahi. Rien n'était perdu. À coup sûr, Gilbert ne serait jamais parti sans rien laisser derrière lui.

Je me souviendrai longtemps de cet instant où nous avons ouvert la porte de la maison ; il y avait peu de lumière, et ce silence qui régnait de pièce en pièce, un silence de mort comme on dit, à peine rompu par le halètement de Michou venu nous accueillir en remuant la queue… Maman s'est immobilisée dans le hall. Je me suis demandé ce qu'elle avait, elle semblait paralysée, incapable de faire un pas de plus. Elle me faisait un peu peur.

Maman ne bougeait plus. J'avais la sensation d'être pris dans une photo dont Michou et moi étions les seuls éléments à pouvoir encore bouger. Mon cœur battait à tout rompre. J'ai perçu la panique me monter du ventre, le sang qui se vide de mon corps, les jambes qui fléchissent, les bras qui tremblent. J'ai senti que j'étais en danger. J'ai su que j'étais petit, trop petit, trop faible encore pour supporter tout ça, que j'avais besoin des autres et qu'il n'y avait personne… J'observais maman qui ne regardait rien, elle avait relevé sa voilette, ses yeux étaient ouverts, mais sans rien derrière, sans vie et sans lumière.

J'ai juste crié : « C'est nous, papa ! On est rentrés ! »

Le silence a perduré. Et j'ai su qu'il resterait longtemps.

Maman a frissonné. Elle a baissé la tête et s'est remise en mouvement. Elle a fait un pas, puis deux, elle est passée à côté de moi et m'a caressé la tête…

— Enlève ton manteau, Bernard. Je vais préparer le repas.

MANON

Des policiers.

Devant ma porte.

Déjà ?

Ça ne pouvait être pour le prochain meurtre de Darmont, celui-ci n'était même pas encore rentré chez lui. On n'arrête pas encore les gens pour « intention de tuer sans l'avoir fait » ! La frayeur me paralysait, j'étais figée sur place, n'osant plus faire le moindre geste. Bientôt, un second coup de sonnette m'arracha littéralement de ma catalepsie terrorisée : oui, c'était bien après moi qu'ils en avaient. Mais pourquoi ?

Théo !

Il était arrivé quelque chose à Théo !

La fulgurance de cette supposition me galvanisa. Délaissant l'interphone, je me projetai vers la porte de l'appartement, la cage d'escalier des parties communes, dévalant les marches quatre à quatre, trébuchant dans ma course, m'effondrant de tout mon long sur le palier intermédiaire, à peine étalée par terre sitôt relevée, pas de douleur, juste le cœur qui cogne à toute volée, prêt à exploser, panique, pas ça, pitié, non.

J'ai ouvert la porte d'entrée avec tant de violence que les deux policiers sursautèrent en me voyant apparaître, le souffle court et le visage anxieux.

— Manon Lizieux ? demanda l'un d'eux, le plus petit.

J'ai hoché la tête sans un mot.

Ils se jetèrent un coup d'œil soucieux, et je sus que la nouvelle était mauvaise.

— Pouvons-nous entrer quelques instants ? proposa celui qui avait une moustache.

Le sol se déroba sous mes pieds. Trop de prévenance, le regard bas, l'attitude bienveillante… Rien de bon.

— Théo ! sanglotai-je sans bouger du perron. Qu'est-il arrivé à Théo ?

— Théo ?

Ils se regardèrent à nouveau, cette fois plutôt déconcertés.

— Nous aimerions vous parler, mademoiselle Lizieux, reprit le plus petit. Mais peut-être pas sur le pas d'une porte. Nous ne connaissons pas de Théo, désolés. Mais si vous vouliez bien nous laisser entrer, nous…

La panique fit place à la terreur. Ce qui revint du pareil au même. Sauf que de l'effroi de victime, je passai instantanément à celui de coupable : s'ils n'étaient pas là pour Théo, c'est qu'ils étaient là pour Darmont. Le vieil homme avait dû porter plainte contre moi, la fracture de sa cheville, suivie de son agression… Les preuves étaient accablantes : j'avais maltraité un vieillard.

— … avons quelques questions à vous poser.

J'écoutais sans entendre, les images défilaient à toute vitesse dans ma tête, les mots, justifier mon comportement, expliquer le pourquoi du comment, et surtout… Le piège ! Le piège que j'avais mis en place à l'attention de Darmont, le dispositif que je n'avais pas eu le temps de faire disparaître, intact et mortel, preuve flagrante de ma culpabilité. S'ils montaient jusqu'à son appartement, j'étais perdue.

— Je vous écoute, dis-je d'une voix pantelante mais sans bouger.

— Vous ne nous facilitez pas la tâche, grommela le moustachu. Mais si tel est votre souhait...

Tel était mon souhait ! Mon irrévocable souhait. Je crois que s'ils avaient mis un pied dans la maison, je me serais évanouie sur place.

Le plus petit se racla la gorge et changea de position. Le moustachu attendit quelques instants, paraissant vouloir laisser la parole à son collègue. Enfin, avant que la situation ne devienne ridicule, la moustache se mit en mouvement.

— Selon nos informations, nous avons une mauvaise nouvelle à vous annoncer concernant madame...

Il jeta un rapide coup d'œil sur un carnet qu'il tenait à la main et dont je n'avais pas encore remarqué la présence.

— ... Mme Marie Vernon, veuve Lizieux.

Maman !

— Maman ?

— Votre maman, en effet. Il semblerait que nous ayons retrouvé son corps dans la carcasse d'un véhicule accidenté non loin de son domicile.

Corps ? Maman ? Carcasse ? Véhicule accidenté ?

— C'est ridicule ! gloussai-je, presque rassurée. J'ai parlé à maman au téléphone pas plus tard qu'hier soir, elle était chez elle et elle n'avait absolument pas l'intention de sortir. Sans quoi elle me l'aurait dit.

Les deux policiers se regardèrent encore, à présent plus intrigués qu'étonnés.

— Quelle heure était-il lorsque vous l'avez eue au téléphone ?

Faisant un effort de mémoire, j'avançai une heure approximative.

— Il devait être neuf heures, neuf heures et demie…

— L'accident s'est produit aux environs de minuit et demi, rétorqua le plus petit, déçu d'apprendre que l'information que je venais de leur fournir ne modifiait en rien la raison de leur présence.

— Maman ne sait même pas conduire, répliquai-je aussitôt, bien décidée à leur donner la preuve de leur méprise.

— Elle n'était pas seule dans la voiture, reprit le moustachu. Nous avons retrouvé un deuxième corps à ses côtés, que nous n'avons pas encore pu identifier.

— Comment ça, « vous n'avez pas encore pu identifier » ?

Cette fois, les deux policiers soupirèrent, à la fois gênés et agacés.

— Pouvons-nous entrer, à présent ? insista le plus petit.

— C'est quoi cette histoire de corps que vous ne pouvez pas identifier ? repris-je sans me soucier de ce que l'on me demandait. Vous devez vous tromper. Maman…

— Nous espérons vraiment nous tromper, mademoiselle, croyez-le bien. Tout ce que nous savons, c'est qu'hier soir, un véhicule s'est écrasé dans un champ aux alentours de minuit trente. La voiture a pris feu instantanément. C'est le fermier du champ voisin qui a alerté les secours. Nous sommes arrivés sur place peu après l'accident et nous avons réussi à éteindre rapidement l'incendie. Nous en avons extrait deux corps, malheureusement déjà en mauvais état. L'un d'eux était une femme, que nous pensons être celui de votre maman. Pour le deuxième, nous sommes toujours dans l'incertitude et…

— Comment pouvez-vous être sûrs qu'il s'agit de ma mère ?

La moustache marqua un temps d'arrêt. C'est le plus petit qui répondit à ma question.

— Nous n'en sommes pas certains à cent pour cent. Mais nous avons retrouvé un sac à main dans la voiture. À l'intérieur, les papiers d'identité, protégés par le cuir du sac et celui du portefeuille, n'avaient pas encore été atteints par les flammes. Ce sont ceux de votre maman. Nous aimerions que vous nous accompagniez pour procéder à l'identification du cadavre.

Je suis restée sans rien dire, tant cette nouvelle me semblait improbable. Maman dans une voiture à minuit et demi, maman brûlée dans un accident, maman morte… ça n'avait aucun sens. Darmont et Théo avaient disparu de mon esprit, de même que ma tentative d'assassinat, ma haine, ma rage, mon chagrin, ma peur, ma culpabilité.

— On lui a peut-être volé son sac ? émis-je pleine d'espoir.

— C'est la raison pour laquelle nous avons besoin de vous, mademoiselle Lizieux, répondit le moustachu du ton soulagé de celui qui a mené sa mission à bien.

J'ai gardé le silence un court instant, passant de l'un à l'autre comme si je voulais m'assurer que je n'étais pas victime d'une mauvaise plaisanterie.

— Attendez-moi là, dis-je en marchant à reculons. J'arrive tout de suite.

Disparaissant à l'intérieur de la maison, je suis remontée en quatrième vitesse jusqu'à mon appartement avant de me précipiter sur le téléphone. Puis, d'une main tremblante, j'ai composé le numéro du « Cheminot ». Je me suis alors mise à imaginer chacun des gestes de maman, le temps qu'il lui fallait pour se lever de son lit, enfiler son vieux peignoir bleu clair, descendre les escaliers, atteindre la cuisine et décrocher le combiné. Mais l'attente se prolongea, sans réponse, cruelle et irréelle.

Et tandis que l'image du « Cheminot », étrangement désert à cette heure matinale de la journée, se faisait de plus en plus nette dans mon esprit, les sonneries d'un téléphone invisible continuèrent à retentir dans ma tête.

MARIE

Les années passèrent et mes anciennes passions se sont éteintes, peu à peu. J'aimais vous regarder grandir, ta sœur et toi. Vous étiez mon soleil, mon oxygène et ma nourriture, tout ce dont j'avais besoin pour vivre. Je vous couvais d'un amour immodéré qui se traduisait par nombre de mots et de gestes. Chaque jour, j'enterrais un peu plus profondément mon secret sous une bonne conduite de mère et d'épouse. Je me suis même surprise un soir à condamner haut et fort une femme qui avait trompé son mari avant de disparaître avec son amant vers d'autres horizons. La conscience en paix, je revêtais sans complexe l'habit sécurisant de la bourgeoise exemplaire.

Puis, un jour, alors que je m'apprêtais à me rendre au village, Thomas – qui travaillait alors à l'aménagement de notre grange – me réclama certains reçus de factures dont il avait besoin pour mettre sa comptabilité à jour. Mon sac à la main, mon manteau sur le dos, je lui répondis que tout se trouvait dans mon secrétaire, deuxième tiroir à gauche.

Cela se passe souvent ainsi : le secret si bien caché des années durant, le mystère dissimulé avec tant d'habileté et que l'on évente en quelques mots, l'imprudence fatale après un parcours sans faute de quinze années, la seconde d'inattention qui ne pardonne pas...

Je suis partie sans me douter du cataclysme que je venais de déclencher.

Ce n'est qu'en arrivant au village que l'électrochoc me foudroya littéralement. La phrase que j'avais prononcée avant de quitter Thomas s'est mise à résonner en moi telle une litanie démoniaque, elle vibrait tout au fond de mes oreilles en se répétant à l'infini, avant de projeter contre mes tempes une déferlante de rires sardoniques. Je fus prise de nausées. Mon sang se vida de mon corps tandis qu'une lame acérée me transperçait la poitrine, me tétanisant d'effroi.

« Deuxième tiroir à gauche, dans mon secrétaire. »

Je me suis mise à courir à perdre haleine, coupant par le bois du Grand Chêne afin d'arriver plus vite à la maison, sautant par-dessus les buissons, contournant les arbres dont les branches basses me giflaient le visage, insensible aux obstacles qui se présentaient sur mon chemin. Le « Cheminot » semblait si loin, perdu à l'horizon d'une campagne hostile dont les terrains accidentés déployaient sous mes pieds sa panoplie de pièges abominables. Je suis tombée, je me suis relevée, j'ai poursuivi ma course folle à travers bois sans me soucier de la douleur ni de la peur. Si j'arrivais à temps, j'avais peut-être encore une chance de préserver la quiétude de notre existence.

Je suis arrivée à la maison à bout de souffle. Le silence m'accueillit, presque rassurant, du moins apaisant. Au rez-de-chaussée, il n'y avait personne. Émilie et toi étiez absentes, je vous savais chez Mélanie pour l'annuelle chasse aux œufs et, l'espace de quelques instants, je crus que Thomas était encore dans la grange. Je me suis précipitée dans la cage d'escalier dont j'ai gravi les marches quatre à quatre. Sans attendre, sans même tenter de déceler le moindre souffle, j'ai ouvert la porte de notre chambre…

Thomas était assis sur le lit, le regard perdu, un bout de papier froissé à la main. Il ne me fallut pas longtemps pour mesurer l'ampleur de la catastrophe. Un bref coup d'œil vers mon secrétaire m'apprit que tout espoir était perdu : les tiroirs étaient ouverts, quelques papiers gisaient éparpillés sur le bureau…

Je suis restée immobile de longues secondes, attendant l'orage, espérant la foudre. Mais Thomas ne bougeait pas, sans même tourner la tête à mon entrée, et ce fut pire que tout. J'aurais voulu qu'il hurle, qu'il m'insulte, qu'il me batte. J'étais perdue, hypnotisée par ce corps inerte, posé sur le lit telle une statue de pierre. Ses traits étaient figés, ses yeux vitreux semblaient absents… Quelle vision insupportable ! Un silence infernal hurlait dans la chambre, m'arrachant les tympans et me glaçant le sang.

— Thomas ? murmurai-je d'une voix tremblante afin de mettre fin à cet insoutenable mutisme.

Il a enfin tourné la tête vers moi. Puis il s'est levé, droit, raide, s'est approché de moi et m'a remis la lettre. La lettre de Bernard. Ensuite il est sorti, sans un mot, sans même un regard.

De la fenêtre de la chambre, je l'ai vu se diriger vers la grange. J'ai attendu une heure interminable, affolée. Qu'allait-il se passer ? Avais-je fait tout cela pour rien ? Je me suis mise à ressasser les évènements tels qu'ils s'étaient déroulés à l'époque, du moins tels que je m'en souvenais, trouver l'excuse qui allait tout pardonner, l'explication dont j'allais sortir innocente. Je pouvais invoquer l'amour que je ressentais pour lui,

Thomas, mon mari, et qui avait été plus fort que tout. Oui, cet enfant venait d'un autre, mais je le lui avais donné au nom du lien indestructible qui nous unissait. Rappelle-toi, Thomas, nous ne pouvions pas avoir d'enfant, ce bébé dont tu rêvais tant…

Le sol s'effondrait sous mes pieds, bien sûr, c'était impardonnable. Non seulement je l'avais trompé charnellement, j'avais donné mon corps à un autre homme, mais je lui avais également donné mon cœur. Et même, tout cela n'était rien, rien en comparaison de la faute suprême, injustifiable, irrémédiable : Manon, sa fille, son enfant, quinze années d'amour partagé, de joies, d'angoisses, de soucis, de bonheur, de tendresse… Quinze années de mensonges. Manon, sa fille aînée, son premier enfant, n'était pas de lui.

Je sus que c'en était fini.

N'y tenant plus, j'ai couru jusqu'à la grange. Il était en haut, j'ai grimpé à l'échelle pour le rejoindre… Lorsqu'il me vit, il me fit face et me considéra comme une bête blessée, prête à bondir si je m'approchais encore. Son regard me fit peur. Il m'étudiait minutieusement, m'analysait avec curiosité, fouillant avidement chaque parcelle de mon être, comme s'il me voyait pour la première fois. Puis, son examen achevé, il parut se décontracter. Il inspira une grande bouffée d'air qu'il expira ensuite avec rage, et se redressa de toute sa taille.

— Et Émilie ? De qui est-elle ?

La question me broya les entrailles. Plutôt que de me reprocher mes fautes, il doutait de ce qui ne pouvait être remis en cause. Sans même attendre ma réponse, il me tourna le dos et s'avança de quelques pas, jusqu'à l'ouverture qui ne donnait sur rien. Juste sur un vide de cinq mètres de haut.

— Que comptes-tu faire ?

J'avais posé cette question d'une voix terrifiée, paniquée à l'idée qu'il puisse commettre l'irréparable. Mais loin de fléchir, Thomas haussa les épaules, témoignant de l'absurdité de ma réaction.

— Ne t'inquiète pas, je ne compte pas sauter, si c'est ce qui t'effraie.

Il avait dit cela sur un ton presque badin, comme si j'avais évoqué une éventualité aussi grotesque que risible.

— Ce que je compte faire ? ajouta-t-il en recentrant son intérêt sur la question que je lui avais posée. Rien. C'est plutôt à moi de te poser cette question.

— Que veux-tu dire ?

— Ce n'est pas moi qui ai commis une faute, Marie. C'est toi.

Il se tenait toujours de dos et parlait calmement, sur un ton didactique, de cette voix d'instituteur dont il usait lorsqu'il expliquait à l'un de ses jeunes élèves que l'erreur commise était d'une gravité non négligeable et qu'elle appelait un juste châtiment. Il n'y avait dans sa voix aucune passion, aucune émotion.

— Il est évident que nous ne pouvons plus vivre ensemble, poursuivit-il sans se troubler. Jamais je ne te pardonnerai ce que tu m'as fait. Mais d'un autre côté, je ne vois pas pourquoi je paierais pour ta trahison. C'est donc à toi de t'en aller. Je garde la maison et les enfants. Pour le reste, ton sort m'est bien égal. Les filles pourront venir chez toi un week-end sur deux et la moitié des vacances scolaires. C'est bien ainsi que cela fonctionne, n'est-ce pas ?

L'univers entier s'écroulait autour de moi, m'entraînant dans le chaos de sa destruction avec une violence que je ne pus contrer. J'ai fléchi. Me rattrapant in extremis à son établi, il me fallut quelques instants avant de reprendre pied sur terre et de retrouver l'équilibre nécessaire pour me tenir debout.

— Dans un divorce, la mère a tous les droits, murmurai-je en tremblant. Tu ne pourras pas m'enlever mes enfants.

— Je ferai exactement ce que je juge bon pour moi et pour les filles. Manon est la preuve vivante de ta faute. S'il le faut, un simple test en paternité me donnera raison. Tu n'auras aucun droit.

Il me tournait toujours le dos, fixant devant lui l'horizon des champs de lavande qui entouraient notre jardin. Il ne ressentait même pas le besoin d'observer les effets de sa vengeance. Il n'était déjà plus mon mari.

— Tu aurais dû partir avec lui, Marie..., chuchota-t-il en secouant la tête avec regret.

J'eus la sensation de suffoquer. Il garda le silence un court instant, puis il a continué :

— Je veux que tu fasses aujourd'hui ce que tu aurais dû faire il y a quinze ans : partir parce que tu n'étais pas heureuse. Seulement, il y a quinze ans, tu aurais pu le faire pour quelque chose de beau et de juste : l'amour. Même si tu m'avais trompé, même si tu t'étais cachée pour assouvir ta passion. J'aurais eu de la peine, bien sûr, mais à défaut de m'être fidèle, tu serais restée loyale envers ton bonheur. J'aurais pu te pardonner avec le temps, te sachant heureuse. Mais en faisant ce que tu as fait, tu m'as trompé, tu as dupé l'homme que tu aimais, et tu t'es trahie toi-même. Tu as gâché trois vies, Marie. La tienne et celle de Bernard m'importent peu. Mais la mienne, je ne l'admets pas. Il faut payer, maintenant.

Une haine foudroyante m'a aveuglée. Cet homme auquel j'avais donné mes plus belles années, cet être intransigeant, cette force inébranlable, cette absence totale de doute provoqua en moi le plus terrible des sentiments. En une seconde-éclair, j'ai revu ma vie telle qu'elle avait été : terne, banale, morose, irrémédiablement ordinaire. Une vie ratée. Dont j'étais l'unique responsable. J'avais quarante-cinq ans et ma jeunesse était désormais derrière moi. Je l'avais méprisée, comme j'avais méprisé l'amour que Bernard m'avait offert quinze années auparavant.

Un désespoir profond m'a envahie. Vivre sans mes filles ? Avait-il perdu la tête ? Thomas avait pour lui la conscience, le bon droit, la justice civile et morale. Cette éthique indéfectible qui lui permettait de se tenir droit et de regarder loin devant lui. Un vertige de rage s'est emparé de moi. Je le voyais dans un brouillard d'amertume, debout, de dos, à quelques centimètres à peine du vide. Il suffisait de si peu pour faire disparaître ce reproche vivant, ce tourment sans fin qui allait désormais me déchirer jusqu'à la fin de mes jours, ces pauvres jours enchaînés à un avenir mesquin, orné de honte et de regrets.

Je me suis approchée, lentement, si lentement que je me sentais à peine bouger. Je n'éprouvais plus rien, ni peur ni tristesse. Que m'importait ces menaces, ces accusations ? Mensonges, trahison, tromperies… J'avais tout perdu. L'unique but de ma vie devenait à présent de vous garder auprès de moi, toi et Émilie. Mes filles. Le reste n'avait plus d'importance.

Me voici tout près de lui. Je l'entendais respirer, calmement, sûr de lui. Je ne voyais pas son visage, mais je savais qu'il était dépourvu de toute émotion. Les champs bleus s'étalaient devant nous, campagne féconde et silencieuse. Quelques corbeaux voletaient dans le ciel.

Il n'y avait rien.

Plus rien.

J'ai tendu les bras, effleurant son dos de mes mains, sans le toucher… à la dernière seconde, il s'est retourné. J'ai vu son regard surpris de me découvrir si près, juste derrière lui. J'ai senti son souffle sur mon front.

Puis je l'ai vu tomber, presque sans bruit.

Il n'a pas crié.

Il n'a même pas souffert.

MANON

Dans la voiture de police qui me conduit à l'hôpital de Montélimar, là où les corps accidentés ont été entreposés, je reste silencieuse, presque inexistante. Je suis une écorce vide, creuse, dépouillée de sa sève vitale. Les deux policiers gardent également le silence, l'un concentré sur la conduite, l'autre telle une silhouette opaque et immobile sur le siège du passager avant. À la place du mort.

Je ne pense à rien.

Du moins, je n'ai aucun souvenir de ce qui me passe par la tête durant le trajet.

Si, tout de même, j'ai dû penser à ma sœur, car soudain, au milieu du silence pesant qui règne dans l'habitacle de la voiture, je leur fais part du fait que j'ai une sœur et qu'il serait peut-être judicieux d'aller la chercher.

— Nous aimerions avant tout que vous reconnaissiez le corps, mademoiselle. Nous sommes franchement désolés… En général, et dans la mesure du possible, nous demandons à une personne étrangère à la famille de s'acquitter de cette pénible tâche. Mais concernant l'entourage de Marie Vernon, nous n'avons trouvé que vos coordonnées ainsi que celles de votre sœur. Étant l'aînée, nous avons choisi de nous adresser à vous.

Délicate attention. Je me retranche une nouvelle fois dans le silence, comprenant enfin que je n'y couperai pas. Et même si, par miracle, il ne s'agissait pas de maman, l'idée d'être mise en présence d'un cadavre carbonisé ne me réjouit pas.

Nous arrivons devant les bâtiments hospitaliers après une petite heure de route. Le moustachu m'ouvre diligemment la porte de la voiture avant de me conduire jusqu'au hall de réception. Là, on me demande de patienter quelques instants.

Quelques instants.

Une éternité en vérité.

Au bout de cette éternité, un homme d'une cinquantaine d'années, trapu et ventripotent, se présente à moi sous le nom de l'inspecteur Riguel.

— Suivez-moi, s'il vous plaît.

Je me lève machinalement puis trottine avec docilité derrière lui. Nous traversons un labyrinthe de corridors javellisés, et le bruit de nos pas résonne entre les murs de l'hôpital. Les lumières crues contrastent avec la pénombre douillette qui régnait dans la voiture. Il est presque 8 heures mais le jour n'est pas encore levé.

Néons dont le halo froid marque le plafond, à l'image des lignes discontinues d'une autoroute. Permis de dépasser. Nous filons vers la morgue. Dans les couloirs aseptisés, quelques portes sont entrouvertes, d'où s'échappe le tableau désolé de la misère physique et de la souffrance. Un homme étendu sur un lit à roulettes, abandonné dans le corridor, gémit de façon lancinante. Un peu plus loin, dans une chambre exiguë, une vieille femme au teint cireux psalmodie, et sa plainte ressemble à un chant funèbre.

Malgré cette ambiance glacée, il fait trop chaud. Dans mes chaussures, mes pieds nus transpirent, se collant et se décollant à mes semelles de cuir au rythme de mes pas.

Ascenseur. Couloirs encore. Porte enfin. Celle d'un bureau.

L'inspecteur Riguel m'invite à prendre place sur une chaise placée devant une table de métal vide. Puis, s'installant en face de moi, il extrait de la poche de sa veste un sac en plastique transparent qu'il garde à la main, de telle manière que je ne puisse rien voir de son contenu.

— La femme que nous avons retrouvée cette nuit est décédée des suites d'un accident de voiture. Après l'autopsie, nous avons rapidement pu conclure à une mort instantanée. Ensuite, seulement, l'explosion du moteur a provoqué l'incendie dans lequel sa dépouille a été brûlée. Le corps n'est plus identifiable au simple coup d'œil. Je veux dire par là que son visage… Enfin, vous me suivez. Mais à ses côtés, nous avons retrouvé un sac à main contenant des papiers d'identité. Ceux-ci appartiennent à Marie Vernon. Votre maman. Nous avons également retrouvé, sur le corps même de la victime ou dans la carcasse du véhicule, toute une série d'objets dont certains appartenaient vraisemblablement à la défunte. C'est pourquoi, dans un premier temps, j'aimerais que vous regardiez ces objets et que vous me disiez si vous les reconnaissez. Ceci nous évitera peut-être de vous imposer le pénible spectacle du corps.

Je hoche machinalement la tête. Durant son discours, l'inspecteur Riguel installe imperceptiblement un rapport de confiance. Il me regarde droit dans les yeux, sans fuir mon visage crispé d'angoisse et de douleur. Chacune de ses phrases est ponctuée d'un court silence, comme s'il voulait me donner l'occasion d'intervenir ou de poser une question. Mais chaque silence s'achève bien avant que l'embarras ne s'installe entre nous.

Après s'être assuré de la clarté de sa demande, l'inspecteur ouvre enfin le sachet de plastique transparent et, lentement, il se met à disposer devant moi chacun des objets contenus dans le sac.

Le suspens est de courte durée.

Le premier objet est une petite boucle de ceinture d'un modèle classique, dont l'aspect calciné n'est pas vraiment reconnaissable au premier coup d'œil. Huit personnes sur dix portent ce genre de ceinture. Mais dès l'apparition du deuxième objet, le doute n'est plus permis. C'est une bague en forme de serpent enroulé sur lui-même en deux anneaux. Ce bijou, je l'ai moi-même offert à maman pour la fête des mères, trois ans auparavant. Elle ne s'en est jamais séparée.

Tout en continuant d'aligner la suite des objets sur la table, Riguel épie mes réactions. J'ai reconnu la bague, mais je reste de marbre. Juste pour prolonger ce moment d'incertitude, celui où, dans l'immensité d'une illusion déjà perdue, je peux encore espérer que maman soit toujours en vie. Le temps d'une fraction de seconde, je revois son sourire ravi, passant d'un geste gracieux la petite bague d'argent à son doigt.

Lorsque le sourire de maman s'efface, j'aperçois, à côté de la bague, les restes d'une monture de lunettes, puis le cadran noirci d'une petite montre de femme. Comme la suite ne vient pas, je lève les yeux et m'attarde sur le bras immobile de l'inspecteur, la main enfouie dans le sac de plastique.

— Dois-je continuer ?

— S'il vous plaît.

Je sais maintenant que c'est tout ce qu'il me reste d'elle. Je veux voir, toucher, sentir chacun des objets qu'elle portait au moment de sa mort.

La main se remet en mouvement et poursuit lentement ses allées et venues entre le sac et la table. Une boucle d'oreille en or, une chaînette également dorée à laquelle pend un petit crucifix, les restes calcinés d'un bracelet en ivoire... Les larmes me brouillent la vue, je ne parviens plus à discerner la suite des objets que l'inspecteur continue d'étaler sur la table, à un rythme lent mais régulier. J'ai mal, mais d'une douleur engourdie par l'irréalité d'une évidence que mon esprit réfute encore à chaque seconde. D'un geste nerveux, je sèche mes yeux et parviens à refaire la mise au point sur la suite des objets.

C'est alors que mon sang se vide de mon corps.

Sans quitter du regard ce que l'inspecteur vient à peine de déposer à la suite des affaires de maman, je me mets à trembler de la tête aux pieds. C'est d'abord une silhouette incertaine qui se dessine, mais dont j'aurais reconnu la forme entre mille. Je n'arrive pas à y croire. Le contour de ce dernier objet vient bientôt frapper mon cerveau de plein fouet, sa présence ne fait plus aucun doute, et j'ai beau écarquiller les yeux pour m'assurer que je ne délire pas, il est là, devant moi. Petit, carbonisé, mais entier.

Je baisse la tête.

Lorsque je la relève, le bijou est toujours là, posé sur la table, éclatant de réalité. Et bien que sa présence me semble toujours totalement incongrue, je dirais même insensée, mon esprit embrumé réussit enfin à admettre l'évidence : c'est une jolie broche en fer-blanc, très finement sculptée, qui représente un petit elfe en train de voler.

MADELEINE

La mort de Gilbert a tout saccagé dans notre vie. D'abord celle de maman, son sourire, l'éclat qui luisait dans son regard, les mots qu'elle disait sans réfléchir, la douceur de ses gestes. La maison s'est assoupie, on s'y déplaçait à présent en tapinois, et maman semblait flotter dedans. Avec ses robes sombres et sa peau diaphane, les cernes mauves qui soulignaient ses yeux éteints, elle ressemblait chaque jour davantage à un fantôme.

Mes grands-parents ont insisté pour qu'on aille vivre chez eux, ma grand-mère surtout… Refus catégorique en secouant la tête, silencieusement, sans donner d'explications. Mon grand-père a perdu patience. Il a proféré des menaces, celles de nous renier, sa grosse voix grondait dans l'air, rythmée par les sanglots de ma grand-mère. Puis nous ne les avons plus vus. La rumeur était parvenue jusqu'à eux, ont-ils fini par croire que leur fille avait bel et bien empoisonné Gilbert ?

Je ne suis pas vraiment au courant de cet aspect de l'histoire. Je sais que les visites se sont espacées et qu'il est devenu rare qu'on vienne prendre de nos nouvelles. Je sais que le silence n'a pas prétendu rester à l'intérieur de la maison, il s'est étendu à notre sillage, nous accompagnant désormais partout : des commerces au bureau de poste, dans les rues aussi, se faisant à notre approche et se défaisant après notre passage. Je sais que les gosses du village m'évitaient, je sais que Cathy est partie, je sais aussi qu'un soir, une pierre a brisé le carreau de la fenêtre du salon.

Maman semblait ne s'apercevoir de rien. Elle vivait au rythme de son deuil et j'étais le seul lien qui la rattachait au monde environnant. Elle riait encore parfois, de me voir faire le sot, quand je chantais ou quand je l'embrassais. Mais son rire était différent.

Il y a de grands trous noirs dans ma mémoire. Je me souviens seulement d'une vie sans joie, de sanglots étouffés dans la nuit, d'une sensation de vide, comme une passerelle au-dessus du néant, étroite et fragile, qui menace à tout moment de se rompre.

Je me souviens aussi de son retour. Celui qu'on appelait le cheminot.

J'avais déjà entendu parler de lui. Dans la bouche de mon grand-père, il était une insulte. Dans celle de ma grand-mère, il était un accident. Maman n'en parlait pas, c'est donc qu'il n'existait pas. Pas vraiment. Mais il planait au-dessus de nous, surtout depuis la mort de Gilbert, il était une ombre qui fuit au moment où le regard tente de l'accrocher. Moi, je l'imaginais comme un être gigantesque, entièrement recouvert d'une suie noire et collante, qui allait un jour surgir de la cheminée en déplaçant de grands nuages d'une ténébreuse fumée.

Et puis, enfin, il est venu.

Trois grands coups frappés à la porte, un soir d'été, au milieu du silence. Maman a relevé la tête. J'ai croisé son regard, elle fronçait les sourcils, ses lèvres se sont serrées pour ne plus former qu'une fine ligne horizontale au bas de son visage. Elle m'a demandé de ne pas bouger avant de se diriger vers la porte d'entrée. J'ai perçu une voix, celle d'un homme, forte et rocailleuse, puis celle de maman, très froide, assez cassante. Les sons me parvenaient de manière étouffée, je me souviens juste que j'étais plutôt content de recevoir de la visite. Je suis sorti de la cuisine en catimini, j'ai longé le corridor avant de risquer une tête par l'entrebâillement de la porte qui donnait sur le hall.

Maman paraissait toute petite en face de lui.

Il avait l'allure d'un clochard, vêtu de guenilles, un gros sac de toile à ses pieds, le visage buriné et la barbe broussailleuse. Il a ri bruyamment sans raison apparente, sa grosse main calleuse s'est avancée vers le visage de maman, dont il a tenté de caresser la joue... Elle s'est aussitôt esquivée d'un mouvement sec, agressif, presque violent. J'ai pris peur : il n'avait rien d'une bonne nouvelle.

Que maman se soit soustraite à sa caresse, ça l'a fait plus rire encore. Il a fait un pas en avant, elle a reculé de même en lui intimant l'ordre de partir. Il y avait tant de dérision dans cette scène, ce tout petit bout de femme en face d'un mastodonte de muscles et de crasse...

J'ai surgi de ma cachette et je me suis planté au milieu du hall en criant de toutes mes forces :

— Laissez ma maman tranquille et partez !

L'homme s'est immobilisé tandis que maman se retournait vers moi en me hurlant de disparaître. Il y avait de la frayeur dans sa voix. Lui, il a souri, il l'a aussitôt délaissée pour s'approcher de moi. Puis il s'est agenouillé. Lourdement.

Ses traits étaient grossiers, ravinés par l'alcool, marqués de veinules rouges et de cicatrices, et la moitié inférieure de son visage était mangée par une barbe déjà grise qui retenait de la crasse, des éclats de goudrons, des restes de nourriture. Sa bouche aux lèvres crevassées cachait une rangée de dents noires dont plusieurs manquaient, laissant apparaître des gencives suintantes. Il puait. Au milieu de tout ça, deux yeux d'un bleu perçant ressortaient sur la rougeur de son teint.

Son regard me scrutait, curieux, un peu moqueur.

— C'est toi, l'homme de la maison, maintenant ?

Les mots savonnaient dans sa bouche, son regard était trouble et son équilibre instable.

— T'as des épaules de crevette. Ça ne vient pas de moi, ce truc-là !

Maman s'est interposée, me serrant si fort contre elle qu'elle a manqué me broyer les os.

— Laisse-le tranquille, il n'a rien à voir avec tout cela.

— Rien à voir ? Tu fais grincer la commode, là ! M'est plutôt avis qu'il a droit au chapitre, non ?

Puis, s'adressant à moi :

— Fais pas cette figure de butoir, bonhomme. Ta mère t'a dit qui je suis ?

Maman m'a brusquement fait passer derrière elle.

— Il ne sait rien. Il est encore trop petit…

Elle n'avait plus qu'un filet de voix au timbre frémissant… L'homme s'est redressé de toute sa taille, manquant de perdre l'équilibre avant de se rattraper au pan du mur à côté de lui.

— Trop petit pour quoi ? a-t-il grogné d'un air mauvais. Pour savoir qui est son père ?

— Tais-toi !

— Et pourquoi que je me tairais ? C'est pas une tare, non plus ! J'ai le droit de voir mon gamin, non ? Qui c'est qui va m'en empêcher, maintenant ?

Puis, subitement, sans raison apparente, son ton s'est radouci.

— Mado…, a-t-il murmuré dans un souffle.

Il y a eu un flottement, quelque chose d'étrange que je n'ai pas bien saisi. Ils se faisaient face, tous les deux, et l'homme s'est lentement affaissé sur lui-même. Il avait maintenant l'air d'un gentil monsieur, du moins c'est ainsi qu'à l'époque je l'aurais défini, avec une tristesse infinie dans le regard. Maman se tenait droite et le guettait sans fléchir, soudain si forte, et pourtant j'ai vu sur son visage qu'elle était bouleversée. Mon cœur cognait dans ma poitrine, ahuri par ce que je venais d'entendre. Et puis, soudain, j'ai compris ! Cet homme n'était autre que celui que papa avait laissé derrière lui pour le remplacer. Pour nous tenir compagnie et veiller sur nous.

J'étais déçu. Le remplaçant de papa ne me plaisait pas, j'en aurais préféré un autre, moins laid, moins sale… Je ne comprenais pas ce qui avait motivé ce choix. Daïka avait été plus avisée, le chien qu'elle avait laissé derrière elle lui ressemblait un peu. Mais entre cet homme et mon père, il y avait peu de points communs.

— J'ai faim !

Il avait dit ça dans un chuchotement, presque honteusement. Maman venait de me lâcher, ses bras pendaient à présent le long de son corps. Je me tenais toujours derrière elle, caché par les pans de sa robe, j'observais l'homme à la dérobée, le cœur encore serré sous le coup de la déception.

Maman a hoché la tête.

— Tu peux passer la nuit ici. Mais tu partiras demain matin pour ne plus jamais revenir.

Il a poussé un grognement, un bruit glaireux qui ne voulait rien dire, ni accord ni refus. J'étais rassuré par la réponse de maman, elle refusait ce remplaçant, préférant le vide laissé par Gilbert à cet ersatz de père mal dégrossi.

La soirée a été plutôt étrange. Toute l'attention était focalisée sur moi, et je n'en comprenais pas la raison. L'homme a tenté à plusieurs reprises de m'attirer près de lui. Je m'esquivais comme une anguille, restant à prudente distance de ses mains et de sa puanteur. Finalement, de sous ses haillons, il a sorti un couteau coincé dans sa ceinture, une sorte de poignard au manche épais.

— Viens voir par ici.

L'objet m'attirait comme un aimant. Je n'en avais jamais vu d'aussi large, la lame pointue et oxydée semblait pourtant étinceler sous mon regard émerveillé.

— T'en as déjà vu un pareil ?

J'ai secoué la tête en signe de négation, sans quitter le couteau des yeux.

— Je te le donne. Il est pour toi.

Maman s'est mise en colère. Elle lui a ordonné de ranger « cette saloperie » et de me laisser tranquille. L'homme a rigolé, de ce rire âpre et rugueux qui m'effrayait parce qu'il n'avait rien de joyeux. Il a haussé les épaules en me faisant un clin d'œil, et le couteau a disparu sous sa ceinture.

Puis maman m'a envoyé au lit.

J'ai dormi d'un sommeil agité. La nuit était douce et la lune pleine, elle baignait la campagne d'une lumière argentée. Les ombres se découpaient sur les murs de ma chambre, d'une netteté telle que l'on aurait pu en faire le contour à la craie. J'étais inquiet. Je n'aimais pas la savoir seule avec cet homme, je la sentais fragile et moi j'étais vulnérable. La maison était isolée, les premières habitations voisines éloignées d'un bon kilomètre.

Je nous savais abandonnés par nos semblables.

Les cauchemars hantaient mon sommeil de visages grimaçants, de rires sardoniques, de vide et de solitude. Ce n'était pas nouveau. Depuis la mort de Gilbert, mes nuits n'avaient plus rien de serein, je les craignais sans oser m'en plaindre, pelotonné sous mes couvertures pour échapper aux démons de l'exil. S'il nous arrivait malheur, qui s'en soucierait ? La haine et le mépris se lisaient dans les regards lorsqu'ils ne se détournaient pas, je marchais désormais la tête baissée pour ne pas attiser la malveillance. J'ignorais d'ailleurs ce qu'on nous reprochait, quelle était notre faute, la raison d'une telle sentence. Chaque nuit, la bataille recommençait, les draps se chiffonnaient, mon corps se couvrait de sueur, des plaintes me sortaient de la bouche sans que j'en prenne conscience, mon oreiller se baladait d'un bout à l'autre de mon lit, increvable ennemi de plume qui me laissait épuisé au petit matin.

Chaque nuit, la quête perpétuelle d'une chose terrible qu'on refusait de me dire reprenait de plus belle, sans répit et jusqu'à l'aurore.

Mais cette nuit-là, le véritable cauchemar a commencé au réveil. Un cri a claqué dans l'obscurité, un cri comme un éclair de lumière, une flèche de stries qui zèbre l'air d'une redoutable menace. Brutalement redressé dans mon lit, le cœur à l'agonie, j'écoute la violence du silence, l'écho pantelant qui ne cesse de vibrer, et mon souffle trop bruyant que je ne parviens pas à calmer. Bientôt, un autre cri me fait dresser les cheveux sur la tête. Ça pue le drame à plein nez, et l'immobilité des ombres me tétanise d'une oppression insoutenable.

Silence à nouveau.

Je grelotte sous les draps, j'ai six ans et je ne suis rien.

Il faut aller voir. Maman a besoin d'aide et personne ne l'entend. Personne ne viendra.

Je me lève par gestes saccadés. Mes muscles sont tendus à l'extrême, chaque mouvement hésite à s'ébaucher avant de s'achever trop vite, avec fébrilité et maladresse. J'ai l'impression d'être un pantin de verre, désarticulé. Dans le corridor, un rai de lumière s'échappe du jour de la porte de sa chambre. Des bruits de voix retentissent par intermittence, celle de maman affolée, et celle de l'homme qui lui répond, pâteuse et goguenarde.

La porte est entrouverte. J'approche mon visage de l'embrasure, le souffle court et les jambes tremblantes. Et je les vois, tous les deux.

Maman se tient debout sur le lit. Sa robe de nuit est déchirée sur le devant, laissant sa poitrine dénudée. Ses cheveux défaits lui mangent le visage, mais entre deux mèches, son œil rond brille d'une folie épouvantée. Elle lui ordonne de partir. Ses bras sont tendus à l'horizontal, droits devant elle, pointant sur l'homme le couteau qu'elle tient à deux mains, d'un geste offensif.

Lui, il se tient à un mètre à peine, à côté du lit. Il vacille un peu, mais il rit très fort. Il l'insulte aussi, tente de s'approcher, recule sous la menace du couteau, l'insulte à nouveau.

Puis, il ne rit plus du tout.

Il s'est jeté de côté, d'un mouvement si soudain qu'elle n'a pas eu le temps de se tourner. En une seconde à peine, il lui a saisi les poignets, détournant la pointe du couteau avant de plaquer maman contre lui et de la maintenir ainsi, désormais prisonnière de ses bras. Il resserre encore son étreinte. Ma mère crie et se débat, bientôt ses pieds quittent le lit, il l'enserre de plus belle, cherche rageusement sa bouche, ne trouve qu'une volée de cheveux qui lui gifle le visage, perd patience, ramène le poignet de maman par-devant, celui qui tient le couteau, et le guide avec force jusque sous sa gorge.

Elle s'immobilise en haletant.

Le cheminot grogne de satisfaction, maintient sa pression tout en jouant avec la pointe du couteau qu'il appuie contre sa jolie peau, avant de la faire glisser le long de son cou. Le temps s'arrête, s'étire, se suspend, s'allonge. Pétrifié derrière ma porte, je maudis l'enfant que je suis. Mes pieds nus sont vissés au sol mais je tremble comme une feuille, secoué de spasmes paniqués, sans parvenir à maîtriser mon cœur qui défonce ma poitrine.

Elle s'est juste laissée tomber. On aurait dit que toute sa force l'avait abandonnée en une seule fois, poupée de chiffon disloquée entre des bras d'acier. Le poids mort de son corps a pris l'homme par surprise, il n'a pas eu le temps de la retenir. La lame du couteau s'est enfoncée dans sa gorge, tendrement, comme dans du beurre.

Un jet de sang a giclé sur la poitrine du cheminot avant que la surprise ne le paralyse d'effroi. Il l'a lâchée d'un bloc, interdit, hébété, soudainement dégrisé. Elle s'est affaissée sur elle-même, presque au ralenti, tandis qu'il se reculait, bégayant de stupeur. Puis elle est lourdement retombée sur le lit, tenant toujours le couteau qui n'avait pas quitté son poing et qu'elle semblait volontairement maintenir dans sa gorge.

Une chaleur liquide coule le long de mes jambes et inonde aussitôt le plancher.

Pris de panique, le cheminot s'agenouille à côté d'elle et, d'une main tremblante, il arrache le couteau pour le jeter loin de là, vers la porte, à quelques pas à peine de moi. Puis il la prend par les épaules et la secoue violemment, lui dit que c'était pour rire, la supplie d'ouvrir les yeux. La tête de maman est rejetée vers l'arrière, on dirait qu'elle lui présente sa plaie béante d'où un bouillon de sang chaud ne cesse de s'écouler. Bientôt il la repose sur le lit et se met à pleurer, recroquevillé sur lui-même. Il se prend la tête dans les mains et tangue d'avant en arrière dans un mouvement incessant qui rythme ses sanglots.

Il ne me voit pas entrer. Je ne ressens plus rien si ce n'est le pantalon de mon pyjama qui colle le long de mes jambes. Je trottine jusqu'au couteau que je ramasse rapidement. C'est à ce moment-là qu'il relève la tête. Alors il me voit, son visage se crispe plus encore, il se relève en titubant et s'approche, les mains pleines du sang de ma mère qu'il tend vers moi dans un geste de supplication… Je tiens le couteau à hauteur de mon ventre, pointé à l'horizontal… Il s'avance encore, me demande pardon, parle d'accident, jure qu'il n'y est pour rien, s'approche toujours, parvient à mon niveau, tombe à genou… Et me prend dans ses bras.

J'ai vu son visage se contracter frénétiquement, ses yeux s'ouvrir en me fixant de surprise, bouche bée, raide et tendu à l'extrême. Un gargouillis sort de sa gorge. Il baisse la tête, se recule, et voit le couteau planté dans sa cage thoracique dont il agrippe le manche pour tenter de l'en extraire. Mais la douleur est trop forte, ses mains glissent, retombent le long de son corps, reviennent au couteau, l'agrippent, s'y accrochent, il hurle, vacille, chancelle et bascule enfin vers l'arrière.

Dans un souffle saturé, il me regarde et me demande pardon.

J'ai pris mes jambes à mon cou. J'ai dévalé les escaliers, je me suis jeté contre la porte d'entrée que j'ai ouverte en pleurant, puis j'ai surgi dans la nuit, courant à perdre haleine jusqu'au bois du Grand Chêne, longtemps, longtemps, avant de m'écrouler au pied d'un arbre.

Alors seulement, j'ai fermé les yeux et me suis laissé engloutir par les ténèbres.

MANON

En découvrant les affaires de maman alignées sur une table de métal, je découvrais également que je n'étais plus l'enfant de personne. Ni fille ni mère. Seule. Sans tiges ni racines. De plus, Théo aurait dû être à mes côtés, et son absence insoutenable me scie le cœur et me coupe le souffle. Depuis des semaines, je me tiens en équilibre sur des roches escarpées qui ne cessent de s'effriter, se désagrégeant autour de moi par petits bouts. Chaque fois qu'une plaque rocheuse s'affaisse sous mes pieds, je parviens plus ou moins à sauter sur la suivante et à maintenir la stabilité précaire qui me permet de garder la tête hors de l'eau.

Mais ce matin, tout s'effondre en même temps, sans nulle prise possible pour me retenir, m'entraînant au fin fond d'un abîme noyé d'eau salée.

Théo a pris le large… Je suis en train de me noyer.

Malgré toutes les preuves qui s'étalent devant moi, la mort de maman reste une abstraction, un fait si imprévisible que j'ai, l'espace de quelques secondes, l'envie folle de courir jusqu'au « Cheminot » pour aller pleurer dans ses jupes, retrouver la chaleur de ses bras afin d'être consolée par la seule personne qui m'aime sans restriction. L'instant d'après, l'atrocité d'une réalité tellement insupportable me saisit à la gorge avec tant de violence que je suis sur le point de suffoquer. Il n'y a plus ni salut ni délivrance à mon tourment.

Enfin, il y a cette petite broche en forme d'elfe, dont la présence incompréhensible brouille chaque explication ébauchée dans le chaos de mon esprit tourmenté.

Que s'est-il passé ?

Ce genre de bijou n'est pas fabriqué en série, je n'en avais jamais vu auparavant. Et la coïncidence est trop grosse pour pouvoir y croire sans se poser de questions.

Le corps retrouvé aux côtés de celui de maman… Se peut-il qu'il s'agisse de Nino Darmont ? C'est absurde. Quel rapport entre maman et notre voisin ?

Formalités macabres, acte de décès remis dans une enveloppe estampillée du sigle de l'hôpital, signature, informations concernant la remise du corps et sa mise en bière. En ce qui concerne le premier corps, l'inspecteur Riguel a terminé son boulot : identification accomplie et famille prévenue. L'accident ne fait aucun doute, depuis quelques jours les routes sont verglacées, le véhicule a dérapé au niveau d'un virage comme l'en attestent les traces des pneus.

— Elle n'a pas souffert, m'assure Riguel en refermant la porte du bureau derrière lui.

— Comment pouvez-vous en être certain ?

— Nous n'avons pas retrouvé de cendres ni de suie dans la trachée. De même qu'il n'y avait pas de trace notable de CO dans le sang.

— Qu'est-ce que ça prouve ?

— Tout simplement qu'au moment de l'incendie, elle était déjà morte puisqu'elle n'a pas inhalé de fumée.

Piètre consolation. Mais je lui en suis reconnaissante.

— Auriez-vous une idée de l'identité du deuxième corps ? me demande l'inspecteur en me raccompagnant auprès des deux policiers qui ont à présent pour mission de me reconduire chez moi.

Une idée ?

Une idée fixe, une idée noire. Une idée sans suite.

Sans queue ni tête.

Je secoue la tête en signe d'ignorance. Moustache et Petit sont toujours dans le hall, ils m'attendent. Dehors, le jour se lève à peine.

— J'attends un appel du bureau pour connaître l'identité du propriétaire du véhicule, m'explique Riguel au moment où nous atteignons la réception. Ils ne devraient pas tarder à appeler.

Le propriétaire du véhicule… Un frisson glacé m'étreint l'épine dorsale. Je sais déjà que si je pose une simple question, j'aurai la certitude d'une réponse que je redoute pourtant. Il me faut alors tant d'énergie pour rassembler les quelques miettes de courage qui me maintiennent encore debout que je suis prise de vertiges. Un voile noir m'assaille, ça bourdonne autour de moi, ça tournoie dans tous les sens, ça tangue et ça tressaute, je manque de me sentir mal.

Riguel me rattrape in extremis avant de m'installer sur une chaise dans la salle d'attente. Il me demande si ça va, puis ordonne à Moustache de m'apporter un verre d'eau. Quelques instants plus tard, je reprends mes esprits. Ma vision refait la mise au point sur ce qui m'entoure, un rai de lumière parvient à ranimer faiblement mon cœur.

Un verre d'eau s'approche de mes lèvres, on me fait boire par petits coups. L'instant d'après, un médecin est agenouillé à mes côtés, il prend ma tension puis m'ausculte avec professionnalisme. Pour une fois, j'ai bien fait les choses : m'évanouir dans un hôpital, il n'y a pas mieux, c'est un nid à blouses blanches.

Le médecin diagnostique une grosse émotion, il est très fort. Il me fait prendre un cachet et prédit une rapide remise sur pied. Merci docteur. Puis il retourne à ses cas d'urgence. Riguel s'installe à côté de moi.

Alors seulement, j'ose lui poser la question.

— La voiture accidentée… Pouvez-vous me dire quelle en est la marque ?

— Une Peugeot vert métallisé.

Je frémis à peine. C'est la voiture de Darmont.

— Ça vous dit quelque chose ?

Je secoue une nouvelle fois la tête avant de baisser les yeux. Riguel soupire puis regarde sa montre.

— On va vous raccompagner chez vous, m'informe-t-il en se levant. Dès que vous vous sentirez mieux.

Je lève vers lui un regard suppliant.

— S'il vous plaît… Puis-je rester jusqu'à ce qu'on vous appelle pour vous dire qui est le propriétaire du véhicule ?

Je sais que je le sais déjà. Mais je me sens si faible que je n'ai plus envie de bouger. Et puis, toute cette histoire est si incohérente, tellement grotesque qu'il me faut des preuves, j'ai besoin qu'on me le dise, j'ai besoin de l'entendre de la bouche de quelqu'un d'autre pour pouvoir y croire.

Riguel hoche la tête en signe d'accord.

— Mais lorsqu'on me transmettra le nom du propriétaire du véhicule, ça ne veut pas dire pour autant qu'il corresponde au corps retrouvé aux côtés de celui de votre maman, me prévient-il.

Nous aurons du moins une piste pour identifier ce deuxième corps.

Une nouvelle vague de terreur me poigne le cœur. Si ce n'est pas Darmont qui a péri dans l'accident avec maman, qui est-ce ?

Théo ?

Dans un éclair de panique, j'entrevois un scénario affreusement plus plausible de ce qui a pu se produire la veille. Théo qui part en claquant la porte, furieux, à bout de nerfs. Il sort de la maison, aperçoit la voiture de Darmont et s'y engouffre sans réfléchir. Depuis que j'ai cassé la cheville du vieil homme, les clés sont restées sur la table du salon, et tout au long de cette nuit d'attente, je n'ai pas eu la présence d'esprit de vérifier qu'elles y étaient toujours. Théo démarre sur les chapeaux de roues, tourne dans les rues de la ville, ressasse notre dispute, ne comprend pas mon attitude, m'en veut terriblement. Puis, pour une raison inconnue, il met le cap sur le « Cheminot ». Peut-être pour comprendre ce qui nous arrive. Peut-être pour parler avec maman, lui dire que j'ai changé, découvrir une raison logique, ou peut-être même physiologique à notre incapacité de concevoir un enfant, que sais-je ?

Non, ça ne tient pas. Théo n'aurait jamais été jusqu'au « Cheminot » en période de crise. Ses rapports avec maman sont… étaient courtois, mais sans réelle complicité. Il serait plutôt allé chez Peter et Camille. Pourquoi se serait-il confié à ma mère ?

Peut-être justement parce que c'est ma mère ! Qu'elle me connaissait mieux que quiconque, qu'elle était la seule personne à pouvoir lui parler de moi, à pouvoir l'aider concrètement…

Mon effroi reprend de plus belle. Il roule jusqu'au « Cheminot », gare la voiture devant la maison puis sonne à la porte. Après mon coup de téléphone, maman, déjà au courant de la situation, est moyennement surprise de le découvrir sur son perron. Ils passent une petite heure ensemble, ils parlent, Théo lui dit que je suis devenue insupportable, invivable, qu'il n'est plus vraiment certain de vouloir faire un enfant avec moi... Maman tente de le raisonner, il émet des doutes quant aux possibilités de voir la situation s'améliorer, il lui fait part de son désarroi... Peut-être même lui révèle-t-il qu'il envisage sérieusement de me quitter... Maman comprend que la crise est réelle, elle lui demande alors de la conduire chez nous afin de rester auprès de moi en ces temps troublés...

Ils reprennent la route. Tous les deux. Juste avant l'accident.

Ça, c'était hier.

Aujourd'hui, ils sont morts.

Tous les deux.

Je suis anéantie.

C'est le cellulaire de Riguel qui me sort de mon scénario catastrophe. Je l'entends répondre par monosyllabes tandis qu'il note sur un carnet les informations qu'on lui communique. Il hoche la tête plusieurs fois, puis remercie son interlocuteur.

Lorsqu'il coupe son portable, il se tourne vers moi. Et je vois à son regard qu'il possède enfin les renseignements attendus.

Mon cœur explose dans ma poitrine.

— Bien ! Nous avons obtenu le nom du propriétaire du véhicule qui, selon toute vraisemblance, correspond au deuxième corps. Du moins, l'âge, le sexe et la taille coïncident avec les premières conclusions de l'autopsie.

Le temps se fige et je retiens mon souffle.

Riguel me dit le nom du propriétaire du véhicule. Je n'entends qu'une suite de sons, une musicalité de syllabes qui, bientôt, percute mon cerveau. Ça ne correspond pas au nom de Nino Darmont, ça n'en a pas la mélodie, ni même le rythme.

Mais le nom m'est familier.

Je demande à l'inspecteur de répéter ce qu'il vient de dire. Riguel s'exécute sans se faire prier.

— La voiture appartient à un dénommé Leleux. Bernard Leleux. Vous le connaissez ?

MARIE

La vie a continué. Malgré moi. Malgré tout. Tu connais la suite, j'ai sombré dans un abîme sans fond, soi-disant au nom de l'amour que je portais à mon défunt mari, en vérité au nom de l'amour que je vous portais, à toi et à ta sœur. Je me savais perdue, incapable de te regarder en face, j'avais tué ton père, le seul, le vrai, celui qui t'éleva jusqu'à l'âge de quinze ans.

Durant ma longue dépression, je fus en proie au plus sinistre des tourments : celui du silence. Le secret que j'avais gardé au fond de moi pour sauver notre bonheur avait enfin été divulgué. Mais loin de libérer mon âme d'une faute inqualifiable, cette révélation me projeta aussitôt vers un gouffre bien plus profond : un autre secret venait d'éclore, inavouable et terrifiant. Je n'avais d'autre choix que de vivre en sa compagnie, qui chaque nuit me torturait d'un tourment sans fin. Le jour, seule votre présence me donnait assez de force pour affronter la nuit suivante.

Il me reste une ultime explication à te donner. Si j'ai décidé aujourd'hui de briser le silence, de te dévoiler le secret de ta naissance ainsi que celui de la mort de ton père, c'est que Bernard est revenu. Nous venons à l'instant de nous parler au téléphone. Je sais donc qu'il a retrouvé ta trace, qu'il vit à présent au-dessus de chez toi, qu'il tente par tous les moyens de se rapprocher de toi. Il n'ose encore t'avouer le lien qui vous lie, mais je sais que ce n'est plus qu'une question de temps. Il semble décidé à se rendre justice et seule la peur de ta réaction l'empêche de passer à l'acte. Hier, en toute innocence, tu lui as appris la mort de ton père. Le choc et l'émotion lui ont donné le courage de me téléphoner pour me demander des explications, ce qu'il vient de faire il y a quelques heures à peine. Je lui ai caché la véritable cause du décès de Thomas, trop paniquée à l'idée qu'il puisse te la révéler. Mais je pense qu'il n'est pas dupe. Du moins, le timbre de sa voix trahissait le doute lorsque je lui fis le récit des évènements. Pour cette raison, je prends les devants et fais ici le serment que le jour où il me mettra au pied du mur (celui du « Cheminot » ?), le jour où il décidera de te révéler la vérité sur tes origines, je me donnerai la mort.

Si tu lis cette lettre, c'est qu'il ne m'a pas donné le choix.

Pardonne-moi encore.

Je me sens captive d'un sortilège. Oui, je sais, cela peut te paraître absurde, telle une excuse dérisoire, du moins incohérente, mais c'est bien la sensation qui m'oppresse depuis ce jour fatal. Les rumeurs qui bruissent depuis toujours dans le village ont peut-être eu raison de mon discernement. Pourtant, il me semble aujourd'hui que je ne possède aucun argument pour les réfuter. Pire, j'y ai apporté ma pierre, et mon acte ne peut que leur donner raison. Cette maison, édifice de tous mes malheurs, semble porter en ses murs une indéfectible malédiction : celle de pousser les femmes au meurtre.

Par amour ?

Je l'ignorc. Mais ce serait trop simple.

Madeleine et son amant s'y sont donné la mort. Et moi, j'y ai tué mon mari.

Une seule consolation me permet de quitter cette terre relativement sereine : je sais que ni toi ni Émilie ne souhaitez y vivre.

Je n'attends ni n'exige ton indulgence. Je souhaite juste échapper à ta haine ainsi qu'à celle de ta sœur, sans trop y croire, sans même l'espérer. Mais je te demande une dernière faveur qui, je le crois, n'ira pas à l'encontre de vos désirs : vendez ! Vendez ces murs, ces pierres et ce passé.

En vous débarrassant de cette maison, vous échapperez peut-être à cette malédiction à laquelle je ne peux m'empêcher de croire.

Que suis-je en train d'écrire ? Tu dois me croire folle, ou simplement stupide, comme si je cherchais par tous les moyens à me dérober à mes responsabilités. Il n'en est rien. Si je détiens encore un reste de crédibilité à tes yeux, sache simplement que j'ai agi en mon âme et conscience. Sous l'effet de l'effroi, très certainement, mais en toute connaissance de cause. Il n'en reste pas moins que je garde l'obscure certitude qu'un charme maléfique envoûte les femmes qui ont l'impudence de vivre dans cette maison pour les conduire au meurtre.

Au meurtre des hommes qui règnent sur leur existence.

Je n'ai plus rien à dire. À part seulement que je t'aime, que j'aime ta sœur, que vous avez été et êtes à jamais le seul bonheur qui éclaira mon existence.

Adieu ma Praline, adieu mes amours, mes deux filles, mes deux choux de tendresse.

Maman.

MANON

Bernard Leleux…

Un nom tout droit sorti d'un passé légendaire.

Bernard Leleux ?

Bernard Leleux !

Je ne cesse de me répéter ce nom, sans parvenir à croire qu'il est réel. C'est pourtant bien le nom prononcé par Riguel, le doute n'est pas permis. Pas plus que la coïncidence. Je n'y comprends vraiment plus rien : que vient faire ici le fils de Madeleine et de son cheminot ? Quel rapport avec Nino ? Et surtout, quel rapport avec maman ?

Une bonne nouvelle dans ce chaos impénétrable : Théo n'est pas mort dans l'accident de voiture. Il est en vie, quelque part dans les rues de la ville, sans doute toujours en colère contre moi mais qu'importe.

Le chemin du retour est long. Je suis effondrée, atterrée, totalement abattue. Ce sont des kilomètres de questions sans réponse, de larmes qui s'écoulent dans le silence opaque de la voiture, maman est morte, plus de maman, comment, pourquoi… Après m'avoir demandé si quelqu'un m'attend chez moi, et devant un haussement hébété d'épaule, Moustache me propose de me raccompagner chez ma sœur, histoire de ne pas me laisser seule. L'idée me tente, celle de partager ma douleur, comme si le fait de transmettre l'information de cette catastrophe allait enfin alléger le mal qui m'étreint. De toute façon, il va bien falloir que j'avertisse Émilie. Mais la présence de la broche en forme d'elfe parmi les affaires de maman, ainsi que le nom de Bernard Leleux, m'empêche d'être toute à mon malheur.

Je dois rentrer chez moi. Ou plutôt, chez Nino Darmont. Je dois trouver la réponse aux deux questions qui, dans chaque larme versée, se posent et s'imposent : comment maman s'est-elle retrouvée, en pleine nuit, dans la voiture de… Bernard Leleux ? Et comment se fait-il qu'il s'agisse précisément de la voiture de Darmont ?

Un début de réponse s'imprime dans mon esprit, encore trop invraisemblable pour y croire vraiment mais… L'âge concorde, après tout pourquoi pas. Et puis : Bernard et Nino, ne sont-ce pas là deux prénoms qui se rapprochent ? Nino, diminutif de Bernard ? ça pourrait se tenir…

Je fais part à Moustache et Petit de ma décision de rentrer chez moi. Moustache soupire une fois encore, il doit se dire que je suis maso, que chaque fois qu'il tente de me faciliter les choses, je refuse son aide.

Un peu plus tard, la voiture de police me dépose devant la maison. Je sors du véhicule et, dans un réflexe de politesse, je les remercie. Merci de quoi, bon Dieu ?

Pour l'heure, je suis dans le gaz, il y a Bernard Leleux qui hurle dans mon crâne et il y a Nino Darmont qui lui répond en ricanant. Je claque la portière de la voiture et me précipite vers la maison, dont j'ouvre la porte comme s'il en allait de ma vie, sans un regard en arrière. Puis je grimpe les escaliers des communs, d'une traite, sans m'arrêter chez moi, direction l'étage supérieur.

Chez Nino Darmont.

Prudence. Le piège est toujours en place, intact, je n'ai pas oublié. Je saute par-dessus la flaque d'eau et les bris de verre, sans toucher à l'interrupteur, cela va de soi. Le vestibule est plongé dans l'obscurité, mais sitôt la porte du salon ouverte, la lumière du jour éclaire suffisamment l'appartement. Je referme les portes derrière moi, celle de l'appartement et celle du vestibule, afin que personne ne puisse deviner ma présence, répréhensible en ce lieu. Il va me falloir faire disparaître toute trace de la bouteille d'eau brisée, ce n'est plus la peine, Darmont est déjà mort, je le sais, je le sens, chaque seconde qui passe me conforte dans cette étrange déduction. Mais je ferai tout cela après : ironie du sort, il n'y a plus aucune urgence puisque Darmont est, en effet, mort.

Je prends alors le temps de regarder autour de moi, trouver la preuve de plus en plus évidente que Bernard Leleux et Nino Darmont ne font qu'une seule et même personne.

Le mobilier est pauvre. Il n'y a pas trente-six endroits où fouiller. Dans le salon, un buffet cache derrière ses portes un peu de vaisselle dépareillée, une vieille nappe de coton, un étui de couverts en argent. Sans m'attarder, je bifurque aussitôt vers la chambre, que je découvre, triste et sombre, juste utilitaire. Il y a le lit, refait avec soin, accompagné d'une table de nuit supportant une veilleuse dont la place aurait tout aussi bien pu être dans un musée. Enfin, contre le mur opposé s'élève une imposante garde-robe contenant penderie et tiroirs.

La penderie ne présente aucun intérêt : chemises et pantalons, suspendus et alignés. Le premier tiroir renferme des caleçons, le second des chaussettes, le troisième des mouchoirs en tissu.

Dans le quatrième tiroir, je trouve enfin ce que je suis venue chercher. Je ne m'en aperçois pas tout de suite, je découvre juste un livre ancien, ou ce qui semble comme tel, un carnet recouvert de cuir aux pages jaunies, un vieux truc qui, tout d'abord, ne paraît avoir aucun intérêt. Par acquit de conscience, je m'en saisis et l'ouvre à la première page. D'une écriture manuscrite, régulière et élégante, finement serrée, le nom de l'auteur y est inscrit : Madeleine Darmont, journal intime.

Voilà. Nous y sommes.

La vue de ce nom accélère mon rythme cardiaque et, d'une main fébrile, je tourne la page en retenant mon souffle. Les phrases s'étalent sous mes yeux ébahis, dont les mots me font frissonner de la tête aux pieds. L'émotion me donne le vertige, m'obligeant bientôt à m'asseoir sur le lit afin de poursuivre ma lecture.

« Mon amour, j'entame ce journal en le signant de ton nom. Celui que l'on me donne aujourd'hui empeste l'outrage, je le porterai comme on porte le deuil. Hier, je me suis rendue sur la voie ferrée, me rappelant ces instants si doux où nous étions ensemble. Tu me parlais de ton travail, comparant souvent les deux rails que tu as constamment sous les yeux à nos destinées : faisant route côte à côte, éternellement parallèles et se perdant à l'horizon. Alors je me suis postée sur la voie ferrée et j'ai compris : là-bas, tout au bout, on a l'impression que les deux rails se touchent, qu'ils ont fini par se rejoindre.

» Mais nous, nous savons qu'ils ne se rejoignent jamais. »

Madeleine ne s'appelait pas Darmont. Son nom de jeune fille était Simonet, celui de femme mariée était Leleux. Mais Darmont n'était autre que le nom du cheminot, celui que Bernard – Nino – avait dû reprendre sur le tard, comme pour assumer totalement sa filiation avec son père biologique.

L'histoire de Madeleine… écrite de sa main et conservée par son fils, par-delà le temps et la rumeur. Je m'abîme dans la lecture du précieux document, j'en découvre chaque vérité, chaque instant avec une émotion difficilement formulable. J'oublie tout, la douleur, la rancœur, la haine, et même la mort de maman. L'espace d'un moment suspendu dans le temps, j'apprends l'ineptie des certitudes, l'absurdité de l'histoire et la bêtise des gens. Persuadée de découvrir le drame tapi sous chaque mot, je lis le bonheur d'une femme qui, bien malgré elle, trouva l'amour là où elle ne l'attendait plus. Je tombe des nues, je tourne les pages, de plus en plus vite, abasourdie, je ris avec Madeleine, je partage ses doutes, ses errements, puis ses certitudes, son bonheur enfin; j'apprends à mon tour à aimer cet homme, Gilbert Leleux, dont j'avais toujours associé le nom à l'expression même du malheur de Madeleine. Sa naïveté me fait parfois sourire, peut-être aussi à cause de son style parfois grandiloquent, souvent désuet, la façon dont elle raconte ses peurs ou son émoi, ses révoltes, ses sentiments.

Le silence. Je crois que c'est ce qu'il y a de plus insupportable. L'infernal boucan du silence. L'absence de résonance parce qu'il n'y a plus de bruits, plus de larmes, même plus de souffle. Et parce qu'un cri qui ne s'entend pas n'existe pas.

J'ai vu son regard se troubler, appeler la vie qui s'esquivait comme un voleur et que rien ne pouvait plus retenir. J'ai vu ses paupières se figer, et cette poigne glacée sceller chacun de ses traits. Il est parti sans…

Soudain, un bruit me fait sursauter. Le souffle court, j'atterris brutalement dans la chambre de

Darmont, presque surprise de me trouver là... C'est un bruit de porte que l'on ouvre, puis une voix qui appelle, une voix que je connais et reconnais, une voix que j'aime...

— Nino ? Manon ? Il y a quelqu'un ?

Mon cœur s'emballe, de joie, de reconnaissance, juste avant de me souvenir, juste avant de hurler. Théo !

L'effroi me cloue sur place, une seconde d'éternité. J'entends son cri, un cri de douleur, interrompu par le choc ; je lâche le livre, le cœur à l'agonie, mes jambes fléchissent, je me redresse trop tard, trop lourdement, mes poumons se vident, j'ai la sensation de suffoquer. Quelques mètres à peine séparent la chambre du hall d'entrée, mais ce sont des kilomètres que je parcours avant d'atteindre la porte du salon qui donne sur le petit vestibule.

Je n'oublierai jamais cette image. Mon Théo, mon capitaine, mon amour se tient toujours debout, devant moi, le corps agité de convulsions d'une violence inouïe. Son bras est levé à l'horizontale tandis que sa main paraît littéralement soudée à l'interrupteur. À ses pieds, l'eau semble frémir d'un bouillonnement assassin. Mes cris n'ont aucun effet. Je ne sais quoi faire, je ne peux l'approcher, le toucher, sans être à mon tour prisonnière du courant électrique. L'urgence du drame me projette jusqu'à la cuisine, je trouve un balai dont le manche est en plastique, je m'en saisis et retourne auprès de lui, toujours secoué de toute part. Les larmes m'aveuglent, je brandis mon arme de fortune afin d'essayer de le décrocher. La première tentative échoue, j'ai l'impression de l'achever, je le frappe plus que je ne le pousse... Enfin, me tenant le plus loin possible de la flaque d'eau, d'un coup sec et désespéré, je parviens à le rejeter violemment vers l'arrière.

Théo lâche l'interrupteur avant de s'effondrer sur le palier.

Son corps fume de l'intérieur, encore agité d'une ultime convulsion tandis qu'autour de moi, le reste du monde s'écroule dans un cataclysme apocalyptique.

MADELEINE

J'ai mis quelques jours avant de me décider à aller traîner du côté de chez elle. Je crois que j'avais peur de la croiser sans la reconnaître.

La reconnaître ?

Comment pouvais-je reconnaître quelqu'un que je n'avais jamais vu ?

J'ai fait le calcul, elle devait avoir 26 ans. Je n'avais aucune idée de qui elle était, son apparence, la couleur de ses cheveux, celle de ses yeux, la forme de son visage, sa taille, son tempérament, ses qualités et ses défauts... Elle était ma fille et je ne savais rien d'elle. L'idée même de me promener dans son quartier et de soupçonner chaque jeune femme d'être mon enfant me terrifiait. Je devais m'empêcher de réfléchir, question d'hygiène mentale. L'ineffable réalité de ma situation me portait vers la démence dès que je tentais d'en ressentir toute l'étendue de son absurdité. L'abîme de gâchis qui se découvrait sous moi me faisait alors perdre les pédales et, pris de vertiges, je revenais en cavalant vers les rives d'une raison aseptisée. Cette jeune femme n'avait de moi qu'un spermatozoïde égaré, rien d'autre ne nous liait, ni souvenirs, ni tendresse, ni rien de légitime. Elle possédait sans le savoir quelques-uns de mes gènes, je connaissais son existence, ça s'arrêtait là. Je savais que je pouvais demander une reconnaissance en paternité et qu'on me sortirait le grand jeu : ADN et tout le tralala. C'est l'affaire Yves Montand qui m'y avait fait penser. J'y ai vite renoncé, la réponse obtenue ne satisfaisait personne.

Je pouvais aussi mettre ça de côté. Pour plus tard. Rien ne pressait. Un jour. Peut-être. On avait le temps.

Le docteur surgissait alors dans mon esprit, vêtu de sa blouse blanche et de son dossier, il brandissait le crabe qui me rongeait de l'intérieur.

Je n'avais plus rien à perdre, pas même la vie.

J'ai donc pris mon courage à deux pieds et je me suis aventuré sur son territoire. J'avais appris son adresse par cœur de même que l'itinéraire pour y parvenir.

Le premier jour, je suis resté à l'angle de sa rue. Je me faisais l'effet de l'indésirable intrus, corps étranger en milieu hostile, j'étais le grain de sable qui allait obstruer les rouages d'une existence jusque-là sans histoire. Une panique sourde m'a envahi, m'empêchant de m'y hasarder sans vergogne. Je suis rentré chez moi avec la ferme intention d'abandonner mes prétentions de reconnaissance paternelle.

Le lendemain, à la première heure, j'étais à nouveau là, posté à ce coin de rue, faisant cette fois le compte des maisons pour repérer la sienne.

Ce n'est que le surlendemain que j'ai sauté le pas.

Celui de sa porte m'a instantanément été ouvert. Qu'on y croit ou non, le destin était au rendez-vous, il s'appelait M. Burneau et n'était rien de moins que le propriétaire de la maison. Pétrifié devant la porte close, cela faisait de longues secondes que je lisais et relisais le nom de ma fille sur l'une des trois sonnettes et découvrait en même temps celui d'un autre, anonyme et inconnu, un nom qui me prit à la gorge. Qui était ce Théo Malvin qu'une impudence sans doute inconsciente avait admis au domicile de Manon ?

— C'est pour l'appartement à louer ?

La porte s'était brutalement ouverte et M. Burneau me détaillait de la tête aux pieds, le verbe autoritaire et le regard suspicieux.

— Vous êtes un peu en avance, m'a-t-il fait remarquer en consultant sa montre. Entrez, c'est au premier.

Je suis entré dans la maison, oppressé par une sensation de coupable imposture, le cœur battant et l'œil aux aguets. Cette fois, il n'y aurait aucun doute possible, si je croisais une jeune femme dans la cage d'escalier, elle serait ma fille.

La visite n'a pris que peu de temps. Tout en passant d'une pièce à l'autre, M. Burneau m'énumérait les charges, le montant du loyer, les petites réparations qu'il comptait effectuer avant mon éventuelle installation. Je ne prêtais aucune attention à ce qu'il disait. Je regardais par la fenêtre, j'écoutais les bruits de la maison, j'étais à l'affût du moindre mouvement dans la cage d'escalier. Son laïus terminé, j'en ai profité pour lui poser des questions sur les voisins.

— Au-dessus, c'est une femme d'âge mûr. Elle vit seule, vous n'aurez pas de problème. En dessous, c'est un jeune couple sans enfants. La maison est calme, si c'est ce qui vous inquiète.

— Ils sont là en ce moment ?

M. Burneau m'a jeté un coup d'œil méfiant.

— Je n'en sais rien. Ce n'est pas mon affaire. Je loue des appartements, je ne surveille pas les gens qui y habitent. Bon ! Vous le prenez ou pas ?

— Quoi donc ?

— L'appartement ! ça vous intéresse ?

J'en suis resté coi. Je n'avais pas encore réalisé que j'étais en train de visiter un appartement à louer et qu'on me donnait le choix d'y résider. Vivre dans la même maison que ma fille ! J'étais venu ici en cachette, déjà prêt à raser les murs, et voilà qu'on me proposait de m'y installer au grand jour.

Un coup de sonnette a retenti. Mon cœur a fait un bond, je me suis figé sur place, déjà prêt à m'enfuir, à disparaître sans demander mon reste. J'imaginais une jeune femme faire irruption dans cet appartement vide et pointer sur moi un doigt accusateur : « Il n'est pas là pour louer l'appartement, il veut juste m'espionner, attrapez-le et jetez-le dehors ! »

— C'est la personne suivante, a dit M. Burneau d'un ton presque menaçant. Que décidez-vous, monsieur… Monsieur ?

— Je le prends !

— Parfait ! J'aurai seulement besoin de quelques garanties : une facture d'électricité ou de téléphone, une fiche d'imposition ainsi que votre carte d'identité.

— Vous aurez tout cela cet après-midi même.

Mon ton était ferme et mon allure assurée. Le propriétaire a eu l'air plutôt satisfait. Il m'a demandé de patienter quelques instants avant de descendre expliquer au pauvre bougre à qui j'avais pris la place de rendez-vous que l'appartement n'était plus à louer. Resté seul, j'ai repris mes esprits et tenté de comprendre ce qui m'arrivait. Il allait me falloir régler toutes sortes de problèmes, administratifs et autres, demander la résiliation de mon contrat de location à mon propriétaire actuel, lequel ne serait pas ravi, je le savais déjà, organiser le déménagement, inventer une stratégie pour approcher Manon sans paraître suspect.

La couverture de voisin me tombait du ciel, elle était parfaite.

Passé le premier émoi, je me suis réjoui d'une telle aubaine.

Le déménagement s'est fait le mois suivant. Durant l'après-midi, je n'ai croisé personne qui ressemblait de près ou de loin à une jeune femme de vingt-six ans. Les déménageurs ont fait ça vite et bien – je ne possède pas grand-chose – en deux heures tout était terminé. J'ai passé le reste de la journée à vider mes caisses et, vers 17 heures, j'étais plus ou moins installé. Je me suis alors posté à la fenêtre, à l'affût d'une silhouette jeune et féminine qui se dirigerait vers la maison. J'ai patienté trois quarts d'heure.

Peu avant 18 heures, je l'ai repérée au bout de la rue. Rien ne me certifiait que c'était bien elle, si ce n'est peut-être l'appel du sang, je ne sais pas… J'ai su que c'était elle. Je l'ai su au fond de moi, sans nul doute possible, sans aucune hésitation. Je n'ai pas réfléchi. Je suis sorti en trombe de mon appartement et je me suis figé dans le hall d'entrée, juste devant la porte. Les secondes se sont égrainées en silence, je me sentais calme, je me savais prêt.

Et puis, la porte s'est ouverte.

Elle était ravissante. Avec elle, un rai de lumière a pénétré dans la maison, on aurait dit une apparition, un mirage, presque une illusion.

Elle ressemblait à sa mère.

Pendant un instant, tout a disparu autour de moi. J'ai dû lui paraître étrange. Ses lèvres remuaient sans qu'aucun son ne sorte de sa bouche, elle paraissait surprise de me voir, bien sûr elle ne pouvait pas savoir, mais tout cela m'importait bien peu en regard du bonheur de la découvrir enfin.

— Vous cherchez quelqu'un ?

Sa voix a brutalement surgi du silence, et tout est redevenu normal. Je me suis repris comme j'ai pu, sans doute n'importe comment.

« Oui, je vous cherche depuis vingt-six ans, je suis votre père et vous êtes ma fille, je vous aime déjà mais peut-être vais-je un peu trop vite à votre goût, ne vous inquiétez pas, je vous laisserai le temps de me connaître, mais ne soyez pas trop longue, je vais bientôt mourir, j'aurais aimé rattraper le temps perdu, je sais bien que c'est impossible, je désirerais seulement être votre ami. »

— J'ai emménagé ce matin au premier étage.

Elle n'a pas réagi, pas vraiment. À ses yeux, je n'étais à présent qu'un nouveau voisin.

— Je m'appelle Darmont. Monsieur Darmont, ai-je rapidement ajouté.

Je ne pouvais me présenter sous le nom de Bernard Leleux et je ne m'étais pas encore trouvé de prénom de substitution. Ayant grandi au village, elle connaissait l'histoire de ma mère et celle de Gilbert, leurs noms revenaient régulièrement dans les conversations. J'ai donc pris le nom de mon père biologique qui, lui, était seulement connu sous le nom du « cheminot ».

De fait, « Darmont » n'a provoqué en elle aucune réaction.

— Et vous, vous êtes ? ai-je repris d'un ton que je voulais courtois et détaché.

J'entrais à présent de plain-pied dans le rôle du voisin. Elle m'a juste dit son prénom ainsi que l'étage de son appartement. Je lui ai tendu la main, j'imaginais que c'était ainsi que deux voisins faisaient connaissance, de manière aimable et avenante.

Tout cela a dû sans doute la surprendre. De mon côté, c'était la première fois que je touchais ma fille, une poignée de main trop courte à mon goût, j'aurais voulu la retenir indéfiniment, déjà elle m'échappait et je ne pouvais me résoudre à la voir si vite disparaître. Nous avons échangé quelques paroles impersonnelles, j'ai fait mine de m'intéresser à elle, sans insistance, et je pense m'en être pas trop mal sorti.

Et puis elle l'a vu.

Le bijou de Marie.

La broche que je lui ai dérobée le jour de notre rupture.

Elle ne pouvait pas la connaître et pourtant j'ai vu son regard s'y attarder, s'étonner de sa présence. Voilà vingt-six ans que ce bijou ne me quitte pas, que je le porte partout sur moi, cet elfe qui me rappelle chaque jour qu'un enfant volète quelque part sur cette terre et que j'en suis le père. Je la garde sur mon cœur, c'est une manière comme une autre de me dire qu'elle m'appartient un peu.

Pourtant j'ai pris peur. J'ai cru m'être trahi, bêtement, par oubli. Je me suis rapidement tourné de côté, espérant ainsi lui cacher l'objet.

Elle ne s'est pas attardée. Pourquoi l'aurait-elle fait ? L'instant d'après, elle gravissait l'escalier jusqu'à la porte de son appartement.

— À bientôt ? lui ai-je proposé d'un ton anodin.

— Forcément, oui.

Sa réponse m'a bouleversé. J'ignore si elle a ressenti l'intensité de cette première rencontre. Assurément, il s'est passé quelque chose entre nous, un trouble furtif, la preuve immatérielle d'un lien sacré, d'une indicible reconnaissance. Elle le savait malgré elle, et j'ai compris que rien, jamais, ne pourrait plus nous séparer.

MANON

Quinze jours plus tard, Émilie et moi nous sommes rendues au « Cheminot ». Nous avions repoussé ce pèlerinage inéluctable le plus longtemps possible, incapables l'une comme l'autre de trouver la force nécessaire pour investir ces lieux douloureusement lourds de la présence de maman, son odeur, ses meubles, ses effets, sa vie. Chaque pièce était chargée de son souvenir, chaque coin nous la rappelait, chaque objet devenait le symbole même d'un moment passé avec elle.

Après « l'accident » de Théo, je m'étais réfugiée chez ma sœur, abrutie de somnifères et d'anxiolytiques, passant mon temps à dormir, à moitié morte de remords et de chagrin. Émilie veilla sur moi deux jours durant, quarante-huit heures au terme desquelles elle estima qu'il était temps de me ramener doucement à la réalité : l'enterrement de maman était prévu pour le surlendemain et je me devais d'y être. On diminua progressivement les doses thérapeutiques, je fus donc contrainte d'émerger de mon sommeil forcé.

« Tout s'est ensuite enchaîné, comme pour ne pas laisser à la douleur le temps de prendre possession des sens, il fallut penser aux funérailles, choisir le cercueil, appeler le notaire, prévenir la famille, publier les faire-part, recevoir les condoléances, n'oublier personne si ce n'est s'oublier soi-même, pour ne pas hurler, pour ne pas se mutiler, pour ne pas périr à son tour. »

J'ai vécu l'enterrement de maman dans une sorte d'état second, j'étais là sans y être, encore sous l'effet des anxiolytiques. Il y avait du monde, et j'en fus heureuse. Beaucoup de fleurs également, qui toutes murmuraient leur message d'amour et de regrets éternels : des soucis de la part de Simone, des pensées de la part de Mélanie et de ses parents, des impatiens de la part de M. Germain, l'épicier du village qui ne put d'ailleurs s'attarder, n'ayant trouvé personne pour tenir la boutique.

Des immortelles de notre part.

La messe de funérailles fut dite. L'air était saturé de chuchotements, frôlements d'étoffes et sons feutrés de pas qui s'avancent en tapinois. De temps à autre, quelqu'un se raclait la gorge.

Puis ce fut le cortège jusqu'au cimetière, silencieuse procession de silhouettes vêtues de sombre, têtes basses, épaules voûtées, pas lents et cadencés.

C'était triste à mourir.

Le trou, enfin, fraîchement creusé, et le cercueil que l'on y glisse, graduellement, dans un bruit de cordes qui grincent et d'à-coups maladroits. Le vent caressait le sol en mugissant faiblement, quelques feuilles mortes rescapées de l'automne tourbillonnaient entre elles avant de s'échouer dans un dernier élan sur la surface lisse du cercueil. Vinrent ensuite les pelletées de terre, j'ai regardé maman disparaître dans sa dernière demeure, par petites touches rythmées, imaginant son beau visage levé vers le ciel, là où l'attendait mon père depuis de longues années déjà, vêtu de son costume d'instituteur, sa cravate impeccablement nouée et son col blanc qui faisait comme une tache de lumière parmi les ténèbres de l'éternité.

Puis les plus intimes se retrouvèrent chez les parents de Mélanie. Émilie et moi, nous ne nous étions pas encore résolues à retourner au « Cheminot », il fut donc convenu d'organiser la collation post-funéraire chez eux.

Les voix retrouvèrent leur timbre, les têtes se redressèrent, la vie reprit son cours.

Mélanie vint s'installer à mes côtés, me prenant la main avec une infinie douceur.

— Tu te souviens du père François ? Quand on se mettait en embuscade derrière les peupliers de la rue des Chasseurs…

La douceur de l'enfance me revint par petites bouffées de souvenirs.

— On attendait qu'il passe à bicyclette pour le faire tomber et lui voler le vin de messe ! ajouta-t-elle comme je ne disais rien.

Je n'ai pu m'empêcher de sourire.

— Et la fois où tu es montée tout en haut du clocher pour être la première à recevoir les œufs de Pâques… Tu as attendu des heures et quand tu t'es enfin décidée à redescendre, la fête était finie, il ne restait plus le moindre petit œuf pour toi !

— Tu parles ! J'avais rendez-vous avec le fils Clunet. Alors les cloches, tu penses…

— Tu ne me l'as jamais dit !

— Je croyais que tu étais amoureuse de lui.

— Le fils Clunet ? Tu rigoles ! Je ne l'ai même jamais regardé !

C'est étrange comme une journée qui est censée bouleverser votre avenir se met, du même coup, à transformer votre passé.

Au retour, dans la voiture, Émilie, Fred et moi gardons le silence. C'est Fred, le mari de ma sœur, qui conduit. Émilie est assise à côté de lui. La nuit est tombée, sournoisement, jetant un voile opaque sur cette journée de deuil. Nous regardons droit devant nous, la lumière des phares balaie la route, et il me vient à l'esprit que ce paysage dissimulé dans la pénombre de la nuit est la dernière chose que maman ait vu. Quelques minutes plus tard, comme pour confirmer mes pensées, nous passons à côté du champ dans lequel les restes d'une voiture calcinée gisent encore.

Émilie éclate en sanglots.

Je m'approche de son siège et passe mes bras autour d'elle. J'essaie de trouver quelque chose à dire, quelque chose de tendre, je ne trouve rien, les larmes me montent aux yeux, la douleur du chagrin m'étreint le cœur, je...

— Le médecin légiste a certifié qu'elle n'avait pas souffert, ai-je murmuré afin d'étouffer le mal qui m'oppresse.

— Mais tu n'y es pas du tout ! s'exclame Émilie en se mouchant bruyamment.

— Alors quoi ?

— Le fils Clunet... C'est moi qui en étais amoureuse !

Croyez-le ou non, mais nous avons eu là un des plus mémorables fous rires de notre existence.

Nous avons encore attendu quelques jours. Puis, il a bien fallu nous y résoudre, nous sommes allées au « Cheminot ». La lettre était là, posée sur le buffet du hall d'entrée, bien en évidence, elle nous a accueillies de son funeste contenu, révélations douloureuses que je n'étais pas en état de recevoir.

« Manon, ma Praline, ma Douceur.

À l'heure où tu liras ces lignes, je serai morte. Pardonne-moi la peine que je te fais, il est des mots qu'aucune mère ne trouve la force de dire à son enfant de son vivant. Longtemps je me suis demandé quelle était la marche à suivre, quelle folie insensée me donnerait assez de courage pour te révéler le secret que je porte en moi. Et puis, le cœur m'a manqué. Lâche ? Sans doute. Mais il est une chose qu'il faut que tu saches : la souffrance que j'ai endurée durant toutes ces années me permettra peut-être d'éviter… »

Il vient un cap où l'intensité de la douleur n'a plus de prise sur les sens. J'ai pourtant dû faire face à cet ultime séisme qui acheva de m'engloutir dans toute l'horreur de sa réalité. En quelques jours, j'avais appris que mon voisin du dessus – dont j'avais ardemment désiré la mort – était mon père, que donc mon père n'était pas mon père et que ma mère avait tué celui que je pensais être mon père. Ajoutons à cela que, durant ce même laps de temps, ma mère était morte et, du coup, mon père biologique aussi. Théo, lui, avait été emmené d'urgence à l'hôpital, il demeurait depuis entre la vie et la mort et personne n'était en mesure de prédire l'évolution de son état. Il pouvait vivre comme il pouvait mourir, ses principaux organes n'avaient pas été atteints, mais les dégâts provoqués par le courant électrique donnaient peu d'espoir de le voir un jour recouvrer toutes ses facultés.

Seul le temps nous dirait ce qu'il allait advenir de lui.

Je me mis donc à attendre.

MADELEINE

On dit toujours que c'est le premier pas qui coûte. Foutaise ! Le premier pas vers Manon a été le plus simple ; si j'avais su qu'il était si facile de rencontrer sa fille dans un hall d'entrée, et même d'habiter juste au-dessus de chez elle, je n'aurais pas tant tardé. Mais tout restait à faire, et je ne savais pas comment m'y prendre. Je ne pouvais décemment lui ouvrir les bras en déclarant : « Mon enfant, je suis ton père, tu es ma fille, embrassons-nous ! » Je voulais qu'elle apprenne à me connaître, pour ce que j'étais et non pas pour ce que j'ai fait.

C'est un peu compliqué.

Existe-t-il un gène du père absent et anonyme que l'on découvre sur le tard ? C'est absurde, et pourtant qui, mieux que moi, était capable de la comprendre ? Les mensonges d'une mère sont difficiles à concevoir d'abord, encaisser ensuite, assumer enfin. La mienne comme la sienne s'étaient fait engrosser par un homme avant de confier leur progéniture à l'autorité d'un autre.

J'ai côtoyé mon père biologique quelques heures à peine avant de le tuer. C'est ce qui s'appelle résoudre son complexe d'Œdipe à l'arrachée, sans coup férir, l'étreinte fatale d'un père pour l'enfant qu'il n'a pas eu les couilles de reconnaître.

S'il nous faut tirer des leçons du passé, j'en suis venu à la conclusion que je préférais être terrassé par mon cancer, qui me laisse d'ailleurs un peu de répit, plutôt que de la main de ma fille.

Il me restait alors la tâche plutôt ardue de dresser l'un pour me donner la possibilité d'apprivoiser l'autre. J'ai fait un pacte avec le crabe : je lui laissais toute latitude de me grignoter de l'intérieur s'il me laissait à son tour le temps de nouer quelques liens avec Manon. Je ne demandais pas grand-chose, au mieux quelques mois, au pire quelques semaines. Mais après ça, par où commencer ?

Par la mutation de Bernard Leleux en Nino Darmont.

Résoudre le problème du courrier était urgent. Cette fichue baraque ne contient qu'une seule boîte aux lettres pour recevoir la correspondance de tous ses résidants, et « Bernard Leleux » est trop connu dans notre village pour prendre le risque de me confondre. J'ai donc affiché le nom de Darmont sur la sonnette ainsi que sur la boîte aux lettres après avoir rempli une fiche de changement d'adresse à la poste afin que le courrier destiné à M. Leleux soit dorénavant distribué au domicile de M. Darmont. Il ne me restait plus qu'à être le premier, chaque matin, à prélever le courrier afin que ni Manon, ni son Théo, ne puisse découvrir ma véritable identité.

Je me suis ensuite terré chez moi, avec la ferme intention de laisser le destin jouer son rôle. Je l'entendais vivre sous mes pieds, je veillais sur elle, caché et silencieux, déguisé en voisin discret. Je me familiarisais avec mon nouveau rôle de père, j'apprenais ses horaires, sa manière de marcher, sa façon d'ouvrir ou de fermer la porte, celle de s'annoncer lorsqu'elle rentrait chez elle, je guettais ses allées et ses venues. Ce n'était pas grand chose, c'était juste un début, je la découvrais à travers ce qu'elle voulait bien laisser paraître, c'était déjà merveilleux.

Nous avons réellement fait connaissance un dimanche, au marché de la place Saint-Jean. En général, je déteste ce genre de rassemblement, ça pue, ça grouille d'un fatras de vieilleries et de déchets sans intérêt, ça fout un bordel monstrueux, les rues sont bloquées, les gosses et les chiens sont lâchés en liberté, on vous accoste comme si on vous connaissait depuis toujours et ces familiarités de voisinage m'exaspèrent. Mais tant qu'à subir ce désagrément, autant y trouver son profit. Je m'étais installé à une terrasse, poste d'observation de choix qui me permettait d'être visible sans ostentation. Je me suis ennuyé une bonne partie de la matinée. Mais finalement, tout s'est fait avec une facilité que je n'escomptais pas. Ils sont venus à moi, main dans la main, se sont présentés avant de s'installer à ma table.

J'ai ainsi appris plusieurs choses sur elle, sur eux devrais-je dire, Théo étant bien plus liant que Manon, ce qui me contrariait beaucoup. Parlons-en de ce garçon ! Il me paraît très correct, peut-être même le gendre idéal selon la formule consacrée – et je suis certain que Marie doit l'adorer – je n'arrive pourtant pas à l'aimer. Qu'on ne vienne pas me bassiner avec l'éternelle jalousie du père qui voit d'un mauvais œil tous les hommes qui s'approchent de leur fille ! Théo est sans doute charmant, d'allure comme de tempérament, mais il possède un penchant pour la compassion qui m'agace. Je n'ai besoin ni de lui, ni de sa sollicitude, ni même de sa foutue disponibilité. Je ne lui demande rien, à ce petit con ! Il m'emmerde. Il ne cesse de se mettre entre Manon et moi, avec ses grands sourires niais, et toujours cet intérêt qu'il me porte, pénible jusqu'à l'indigestion, comme si je passais mes journées à attendre son retour, et son porto exécrable que j'ai eu le malheur d'accepter lors de ma première visite.

Mais je laisse le rituel s'installer. Je suis d'une patience exemplaire. Je veux faire partie de leur vie, puisque je dois désormais en passer par là. Manon semble amoureuse de lui, et si son bonheur dépend de ce couillon, je suis même prêt à l'accepter. Si tant est qu'il me permette de continuer à voir ma fille.

L'annonce de leur déménagement a considérablement changé les choses. Ainsi ce garçon gagne mieux sa vie qu'auparavant et se targue soudain de vouloir prendre un plus grand appartement ! Il me fallait agir au plus vite, cesser de compter sur le destin et mettre fin à ce projet absurde. Nos rapports n'étaient pas suffisamment étroits pour prendre le risque de les voir s'éloigner, avec pour seule promesse le serment de se revoir bientôt. Bientôt n'existe plus pour moi. Pas plus que la crainte d'un jugement quelconque, qu'il soit humain ou divin. D'ailleurs, mon seuil de tolérance parvenait à son terme : les conversations débiles de Théo m'horripilaient jusqu'à l'écœurement, ses chats et ses chiens souffreteux, leurs maîtresses imbéciles, et toutes ses anecdotes ineptes avec lesquelles il m'assommait chaque soir et auxquelles je faisais semblant de rire… Je tenais le coup un quart d'heure à peine avant de prendre la fuite.

La possibilité de me débarrasser de Théo s'est présentée quelques jours plus tard. En passant ma tête par la fenêtre de ma chambre, je l'ai vu se prélasser sur sa terrasse comme un pacha dans sa chaise longue, tandis que ma petite Manon devait se contenter d'un simple siège installé à ses côtés. La veille, j'avais posé une jardinière en grès sur l'appui de fenêtre, que j'avais remplie de terreau à ras bord dans le but d'y planter quelques boutures de lierre. Le poids conséquent de l'objet devait largement suffire pour écrabouiller le coco et l'accident n'aurait fait aucun doute. Restait à prier le ciel que Manon me pardonne un jour ma maladresse, clémence qu'une présence quotidienne ainsi qu'un soutien moral et indéfectible devaient immanquablement m'accorder. De toute façon, je tournais en rond. Tant que Théo serait là, Manon se déroberait visiblement. Privée du soutien financier de son grand con, elle n'aurait eu d'autre choix que de rester dans la maison.

Et puis, j'étais là, prêt à reprendre ma place, à veiller sur elle et à l'aider dans l'adversité.

J'ai déplacé la jardinière de quelques centimètres, de telle façon que son point de chute corresponde exactement à l'emplacement du crâne de Théo. Il était à moitié courbé sur lui-même, penché sur sa gazette. Pour plus de réalisme, j'ai renversé un peu de terreau sur le sol, juste sous ma fenêtre. Ensuite, je me suis muni du balai. Cette petite mise en scène m'a pris quelques minutes, et j'ai commis la terrible faute de ne pas vérifier la position de ma victime : il me fallait agir vite et surtout sans raisonner, la réflexion amenant parfois les remords. Malheureusement, il n'en fallut pas plus pour que Théo, cédant enfin sa place à ma fille, s'éclipse à l'intérieur de la maison.

La catastrophe fut évitée de justesse. J'en tremble encore, rien que d'y repenser. Mais si cette tentative s'est soldée par un échec, elle a du moins eu l'avantage de me faire changer de tactique. Théo était indéboulonnable, sa disparition définitive était trop risquée, et Manon n'aurait jamais cru à un nouvel accident. Je devais à l'avenir trouver l'avantage de cette présence fâcheuse.

L'amitié que ce garçon me portait et que je subissais la plupart du temps allait me servir, je n'y voyais pas d'autre usage.

Et Manon finirait bien par m'aimer un jour.

MANON

Aujourd'hui, quatre années après toute cette histoire, les choses se sont un peu tassées. Elles ne sont pas plus faciles à accepter pour autant, je tente du moins d'avaler la pilule sans m'étrangler chaque fois que j'y repense. J'ai pardonné à maman, bien sûr, même si je crois que j'aurais préféré ne rien savoir de tout cela. Cela m'a pourtant permis de comprendre certaines choses, à commencer par le comportement de Nino, sa présence néfaste, sa singulière attitude envers moi. Je ne parviens pas encore à l'aimer, et c'est peut-être ce qui me perturbe le plus : je suis issue de lui, ma mère en fut follement éprise, je reste un enfant de l'amour… Mais à quel prix ?

J'ai conservé la broche en forme d'elfe. Pendant longtemps, elle est restée au fond d'un de ces tiroirs qui ne servent qu'à conserver les choses dont on ne sait que faire, trombones et rouleaux de papiers collants, objets cassés qu'on se promet de réparer un jour, tournevis qu'on a la flemme de redescendre dans la caisse à outils, stylo usé, pile solitaire, pince à linge, punaises, ficelle, élastiques…

Un matin, alors que Théo Junior suivait sa séance de kiné hebdomadaire, je me suis rendue au cimetière, là où Nino est enterré. Cela faisait des mois que j'y pensais, sans prendre le temps, sans vraiment me décider. J'avais mis la broche dans ma poche, je n'avais pas de but précis, c'était plutôt instinctif.

J'ai rapidement trouvé son emplacement. La pierre tombale était simple, tout comme l'inscription d'ailleurs, sans fioritures, tel qu'il avait vécu : Bernard Leleux, 1931 – 2002. Pas de fleur, pas de visite, pas de chichi. J'aurais voulu ressentir une émotion quelconque, cherchant au fond de moi un trouble libérateur ou une parole à dire, quelque chose de pas trop dur, ni trop mièvre, ni trop stupide… Après tout, j'étais face à la tombe de mon père…

Serrant la broche dans ma main, je me suis juste penchée sur la pierre et j'y ai déposé l'objet. L'elfe s'est immobilisé de biais, entre l'épingle et la pointe des pieds, on aurait presque dit qu'il allait prendre son envol.

Lorsque je me suis redressée, mon cœur s'est dégivré. Ce matin-là, seule devant sa tombe, j'ai enfin pu lui pardonner son silence, sa présence et, paradoxalement, son absence. Et, dans un souffle, lui demander pardon à mon tour.

Je ne pouvais pas trop traîner, l'heure tournait, la kiné était toujours pressée, elle avait d'autres rendez-vous.

Je suis donc rentrée à la maison.

Ce jour-là, je m'en souviens, la séance avait été très positive. Théo junior s'était montré plus coopératif que d'habitude et Carole, la kiné, avait parlé de progrès, sans toutefois vouloir me donner de faux espoirs. Après son électrisation, la tétraplégie de Théo due aux séquelles neurologiques suite à une thrombose des artères spinales était définitive, on me l'avait assez répété. Il en garde également une lésion neurosensorielle au niveau du tympan.

Il ne dit plus rien non plus, voilà quatre ans qu'il n'a pas prononcé une seule parole, mais à ce sujet, les médecins parlent plutôt de traumatisme psychologique car rien, dans leur diagnostic, n'explique ce mutisme prolongé.

Aujourd'hui, ma vie avec Théo junior se déroule le mieux du monde. Bien entendu, son état nous oblige à de fréquentes surveillances médicales, qu'elles soient pulmonaires, intestinales, cutanées ou vésico-sphinctériennes, mais nous nous en accommodons. Chaque jour que Dieu lui accorde est une journée de gagnée.

Au niveau du quotidien, Théo est devenu totalement dépendant d'autrui. C'est un grand enfant de quatre ans qui n'évolue pas, ou si peu. Depuis, je l'appelle Théo junior. C'est ma façon à moi de survivre à son... Son accident.

C'est mon bébé.

Je voulais un enfant qui lui ressemble, j'en ai un, dont je dois m'occuper nuit et jour. C'est moi qui le nourris, le lave et l'habille, le lève et le couche. Il m'a fallu neuf mois pour accepter son état et prendre la décision irréversible de m'en occuper totalement. La gestation fut douloureuse, mais à présent, nous avons trouvé notre rythme de croisière. Nous sommes repartis à la conquête de l'océan, même si notre bateau n'est plus qu'un modèle réduit qu'il me faut sans cesse téléguider.

Peut-être reparlera-t-il un jour...

Je l'espère de tout cœur.

La vente du « Cheminot » m'a permis d'acheter mon propre appartement, que j'ai totalement aménagé en fonction de Théo junior. Il possède une chambre rien qu'à lui avec tous les gadgets nécessaires me permettant de m'en occuper sans trop de difficultés. Avec le temps et l'habitude, je parviens même à le hisser toute seule de son lit à sa chaise roulante et, souvent, après mon travail ou le week-end, nous partons faire de grandes balades. La journée, c'est une nounou qui s'en occupe. Ça me coûte le même prix qu'une crèche privée, je ne vois pas pourquoi je m'en priverais justement. Elle s'appelle Mette, elle a vingt-trois ans et elle est d'origine norvégienne. Elle est charmante. En venant ici, elle pensait devenir jeune fille au pair et fut donc passablement surprise lorsque je lui ai présenté mon enfant. J'ai eu quelques difficultés à la convaincre de rester, mais depuis, tout se passe très bien. Elle sait exactement ce qu'elle doit faire en toute circonstance et je lui fais une confiance aveugle.

Une dernière chose encore...

À propos de la vente du « Cheminot », Émilie et moi, nous avons très vite trouvé un acquéreur. Il est venu visiter la maison un samedi, cinq mois après l'enterrement de maman. Sa femme n'avait pu l'accompagner ce matin-là, mais comme l'endroit lui plaisait beaucoup, ils sont revenus ensemble l'après-midi même. C'était un couple charmant, dans la trentaine tous les deux, apparemment sans soucis financiers. Ils sont tout de suite tombés sous le charme de l'endroit.

Juste avant de signer la promesse de vente, trois semaines plus tard, je leur ai demandé s'ils avaient des enfants. Ils répondirent par l'affirmative et nous montrèrent la photo d'une fillette de trois ans et d'un bébé de quelques mois. J'ignore pourquoi, mais j'en fus soulagée pour eux.

Après avoir signé tous les papiers, je me suis sentie mieux. C'était comme une page définitivement tournée, et bien que je n'aie jamais cru en la malédiction du « Cheminot », sa vente m'a véritablement libérée. J'allais enfin pouvoir me tourner vers l'avenir, même si, à ce moment-là, je n'avais encore pris aucune décision au sujet de Théo. Malgré tout, je m'en souviens, lorsque je suis sortie de l'étude du notaire, une force nouvelle s'est emparée de moi.

En rentrant à l'appartement, je me suis mise à tout ranger, trier les affaires de Théo et celles de maman que je désirais garder, entreposer celles dont je ne voulais plus, réaménager chaque pièce de telle manière que je m'y sente bien, frotter et nettoyer, changer la place des meubles, enfin donner à ce lieu un visage nouveau qui me ressemblerait.

C'est ainsi que j'ai remis la main sur le journal intime de Madeleine. À l'époque, je l'avais lu en partie, mais j'avais interrompu ma lecture lorsque Bernard Leleux… Nino… Papa avait entamé son récit. La violence des évènements m'avait anéantie et je n'avais pas trouvé la force de lire son récit. Je l'avais rangé dans un tiroir. Je n'avais pas oublié sa présence, j'avais juste occulté son importance.

C'est ce jour-là que j'ai achevé ma lecture. Le jour de la vente du « Cheminot ». Je l'ai lu jusqu'au bout.

Jusqu'au dernier chapitre :

« Je suis dans la place. Une aubaine, une de plus, qui pourtant n'en était pas une au départ… Une mauvaise chute, provoquée par Manon, de manière tout à fait accidentelle cela va sans dire… Bref, je suis leur hôte, contraint malheureusement de part et d'autre, mais je compte énormément sur cette promiscuité forcée pour me rapprocher de mon enfant. »

MADELEINE

Je suis dans la place. Une aubaine, une de plus, qui pourtant n'en était pas une au départ... Une mauvaise chute, provoquée par Manon, de manière tout à fait accidentelle cela va sans dire... Bref, je suis leur hôte, contraint malheureusement de part et d'autre, mais je compte énormément sur cette promiscuité forcée pour me rapprocher de mon enfant.

Ceci, c'était la bonne nouvelle.

La mauvaise, c'est que Manon met beaucoup de mauvaise volonté à m'accepter. Elle ne fait aucun effort pour voir le bon côté des choses, ne cache pas son dépit de me voir chez elle et me fait lourdement sentir la gêne que lui procure ma présence. L'autre jour, elle a même osé me menacer de m'envoyer dans un home ! Ironie du sort... C'était peut-être la seule fois où son discours correspondait à celui du descendant légitime : ne sont-ce pas eux qui, au final, prennent la décision d'envoyer leur parent dans ce genre d'endroit ? Outre la cruauté de ses propos qui m'a cisaillé le cœur, j'ai presque été heureux d'être enfin traité en père encombrant.

Théo, quant à lui, est toujours aussi mielleux à mon égard, et je me force plusieurs fois par jour à tourner sept fois ma langue dans ma bouche pour ne pas lui dire ma façon de penser.

Il semble par ailleurs qu'il y ait de l'eau dans le gaz entre eux, ce qui crée des tensions dont je ne suis pas le dernier à pâtir... Qu'importe, la situation pourrait bien tourner à mon avantage et il ne tient qu'à moi d'en tirer parti.

Mon état me laisse plus de liberté que prévu. Je parviens, au prix de quelques efforts, à me déplacer dans l'appartement, ce que je me garde bien de révéler à Théo et à Manon. Néanmoins, chaque déplacement prend de véritables allures d'expédition, ce qui a du moins l'avantage de m'occuper un peu. Je passe d'ailleurs une bonne demi-heure chaque matin à me traîner jusqu'à la boîte aux lettres afin d'y prélever mon courrier, que je dissimule dans ma trousse de toilette. Je ne peux pas prendre le risque de laisser Manon découvrir ma véritable identité. Malgré cela, mes journées sont longues, fades et monotones. L'ennui me mine le moral, l'oisiveté me rend fou, je tourne en rond à longueur de temps, ce qui est une façon de parler puisque je ne bouge pas beaucoup. C'est la raison pour laquelle j'ai entrepris ce matin de monter jusque chez moi, où je suis en ce moment même, opération qui m'a pris près de trois quarts d'heure mais m'a ainsi donné la possibilité d'écrire dans ce cahier.

N'empêche, la vie ici n'est pas joyeuse. J'assiste quotidiennement à la déchéance d'un couple dont les deux unités n'ont plus rien à faire ensemble. Ils sont bien les seuls à ne pas s'en apercevoir, comme toujours les premiers concernés sont les derniers instruits. L'autre jour, j'ai donc subtilisé le carnet d'adresses de Théo que j'ai jeté à la poubelle. Le résultat ne s'est pas fait attendre : Théo a aussitôt accusé Manon de la disparition de l'objet, sans preuve ni motif valable, et la dispute a éclaté, plus virulente que celle escomptée. Je veux, par ce procédé, démontrer à Manon qu'elle fait fausse route en voulant rester avec cet abruti et, pour ce faire, je n'ai qu'un seul moyen : mettre les défauts de Théo en exergue et prouver à Manon qu'elle perd son temps à vouloir construire quoi que ce soit avec ce garçon. L'opération « carnet d'adresses » ayant connu un vif succès, j'ai réitéré l'expérience en bouchant sciemment le lavabo de la salle de bain.

Cette fois, ce sont les cheveux de Manon qui ont été tenus pour responsables.

Enfin, le hasard me prête main-forte et vient mettre son grain de sel dans l'histoire. Avant-hier soir, c'est le rappel d'une facture de téléphone qui provoqua la discorde entre les deux tourtereaux. Théo a aussitôt accusé Manon d'une distraction qu'elle s'est bien gardée de reconnaître. Dieu m'est témoin que je n'étais pour rien dans cette nouvelle dissension, mais je dois avouer que chaque dispute me rapproche un peu plus de mon objectif : la séparation pure et simple. Manon se verrait ainsi contrainte de rester dans l'appartement, tout près de moi, puisque seul Théo a les moyens de supporter un loyer plus conséquent. J'aurais ainsi tout le loisir de la consoler et, enfin, de trouver ma place et gagner son affection.

Il semble d'ailleurs que ces litiges à répétition commencent à porter leurs fruits : hier matin, Manon m'a proposé de passer Noël chez elle, dans sa famille. Cette proposition fortuite m'a pris de court, je n'étais pas préparé à tant d'obligeance de sa part. J'en ai été bouleversé, je ne le cache pas, d'autant que je me suis vu contraint de décliner cette invitation qui, pourtant, reflète l'expression de mes désirs les plus secrets. Passer mon dernier Noël aux côtés de ma fille et, qui plus est, dans la maison de mon enfance ! Cette perspective m'a fait monter les larmes aux yeux, je me sentais pris à mon propre piège, incapable de dévoiler la raison de mon refus sans me trahir. Et le pire, c'est que j'ai bien senti que ma réponse lui a fait de la peine, beaucoup de peine. Mais je doute que Marie m'ouvre sa porte avec tant de simplicité. Et je n'ose imaginer la scène qui éclaterait si, d'aventure, j'arrivais au « Cheminot » le soir du réveillon, la bouche en cœur et les bras chargés de cadeaux.

Je lui ai parlé, à Marie. Il y a de cela quelques semaines, lorsque Manon m'a appris la mort de son « père ». C'était sans doute idiot de ma part, mais je n'ai pas résisté à réclamer l'autre version, la vraie, celle à laquelle j'allais peut-être croire. Elle ne s'attendait pas à mon coup de téléphone, Marie ! Elle m'avait enterré depuis bien longtemps, je n'étais plus qu'un souvenir désuet, un nom oublié, un visage enfoui dans la pénombre de ses remords. Elle a eu du mal à cacher la panique que mon appel a déclenché en elle. Je n'ai pas été assez salaud pour lui faire croire que j'allais révéler toute la vérité à Manon. D'ailleurs, si telle avait été mon intention, ce serait chose faite depuis bien longtemps. Elle sait néanmoins que j'habite à présent dans l'appartement au-dessus de celui de notre fille et que j'ai bien l'intention de faire désormais partie de sa vie. Je lui ai clairement fait comprendre que si l'humeur de Manon ne changeait pas bien vite à mon égard, je me verrais contraint de réclamer son aide pour faire entendre raison à Manon. Je ne veux pas foutre la merde. Je veux juste retrouver une place qui m'a été dérobée il y a de cela trop longtemps et qui me revient de droit.

Ma santé se détériore de jour en jour et le temps presse. J'ai encore perdu quelques kilos, mes douleurs dorsales s'accentuent, me laissant peu de répit. Je souffre surtout la nuit, le lit de camp qu'ils ont mis à ma disposition n'arrange rien à mon état, je ne cesse de me tourner et me retourner dans tous les sens à la recherche de la position la moins douloureuse. Je les empêche de dormir, parfois l'un d'eux surgit dans ma chambre et me demande ce que j'ai. Je feins alors d'avoir soif ou d'être surpris par leur présence. Le matin, devant les reproches de Manon, je simule l'étonnement, ce qui a le don de l'agacer... Mais je ne me résous pas à lui avouer ma maladie, je crains sa réaction, cette indifférence qu'elle affecte trop souvent envers moi et qui me broie le cœur. J'ai peur de ce silence tellement évocateur que je lui connais lorsque je lui parle de moi si, un jour, je déclarais : « Je suis malade, je vais bientôt mourir. » Quant à Théo, il ajouterait la pitié à son carcan de sollicitude, je ne me sens pas la force de supporter tant de compassion venant d'un être que je méprise.

Nous voilà donc dans une tragédie grecque, nous courant les uns après les autres : moi après Manon, Manon après Théo et Théo après moi, pour des raisons qui me sont totalement inconnues, sans aucune logique. Qu'est-ce que ce garçon peut bien me trouver pour m'accorder autant d'importance ?

Cela restera sans doute un des mystères que je n'aurai jamais le temps d'élucider.

Au final, cette histoire a bel et bien toutes les propriétés d'un cancer. Le cancer du passé. Manon en est le fruit ultime, la cellule cancéreuse qui s'est développée dans le silence de nos comportements anarchiques. Elle me bouffe de l'intérieur, elle me grignote le cœur, elle se retourne contre son propre créateur. Et lorsque le drame est enfin devenu décelable, parce qu'on l'a laissé se développer depuis de trop nombreuses années, couvé et protégé par tous les non-dits, les secrets et les mensonges, lorsqu'il est parvenu à l'apogée de sa manifestation suprême, il est déjà trop tard pour tenter de sauver ce qui peut l'être encore.

Une nuit de décembre, alors que la neige s'est remise à tomber sur la ville, un homme sort de chez lui et claque rageusement la porte. Il traverse la rue en boitillant, ce qui, ajouté à sa colère, lui fait une démarche désordonnée, une silhouette tordue animée de gestes disloqués. Après s'être nerveusement engouffré dans sa voiture, il met aussitôt le contact et oublie dans un premier temps d'allumer les phares, omission qu'il corrige fort heureusement bien vite.

La conduite n'est pas aisée. Sa cheville gauche le fait souffrir, lui arrachant une plainte éraillée chaque fois qu'il se voit obligé de débrayer. Malgré cela, il parvient à sortir de la ville sans encombre, et réussit à rejoindre rapidement l'autoroute.

Trois quarts d'heure plus tard, il stationne sa voiture devant une vieille maison isolée, en bordure de forêt.

Son cœur se met soudain à brutaliser sa poitrine.

Depuis son départ, seule la colère a guidé sa trajectoire, le désir indomptable de gagner un cœur, d'être reconnu et, surtout, d'être aimé pour ce qu'il est. Une salive abondante envahit âprement sa bouche, il déglutit avec difficulté avant de rester figé de longues minutes, immobile, raidi sur son siège, soudain paniqué à l'idée de ce qu'il est venu faire ici.

La maison se dresse devant lui, sombre et imposante. Elle le domine de son histoire, des souvenirs qui s'en réchappent encore, malgré les ans, de la vie qui fut et qui n'est plus. Le silence règne en maître sur le paysage, si ce n'est le souffle du vent dont les plaintes lancinantes se répercutent jusque dans l'habitacle du véhicule, pareilles aux clameurs des fantômes qui semblent s'être réunis autour de la voiture, à l'affût d'un geste, d'un cri ou d'une larme.

Il reste là une éternité, sans bouger, se fondant dans ce lieu qui l'a vu naître, reconnaissant son odeur, la cime des arbres qui se balancent au loin, le craquement de la pierre, celui des sapins qui frissonnent et de la neige qui recouvre les reliefs du passé.

Puis il soupire. Sa colère est retombée, mais il est là. Il doit maintenant aller jusqu'au bout, parce que la fin est proche et qu'il ne peut une nouvelle fois prendre la fuite comme un voleur.

Alors il ouvre la portière de la voiture. Un grincement de ferraille déchire le silence et le temps reprend ses droits.

L'homme s'avance maladroitement sur le chemin menant au perron de la maison. Puis il sonne à la porte. Le carillon résonne dans la quiétude de la maison, immobilité sereine qu'il s'apprête à briser en éclats. Au bout de quelques minutes, comme personne ne vient, il actionne une nouvelle fois la sonnette.

Bientôt il s'impatiente. Il sait qu'elle est là, probablement dans son lit mais qu'importe. Elle se doit de venir lui ouvrir, c'est la moindre des choses. Comme pour se convaincre de l'équité de sa démarche, il frappe cette fois de grands coups à la porte, impérieux et autoritaires.

Enfin, une petite voix mal assurée résonne de l'autre côté du battant.

— Qui… Qui est là ?

— Ouvre ! Ouvre ou je défonce la porte !

Il ne peut s'empêcher de ricaner intérieurement. Défoncer la porte, dans son état ? Il en aurait été bien incapable. Mais la fin justifie les moyens.

La porte s'entrouvre enfin, et un visage apparaît, inquiet d'abord, effaré ensuite. Il la reconnaît sans peine, elle n'a d'ailleurs que peu changé, malgré les années qui marquent ses traits d'une déchéance irréversible. Elle est toujours aussi belle et cette rencontre le bouleverse, bien plus qu'il ne l'aurait souhaité. Il se dit qu'il aurait adoré assister à la naissance de chacune de ses rides, tout comme il aurait aimé prendre soin d'elle, rejouer la pièce, remodeler le destin. Malgré tout, il se reprend, très vite, le cœur battant, le souffle court et la gorge sèche.

— Que... Que fais-tu ici ? balbutie-t-elle.

S'il s'écoutait, il la saisirait dans ses bras et la serrerait contre lui, juste pour humer son parfum et retrouver cette émotion qui lui a tant manqué toutes ces années. Mais la peur d'être à nouveau rejeté le saisit à la gorge et lui broie les entrailles. Ses poings se ferment, la colère remonte et la rancœur renaît aussitôt.

— J'ai à te parler.

Elle entrouvre un peu plus la porte, plus sous le coup de l'émotion que par réelle envie de le voir entrer. Il s'impose dans le hall, passe devant elle, prend aussitôt le chemin du salon. La maison l'imprègne de son odeur, il se sent à nouveau envahi d'une bouffée de nostalgie, une explosion de regrets, le désir fou de revenir en arrière et de tout recommencer, le désespoir de l'injustice, parce que jadis est mort et que personne ne peut plus rien y faire. Il sent qu'un simple détail pourrait faire basculer cette nuit de décembre, il n'est plus sûr de rien, il ne sait même plus s'il a réellement envie de la mettre au pied du mur.

— Viens plutôt dans la cuisine, il y a du chauffage, dit-elle d'une voix douce, presque tendre.

Alors il sait. Il s'en remet au destin. Une nouvelle fois. La dernière fois. Il se promet que si elle lui témoigne quelques marques d'affection, juste un peu d'amitié, il repartira dans l'oubli du souvenir pour ne plus jamais reparaître. Il ne rentrera même pas chez lui. Il reprendra sa voiture et roulera droit devant lui, jusqu'à ce que sa vue se brouille, jusqu'à ce que ses mains s'écroulent, à bout de force, jusqu'à ce que le sommeil l'emporte dans son abîme marmoréen, enfin libéré de toute passion et de tout désir. Et si Dieu lui prête vie, lorsqu'il se réveillera demain, il continuera sa route, plus loin encore, pour finir ses jours là où personne ne le connaît, là où personne ne sait.

Oui, c'est exactement ce qu'il fera. Si elle lui sourit, ou même si cette voix si douce lui déclare quelques mots gentils, simplement amicaux, juste en mémoire de ce qu'ils ont vécu.

L'homme prend place sur une chaise, nerveux, l'œil aux aguets. Ils restent tous deux quelques minutes sans mot dire, s'épiant avec méfiance. Il attend d'elle un geste, un mot, n'importe lequel, peut-être même simplement qu'elle lui propose une tasse de café… Et tandis qu'elle s'installe douloureusement dans son fauteuil, il la défie du regard.

— Je veux que tu lui dises toute la vérité.

— Jamais !

Elle a presque crié, conférant à sa réponse un point de non-retour, définitif et indiscutable. La mâchoire de l'homme se crispe alors en un rictus qui devient haineux puis, d'un geste agacé, il croise résolument les bras sur sa poitrine sans cesser de la défier.

Elle a décidé pour lui.

Il ira jusqu'au bout.

Cet ouvrage a été composé par Belle Page
pour le compte des Éditions J.-C. LATTÈS
17, rue Jacob – 75006 Paris

Imprimé en France par
CPI BRODARD & TAUPIN (72200 La Flèche)
en août 2024

LE MASQUE
s'engage pour l'environnement
en réduisant l'empreinte carbone
de ses livres.
Celle de cet exemplaire est de :
240 g éq. CO_2
Rendez-vous sur
www.lemasque-durable.fr

PAPIER À BASE DE
FIBRES CERTIFIÉES

N° d'édition : 01 – N° d'impression : 3057342
Dépôt légal : août 2024
Imprimé en France